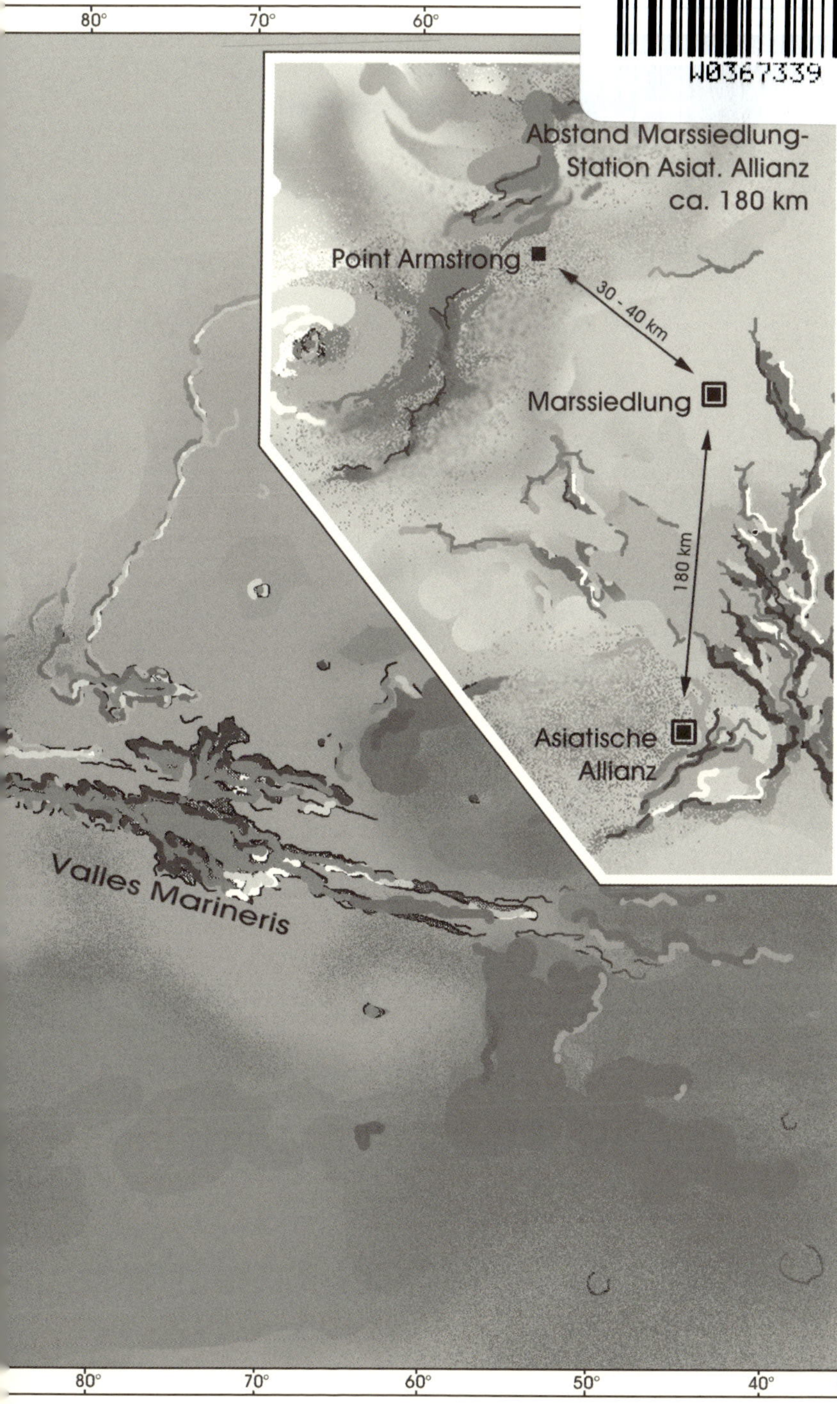
80°
70°
60°
Abstand Marssiedlung-
Station Asiat. Allianz
ca. 180 km
Point Armstrong
30 - 40 km
Marssiedlung
180 km
Asiatische
Allianz
Valles Marineris
80°
70°
60°
50°
40°

Weitere Titel von Andreas Eschbach im Arena Verlag:

*Das Marsprojekt – Die blauen Türme*
*Das Marsprojekt – Die gläsernen Höhlen*
*Das Marsprojekt – Die steinernen Schatten*
*Das Marsprojekt – Die schlafenden Hüter*
*Gibt es Leben auf dem Mars?*

*Black*Out*
*Hide*Out*
*Die seltene Gabe*
*Perfect Copy*

Das Marsprojekt

# Das ferne Leuchten

Andreas Eschbach

Arena

MIX
Papier aus verantwortungsvollen Quellen
FSC® C022125

2. Auflage der aktualisierten Neuausgabe 2011
© 2001 Arena Verlag GmbH, Würzburg
Alle Rechte vorbehalten
Dieses Werk wurde vermittelt durch die Literarische Agentur
Schlück GmbH, 30827 Garbsen
Umschlaggestaltung: Constanze Spengler
Karten im Vorsatz: Konrad Algermissen
Gesamtherstellung: Westermann Druck Zwickau GmbH
ISBN 978-3-401-05749-1

**www.arena-verlag.de**
**Mitreden unter forum.arena-verlag.de**

# Inhalt

# 1 Das Leuchten

Elinn konnte mit einem Raumanzug umgehen. Normalerweise. Niemand wurde auf dem Mars geboren und dreizehn Jahre alt, ohne mit einem Raumanzug umgehen zu können. Aber in diesem Moment hatte sie alles vergessen. Alle Vorsicht, und vor allem die Zeit, die verging und ihren Sauerstoffvorrat verringerte.

Sie hatte *das Leuchten* gesehen.

Vergessen war die Marssiedlung, die weit hinter ihr in der rostig braunen Ebene lag. Ihr eigenes Keuchen klang ihr in den Ohren, als sie über Felsen und Geröll stieg. Ihr Atem schlug silbern gegen die Innenseite ihres Helms.

Sie hatte *das Leuchten* gesehen, und es war aus der Jefferson-Schlucht gekommen.

Vergessen waren die Ermahnungen ihrer Mutter, sich nicht aus der Sichtweite der oberen Station zu entfernen, vor allem nicht allein. Elinn stieg über den felsigen Rand, sprang hinab auf eine Felsplatte, die einige Meter weiter unten aus dem Hang ragte. Sie liebte solche Sprünge. Im Unterricht hatte sie gelernt, dass die Schwerkraft auf der Erde drei Mal so stark war wie die des Mars. Ihres Mars. Ihrer Heimat. Hier konnte sie Dinge tun, die den Menschen auf der Erde unmöglich waren.

Der Fels fühlte sich auch durch die Handschuhe hindurch kalt an, als sie sich am Rand festhielt. Der weite Himmel über ihr war gelb von den Staubstürmen, die um diese Jahreszeit hoch oben in der dünnen Atmosphäre dahinfegten. Doch die Sterne schimmerten dahinter hervor, kalt und klar und verheißungsvoll.

Sie dachte nicht an die anderen. Die lachten sie immer nur aus, wenn sie vom *Leuchten* erzählte.

Sie dachte auch nicht daran, die Anzeige des Sauerstoffvorrats zu prüfen. Normalerweise war das etwas, das einem, wenn man auf dem Mars lebte, so in Fleisch und Blut überging wie Zähneputzen. Aber Elinn vergaß auch das Zähneputzen manchmal.

Die gewöhnlichen Raumanzüge hatten keine Recyclingsysteme, denn das waren große, schwere Geräte, und die Atemluft, die sie produzierten, stank nach Chemie. Raumanzüge mit Komplettrecycling trug man nur bei Expeditionen. Die Marssiedler hatten leichte, bequeme Raumanzüge an, wenn sie hinausgingen, und da man selten mehr als ein paar Stunden draußen war, kam man mit den Vorräten an Energie und Atemluft problemlos aus.

Elinn sprang über den Rand der Felsplatte, landete auf sandigem Geröll, das unter ihren Füßen staubte, und rannte den Abhang dann in weiten, eleganten Sätzen hinab, dem Grund der Schlucht entgegen. Als sie unten angekommen war, hatte sie bereits nicht mehr genug Sauerstoff, um den Rückweg zu schaffen. Aber auch das bemerkte sie nicht, sondern ging weiter, immer weiter von der Marssiedlung weg.

»Ja! Jawohl! Ja!« Ronny schwenkte den Steuerhebel hin und her, den Blick gebannt auf den Bildschirm gerichtet. Es brummte und tuckerte ohrenbetäubend aus den Lautsprechern, eindeutig der Sound einer uralten Propellermaschine. Ronny war verrückt nach Flugsimulationen, und im Computer konnte er alle Fluggeräte fliegen, die es gab. Die alten Propellermaschinen – die man nur noch in Museen bewundern konnte – waren sein neuester Spleen. »Juhu!«

Unmöglich, sich dabei zu konzentrieren. Carls Blick wanderte zum Fenster hinaus. Der Marshimmel verfärbte sich gelb, das Tharsis-Massiv, das sonst den westlichen Horizont so gewaltig beherrschte, war kaum noch zu sehen. Demnächst würde wahrscheinlich ein ordentlicher Staubsturm über sie hereinbrechen.

Drüben an Schleuse 3 stand immer noch der Transporter mit dem Emblem der Asiatischen Allianz. Das war sicher Yin Chi, der Leiter der Station, die die Staaten der Asiatischen Allianz letztes Jahr gegen den Willen der Erdregierung errichtet hatten. Auf der Erde gab es seither allerhand politischen Wirbel; es wurde gemunkelt, die Asiatische Allianz wolle aus der Föderation der Erdstaaten ausscheiden.

Aber das war auf der Erde. Weit weg also und hier praktisch ohne Bedeutung. Die Marskolonisten kamen mit den Asiaten gut aus; man half sich, wo man konnte. Die asiatische Station stand etwa hundert Kilometer entfernt am Westende der Valles Marineris, der gigantischsten Schlucht auf dem Mars, die aus dem Weltraum aussah, als habe sie ein Gigant mit einer Riesenaxt aus dem Planeten gehackt. Auf Einladung Yin Chis waren Carl und die anderen Kinder einmal dort gewesen und hatten die grandiose Aussicht genossen, die man von dort hatte – anders als hier in der Siedlung, die mitten in der Einöde errichtet worden war, wenn man es genau nahm! –, und nun war einer von Yin Chis Leuten krank geworden und brauchte Medikamente, die die Asiaten in ihrer Station nicht hatten. Deshalb war Yin Chi gekommen, und Dr. DeJones gab ihm mit, was er brauchte. Der Einzige, den das störte, war Mister Pigrato. Tom Pigrato war Statthalter der Erdregierung auf dem Mars, und ihn störte hier sowieso alles. Er konnte die Kinder nicht leiden, er konnte seinen Job nicht leiden, und vor allem konnte er den Mars nicht leiden. Kurzum, man ging ihm aus dem Weg, wo man konnte. Was seine Laune auch nicht unbedingt besserte.

»Carl? Ich habe eine wichtige Information für dich.«

Die synthetische Stimme von AI-20 ließ Carl hochschrecken. Ein Blick auf den Bildschirm erinnerte ihn daran, dass er eigentlich hergekommen war, um ein paar Unterrichtslektionen abzuarbeiten.

»Ja, ich weiß«, sagte er rasch. »Die Geschichte des 20. Jahrhunderts. Wenn das nicht alles schon so ewig lange her wäre, würde es mich sicher brennend interessieren.«

AI-20 war die Künstliche Intelligenz, die alle Systeme der Marsstadt steuerte – die Energieerzeugung, die Luftversorgung, die Kommunikation, die Klimatisierung der unterirdischen Plantagen, einfach alles. Nebenbei unterrichtete AI-20 die Kinder in den Sachfächern, half den Wissenschaftlern bei ihrer Forschungsarbeit und den Verwaltern bei ihrer Verwaltungsarbeit. AI-20 konnte sprechen, hören und sehen, und wie alle künstlichen Intelligenzen hatte es im Lauf der Zeit so etwas wie eine eigene Persönlichkeit entwickelt. Im Falle von AI-20 war es so, dass sie eine Art Zuneigung zu den Marskindern gefasst hatte und sich im Zweifelsfall auf deren Seite schlug. Natürlich war AI-20 letztlich nur ein besonders kompliziertes Computerprogramm, aber es gab Momente, in denen man das glatt vergessen konnte.

»Da wir das Jahr 2086 schreiben, stellt die Benutzung des Begriffes ›ewig‹ eine starke Übertreibung dar«, mahnte AI-20 mit computerhafter Kleinlichkeit. »Allerdings stand meine Bemerkung nicht im Zusammenhang mit dem Unterricht. Ich habe eine wichtige Information deine Schwester betreffend.«

»Elinn?« Carl und Ronny tauschten einen besorgten Blick. »Was hat sie wieder angestellt?«

»Sie war im Freien unterwegs und ist vor einundzwanzig Minuten aus dem Erfassungsbereich meiner optischen Sensoren verschwunden. Meinen letzten Aufzeichnungen zufolge scheint es, dass sie in die Jefferson-Schlucht hinabgestiegen ist.«

»Ja, und? Wahrscheinlich hockt sie auf irgendeinem Stein und schaut verträumt in die Gegend.«

»Von dieser Annahme bin ich auch ausgegangen«, sagte AI-20. »Sie hätte allerdings inzwischen wieder zum Vorschein kommen müssen, um mit ihren verfügbaren Sauerstoffreserven den Rückweg noch zu schaffen.«

Carl durchrieselte es kalt bei diesen Worten. Hatte er das auch richtig verstanden? Manchmal war der ewig gleich bleibende Plauderton der Künstlichen Intelligenz verwirrend. »Soll das heißen, Elinn geht der *Sauerstoff* aus?«

»Nach meinen Daten über den Ladezustand ihres Raumanzugs hat sie noch für schätzungsweise dreißig Minuten Sauerstoff.« Nun klang AI-20 doch fast etwas besorgt, oder bildete er sich das nur ein? »Da ich in der Vergangenheit Beobachtungen gemacht habe, die mich zu dem Schluss führen, dass ihr Kinder einen Zugang zur Stadt habt, der meinen Überwachungsinstrumenten nicht zugänglich ist, wollte ich dich fragen, ob es sein kann, dass Elinn bereits zurück ist, ohne dass ich es bemerkt habe.«

Das war scharf beobachtet von der Künstlichen Intelligenz. Aber der Geheimgang der Kinder – ein alter Stollen aus den Zeiten der ersten Station, lange vor dem Bau der Siedlung angelegt und mit einer handbetriebenen Schleuse versehen – ging nach Süden, während der Jefferson-Graben in nördlicher Richtung lag. Ausgeschlossen, dass Elinn dorthin gelangt war.

»Nein«, sagte Carl beklommen. »Das kann nicht sein.«

»Ich fürchte, dann muss ich die Stationsleitung informieren.«

Ronny, der längst aufgehört hatte zu spielen, ließ den Steuerknüppel los und fuhr sich mit beiden Händen durch das blonde Strubbelhaar. »Verdammt.« Sie wussten beide, was er meinte. Pigrato würde den Kindern die Raumanzüge endgültig wegnehmen, wenn auch nur das Geringste passierte, und sie würden in der Marssiedlung eingesperrt sein.

»Warte, AI-20!«, rief Carl. Er spähte noch einmal aus dem Fenster. Der Transporter, ein schneller, geländegängiger

Rover, stand immer noch da. Wenn ihnen jemand aus der Patsche helfen konnte, unauffällig und ohne dass Pigrato etwas davon mitbekam, dann Yin Chi. Carl griff nach dem Kommunikator, tippte Arianas Nummer ein.

»Ja?«, meldete sie sich.

»Wo bist du gerade?«, fragte Carl hastig.

»In meinem Zimmer, wieso?«

»Kannst du bitte sofort zur Schleuse 3 rennen und Yin Chi aufhalten? Ich besorge einen Sauerstoffzylinder und stoße dazu. Und nimm deinen Anzug mit!«

Ariana verstand natürlich kein Wort. »Yin Chi aufhalten? Wovon redest du, Carl?«

Carl erklärte ihr so rasch wie möglich, was los war. Als sie begriffen hatte, worum es ging und dass es auf jede Minute ankam, sagte sie nur »Okay!« und schaltete ohne ein weiteres Wort ab. Wahrscheinlich raste sie schon durch die Gänge, dass die Funken flogen.

»Na los!«, rief er Ronny zu.

Wieso fielen ihr die Schritte immer schwerer? Elinn blieb stehen. Ihr Atem dröhnte ihr in den Ohren. Sie holte tief Atemluft, aber irgendwie kam da nicht viel Luft aus dem Tank. Ihre Brust ging wie ein Blasebalg, und ihr war gar nicht gut.

Luft. Genau. Sie hob den rechten Arm, sah das Anzeigegerät an. Die Zahlen flimmerten ihr vor den Augen.

Rot. Ein rotes Licht. Wieso glühte da ein rotes Licht?

Das hatte sie ja noch nie gesehen. Sie überlegte, was es zu bedeuten hatte, aber ihre Gedanken drehten sich so seltsam im Kreis, kamen nicht vorwärts, wussten nichts mehr.

Ihr war überhaupt nicht gut.

Carl fiel ihr ein und wie sie noch klein gewesen waren. Wie sie abends immer im Schlafzimmer Kissenschlachten gemacht hatten. Carl hatte ihr dabei einmal die Bettdecke auf den Kopf gedrückt, und sie hatte keine Luft mehr bekommen. Sie hatte schreien wollen, aber das war nicht mehr möglich gewesen. Sie hatte mit den Beinen gestrampelt, bis er sie losgelassen hatte.

Mutter hatte Carl geschimpft. Damals hatte Papa noch gelebt, und er hatte Carl eine Ohrfeige gegeben.

Wieso musste sie jetzt daran denken? Wegen Papa? Er war auf der Expedition in die Cydonia-Region umgekommen. Sie war sehr traurig gewesen damals. Im Grunde war sie immer noch traurig deshalb.

Ihr war danach, zu strampeln. Zum Schreien hatte sie keine Luft mehr.

Wieso war da dieses rote Licht? Jetzt begann es, zu blinken.

Ihr war einfach nicht gut. Vielleicht wenn sie sich ein wenig hinsetzte. Vielleicht wurde es dann besser.

Ronny lief los ihre Anzüge holen. Carl eilte die Treppen hinunter zur Schleuse 5, in den Versorgungsraum davor, wo die Anzüge der Erwachsenen hingen, sauber in Reih und Glied, alle ordentlich an die Ladeeinrichtungen angeschlossen. Grüne Lichter über den einsatzbereiten Anzügen, orange über denen, die noch geladen wurden, mit Strom und mit Sauerstoff. Unter dem Gitterrost auf dem Boden sammelte sich der rote Marssand.

Die Anzüge für Erwachsene nützten ihm natürlich nichts.

Aber die Sauerstoffpatronen waren dieselben wie die an den Anzügen der Kinder. Hastig zog er eine geladene Patrone aus einem der Anzüge heraus. Sofort wechselte die Anzeige darüber von Grün auf Rot. Und wenn schon. Die Patrone in der Hand machte er, dass er weiterkam.

Irgendwo hörte er jemanden rennen. Das musste Ronny sein, auf dem Weg zu Schleuse 3. Einer der Techniker begegnete ihm, Abasi Kuambeke, ganz vertieft in einen Schaltplan oder so was, und er hätte ihn fast über den Haufen gerannt. »Entschuldigen Sie!«

Kuambeke sah auf. »Carl? Was ist denn los?«

»Nichts«, rief Carl und spurtete weiter. »Nur ein ... Wettrennen!«

»Ihr Kinder . . .«, hörte er noch, ehe er um die Kurve schoss.

Sein Kommunikator piepste. Er zog ihn im Laufen hervor. »Ja?«

Es war Ariana. »Carl?«

»Ja? Ich bin jeden Moment da . . . Was ist?«

»Wenn wir Yin Chi per Funk anrufen, kriegt Pigrato mit, was läuft, oder?«

»Klar.« Carl blieb keuchend stehen. Ihm schwante Übles. »Wieso fragst du?«

»Weil er abgedüst ist, ehe ich an der Schleuse war.«

Da standen sie nun, alle noch außer Atem, ihre Raumanzüge in Händen. Ariana war ohne Zweifel gerannt wie der Teufel, ihre langen, gewöhnlich stets glatt frisierten schwarzen Haare hingen wirr durcheinander.

»Du musst Alarm geben«, sagte sie. »Es hilft nichts.« Sie

sah ihren Raumanzug an, ließ ihn dann zu Boden sinken. »Von denen können wir uns schon mal verabschieden.«

»Und wenn einfach wir drei rausgehen?«, schlug Ronny vor. »Und die Patrone mitnehmen?«

Carl schüttelte den Kopf. »Bis wir sie zu Fuß gefunden hätten, wäre es zu spät.« Er hob den Kommunikator. »AI-20? Gib Alarm!«

»Ja«, sagte AI-20.

Im nächsten Augenblick dröhnte der Sirenenton des Rettungsrufs durch die Marskolonie, durch Wohnräume und Labors, durch die Maschinenräume wie durch die tief liegenden Stollen. Männer und Frauen ließen alles stehen und liegen, rannten durch Gänge, eilten Treppen hoch, stürzten aus dem Aufzug, schlüpften in Raumanzüge und hörten sich dabei an, was AI-20 über den Notfall und die zu treffenden Maßnahmen zu sagen hatte.

Keine drei Minuten nach Beginn des Alarms erschütterte das Dröhnen von Triebwerken den oberirdischen Teil der Siedlung, ließ Wände und Bodenplatten vibrieren.

»Da!«, sagte Carl, der durch eine der schmalen Sehschlitze der Schleuse Ausschau gehalten hatte. Die anderen drängten sich neben ihn. Beide Flugmaschinen schossen mit lodernden Düsen Richtung Jeffersongraben.

»Wie kann man bloß so blöd sein und mit leerem Sauerstofftank rausgehen?«, stieß Ronny hervor. »Ich schwör's, wenn Pigrato uns die Anzüge wegnimmt, red ich im Leben kein Wort mehr mit ihr!«

# 2 Das Artefakt

Es ist nicht leicht, Freunde zu finden, wenn man dreizehn Jahre alt und auf dem Mars geboren ist. Als Elinn aus ihrem Bett in der Krankenstation hochsah, in all die vertrauten Gesichter, kam es ihr so vor, als hätte sie überhaupt keine Freunde mehr.

Ronny zum Beispiel sah drein, als wolle er sie bei nächster Gelegenheit fressen. Zusammen mit seiner Stupsnase und seinen wilden blonden Locken hätte das beinahe lustig aussehen können. So schaute er normalerweise nur drein, wenn man ihn bei seinem richtigen Namen rief – Ronald –, den er nicht leiden konnte. Oder wenn man ihn daran erinnerte, dass er das jüngste der Marskinder war. Und eigentlich nicht einmal ein richtiges, denn er war noch auf der Erde geboren und als Säugling mit seinen Eltern zum Mars gekommen. Was aus Ronnys Sicht hieß, dass er sich als jüngsten Astronauten aller Zeiten betrachten durfte.

Oder Ariana. Diese steile Stirnfalte rechts neben der Nasenwurzel hatte sie nur, wenn sie ziemlich ärgerlich war, fast schon wütend. Wenn diese Falte auftauchte, machte man sich besser still und heimlich davon, denn Ariana war nicht nur die Stärkste, Schnellste und Sportlichste weit und breit, sie konnte auch Jiu-Jitsu und Karate, kurzum, man legte sich besser nicht mit ihr an. Und gerade waren ihre langen schwarzen Haare so zerzaust, als hätte sie bereits einen Kampf hinter sich und könne den nächsten kaum erwarten. Normalerweise war Ariana für Elinn ein bisschen wie eine große Schwester. Im Augenblick aber schien das nicht zu gelten.

Doktor DeJones, Arianas Vater, blickte zumindest nur ernst drein, nicht ärgerlich. Er hielt Elinns Handgelenk und fühlte ihren Puls und nickte ihr zu, als sie ihn ansah.

Carl schien nicht zu wissen, ob er ärgerlich sein sollte wegen dem, was passiert war, oder erleichtert, dass man sie rechtzeitig gefunden hatte. In seinem Gesicht mischten sich beide Gefühle. Vielleicht weil er ihr großer Bruder war und immer das Gefühl hatte, auf sie aufpassen zu müssen, umso mehr, seit Papa tot war. Carl war fünfzehn irdische Jahre alt und damit das älteste unter den Marskindern; tatsächlich stand er auf der Erde schon in den Geschichtsbüchern als der erste auf dem Mars geborene Mensch. Aber darauf war Carl überhaupt nicht stolz, es ärgerte ihn eher. Sein großer Traum, das hatte er ihr erzählt, war es, auf der Erde zu studieren und später als Erforscher der anderen Planeten des Sonnensystems berühmt zu werden.

Die Einzige, die sie wirklich freundlich ansah, wenn auch mit sorgenvollen Falten in den Augenwinkeln, war natürlich Mutter.

»Kind, Kind!«, murmelte sie kopfschüttelnd.

Elinn versuchte, zu lächeln. »Das war ziemlich dumm, was?«

»Ja.« Mutter nickte. »Ziemlich dumm.«

»Du hast Glück gehabt, dass AI-20 dein Verschwinden bemerkt und sofort Alarm ausgelöst hat«, sagte Doktor DeJones streng. »Zehn oder fünfzehn Minuten später hätte dir niemand mehr helfen können.« Er sah, wie Mutter bei diesen Worten zusammenzuckte, und setzte rasch hinzu: »Aber Sie brauchen sich keine Sorgen zu machen, Mrs Faggan, Ihrer Tochter ist wirklich nichts passiert. Ich mache nur noch ein paar Untersuchungen, sicherheitshalber, und spätestens heute Abend kann sie nach Hause.«

»Ja«, sagte Mutter. »Danke.«

Jetzt lächelte Carl doch ein bisschen.

Auch die Zornesfalte auf Arianas Stirn schien ein klein wenig nachzulassen.

Sogar Ronny gab fast so etwas wie einen erleichterten Seufzer von sich.

Vielleicht hatte sie doch nicht alle Freunde verloren.

In diesem Augenblick ging die Tür zur Krankenstation auf, und Tom Pigrato, seines Zeichens Statthalter der Erdregierung auf dem Mars, kam herein.

Carl bemerkte, dass auch die Erwachsenen zusammenzuckten. Sie kamen einigermaßen mit Pigrato aus, aber richtig leiden konnte ihn niemand. Was nur gerecht war, da Pigrato seinerseits auch niemanden leiden konnte.

Der Statthalter lebte seit zwei Jahren auf dem Mars, aber er schien sich immer noch nicht an dessen niedrigere Schwerkraft gewöhnt zu haben. Er bewegte sich mit seltsam schlurfenden, ab und zu hopsenden Schritten fort – was den Vorteil hatte, dass man ihn in den Gängen der Stadt schon von weitem hörte und ihm rechtzeitig aus dem Weg gehen konnte. Dem Blick seiner kleinen, stechenden Augen zu entgehen war meistens ratsam, wenn man ein Kind war und in Frieden leben wollte. Denn Mister Pigrato war der Ansicht, dass die Marskolonie keine Siedlung, sondern eine Forschungsstation sei und Kinder deswegen hier grundsätzlich nichts verloren hätten. Und dass es der größte Fehler von Präsident Sanchez gewesen sei, zu erlauben, dass auf dem Mars Kinder geboren wurden. Was nach Ablauf von dessen nur vier Jahre dauernder Amtszeit ja zum Glück wieder anders geworden war. Sein ständiger Spruch, den er bei jeder sich bietenden Gelegenheit von sich gab, lautete: »In der Antarktis existiert seit 150 Jahren eine Forschungsstation, aber dort sind nie Kinder zur Welt gekommen und aufgewachsen. Und im Vergleich zum Mars ist die Antarktis ein warmes, lauschiges Plätzchen.«

Was so nicht stimmte. Im Tharsis-Vorland, wo die Marsstadt lag, kletterten die Temperaturen im Marssommer an warmen Tagen bis auf vierzehn Grad Celsius. Davon konnten die Forscher in der Antarktis nicht einmal träumen.

Dafür ging es in kalten Winternächten hinab bis minus 130 Grad. Das konnte bisweilen schon heftig werden, vor allem wenn sich Sandstürme dazugesellten.

Beides gab es, zugegeben, in der Antarktis auch nicht.

Die Kinder sahen sich an. Jetzt musste es kommen, das große Donnerwetter.

Doch Pigrato sagte erst mal nichts. Er wirkte fast, als sei nichts von Bedeutung geschehen. Seine Augen blickten nicht stechender drein als sonst auch, seine dicken Lippen waren eher etwas weniger fest zusammengepresst als sonst. Man hätte fast glauben können, Pigrato habe so etwas wie gute Laune, aber da ihn bisher noch niemals jemand auch nur annähernd gut gelaunt erlebt hatte, war das schlecht zu beurteilen.

Er nickte den Erwachsenen grüßend zu. »Mrs Faggan? Doktor DeJones?« Er nickte sogar, sie konnten es kaum glauben, den Kindern zu. »Hallo, Kinder.« Dann hatte er, schlurfend und hoppelnd, das Bett erreicht, umfasste mit der rechten Hand den Bügel am Fußende. Der goldene Ring an dieser Hand sorgte seit Pigratos Ankunft auf dem Mars für Spekulationen: Konnte das ein Ehering sein? War eine Frau vorstellbar, die jemanden wie Pigrato heiratete? Und wenn – warum hatte sie ihn nicht begleitet?

»Nun, junges Fräulein?«, wandte Pigrato sich an Elinn. »Wie geht es dir?«

»Danke, gut, Mister Pigrato«, sagte Elinn leise und drückte sich unwillkürlich etwas tiefer in die Kissen.

Carl blickte auf seine kleine Schwester hinab. Sie sah blass und zerbrechlich aus. Ohne ihre wilde Lockenmähne, die so rostrot war wie der Marsboden, hätte man sie kaum gesehen auf den weißen Laken. Aber andererseits kannte er sie überhaupt nicht anders. So lange er denken konnte, hatte sie schon immer ausgesehen wie eine Fee aus dem Märchen, so, als sei sie nicht ganz von dieser Welt.

Na ja, und so benahm sie sich manchmal ja auch.

»Wie ich höre«, sagte Pigrato, »hast du gerade noch mal Glück gehabt, wie?«

»Ja, Mister Pigrato.«

»Sag mal, wie konnte denn das passieren?«

Carl merkte, wie Ariana die Luft einsog und dann den Atem anhielt. Ronny machte tellergroße Augen. Sogar Doktor DeJones biss sich auf die Lippen. Jetzt kam es wahrscheinlich, das dicke Ende!

Elinn sah jämmerlich hoch, setzte mehrmals zum Sprechen an und brachte schließlich nur heraus: »Ich weiß es nicht mehr genau, Mister Pigrato. Ich . . . ich habe wohl nicht bemerkt, dass der Sauerstofftank nur zum Teil geladen war.«

»Hmm«, machte Pigrato. Seine Hand hatte den Bügel losgelassen, seine Finger trommelten einen unhörbaren Rhythmus auf dem glänzenden Metall. »Nun, ich schätze, in Zukunft wirst du besser aufpassen.«

»Bestimmt«, sagte Elinn rasch.

»Versprochen?«

Elinn nickte heftig. »Versprochen.«

»Gut.« Er nickte ihr noch einmal zu, mit einem Gesichtsausdruck, der – nun, es war nicht direkt ein Lächeln, aber womöglich so etwas Ähnliches, oder lag es einfach daran, dass Pigrato in der Kunst des Lächelns so wenig geübt war, dass man nicht auf Anhieb erkennen konnte, was gemeint war? Jedenfalls, er nickte ihr zu, dann ihrer Mutter, dem Arzt und den Kindern, und dann ging er wieder. Ging, und die Tür schloss sich hinter ihm wieder. Hätte nur noch gefehlt, dass er draußen im Gang angefangen hätte, ein fröhliches Lied zu pfeifen.

»Was ist denn mit dem los?«, platzte Ronny heraus, kaum dass die Tür wieder zu war.

»Ja, seltsam. So kenne ich ihn überhaupt nicht«, gab Doktor DeJones zu.

»Er hat kein Wort von der Antarktis erzählt«, stellte Ariana fest.

»Er hat sie nicht einmal *erwähnt*«, pflichtete Carl ihr bei.

Seine Mutter sprach schließlich aus, was alle empfanden: »Wenn ich versuche, mir vorzustellen, was jemanden wie Pigrato in gute Laune versetzen kann, dann wird mir richtig unheimlich zu Mute.«

Spät an diesem Abend, als er gerade am Einschlafen war, hörte Carl das Trippeln nackter Füße, und gleich darauf schlüpfte seine kleine Schwester zu ihm unter die Decke. Das hatte sie schon lange nicht mehr gemacht, aber nach einem Tag wie heute ... Er rückte beiseite und legte den Arm um sie. »Hallo, kleiner Glückspilz«, murmelte er schläfrig.

»Carl?«, flüsterte Elinn aufgeregt.

»Komm, schlaf. Es ist sicher schon schrecklich spät ...«

»Aber ich muss dir was zeigen!«

»Zeig's mir morgen, okay?«

»Ich hab heute nämlich in der Jefferson-Schlucht ein Artefakt gefunden«, sagte Elinn.

Sie hätte ihm auch einen Eimer kaltes Wasser über den Kopf schütten können. Carl fuhr hoch, knipste das Licht in seiner Bettnische an und sah seine Schwester entgeistert an. »Wie bitte?«

»Na ja ...« Elinn lächelte unsicher. »Ich habe wieder das Leuchten gesehen, weißt du? In der Jefferson-Schlucht. Und das habe ich gefunden.« Sie streckte ihm hin, was sie mitgebracht hatte.

Carl schüttelte fassungslos den Kopf. »Du bist doch von allen guten Geistern verlassen.« Aber er nahm das Fundstück in die Hand und betrachtete es.

Seit Elinn zum ersten Mal draußen auf der Oberfläche des

Mars gewesen war, sammelte sie diese seltsamen Steine. Oder was immer es war. Niemand außer ihr hatte jemals etwas Vergleichbares gefunden, während Elinn inzwischen ein ganzes Regal voll davon besaß. Es waren flache Gebilde, die kleinsten nicht größer als ein Daumennagel, die größeren – so wie das, das er nun in der Hand hielt – ungefähr so groß wie sein Handteller, und sie schienen auf den ersten Blick aus buntem Schmuckglas zu bestehen. Manche von ihnen glänzten und schimmerten geheimnisvoll, andere wiesen farbige Schlieren auf. Dieses hier zeigte ein Muster, das wie eine halb fertige Zeichnung wirkte. Elinn nannte diese Gebilde *Artefakte*, was in der Fachsprache der Archäologen, wie ihr Vater einer gewesen war, *von Menschen geschaffene Gegenstände* bedeutet.

Das waren diese Steine nun bestimmt nicht. Eine Untersuchung im Labor hatte ergeben, dass es sich einfach um geschmolzenes Silizium mit allerlei mineralischen Beimengungen handelte. Aber schön waren sie, richtige Schmuckstücke.

»Es ist wunderschön, nicht wahr?«, strahlte Elinn.

»Ja. Sicher. Aber du darfst nicht dein Leben aufs Spiel setzen dafür, Elinn. Das ist ausgesprochen dumm.«

»Ja, ich weiß.« Sie schaute bedrückt drein, ungefähr eine Sekunde lang, dann sprühte sie wieder vor Begeisterung. »Siehst du die Zeichnung darauf? Das hier, das sieht doch aus wie ein Löwenkopf, findest du nicht? Aber eigentlich ist es eine Landschaft. Siehst du?«

Carl hielt das flache Gebilde näher ans Licht. Ja, mit einiger Phantasie konnte man sich vorstellen, einen brüchigen Kraterrand zu sehen, der aussah wie die Mähne eines Löwen, zwei dunkle Punkte – kleinere Krater vielleicht –, die die Augen darstellten, und schließlich einen von Schluchten durchzogenen Tafelberg: Nase und Maul des Löwen. »Ja. Sieht wirklich fast so aus.«

»Und jetzt mach mal das Licht aus!«

»Wieso denn?«

»Mach's doch mal aus«, drängelte Elinn aufgeregt. »Bloß kurz.«

»Also gut.« Er knipste die Lampe aus und wollte sie gleich wieder einschalten, als er es sah: ein winziger Punkt in dem Artefakt, der im Dunkeln blau leuchtete. Es sah fast unheimlich aus.

»Siehst du's? Siehst du den Punkt?«

»Ja«, nickte Carl, machte das Licht wieder an und versuchte auszumachen, wo der Punkt genau gewesen war. Irgendwo bei dem Tafelberg, ungefähr beim rechten Nasenloch. »Wirklich hübsch. Ich frage mich wirklich, warum immer du diese Dinger findest und niemand sonst.«

Sie machte ein empörtes Gesicht. »Das habe ich dir schon hundertmal erklärt. Die Artefakte liegen nicht einfach so herum. Die Marsianer legen sie mir hin und lassen sie leuchten, damit ich sie finde.«

»Ja, ja. Ich weiß.«

»Und das hier ist eine Karte, die uns zu ihrer unterirdischen Stadt führen soll. Dort wo der Punkt leuchtet, ist der Eingang. Wir brauchen jetzt nur noch auf einer Marskarte nachschauen, und dann können wir die Marsianer entdecken.«

Carl seufzte, ließ das Artefakt sinken und sah seine Schwester an. Seine kleine Schwester. In solchen Momenten hätte man nicht glauben wollen, dass sie schon dreizehn Erdjahre alt war. Gerade sah sie noch immer aus wie das fünfjährige Mädchen, das nach Papas Tod jede Nacht weinend zu ihrem siebenjährigen Bruder ins Bett gekrochen kam, monatelang, immer nach einem Traum, in dem sie ihren Vater durch endlose Labyrinthe unter der Marsoberfläche hatte irren sehen.

»Elinn«, sagte er ernst, »das waren Märchen. Die Geschichten, die Papa uns von den Marsianern erzählt hat, waren alles Märchen, die er sich für uns ausgedacht hat.«

Sie sah ihn an, als würde sie jeden Moment zu weinen anfangen. »Nein.«

»Doch, Elinn. Wir waren beide noch klein und hatten Angst, wenn draußen die Sandstürme tobten, und deswegen hat sich Papa mit uns an den Ofen gesetzt und uns spannende Geschichten erzählt. Um uns abzulenken. Und weil er Archäologe war und früher auf der Erde nach untergegangenen Völkern geforscht hat, hat er sich die Marsianer ausgedacht.«

»Das ist nicht wahr. Ich weiß, dass es sie gibt.« Sie verschränkte trotzig die Arme. »Wieso finde ich denn sonst immer die Artefakte? Wieso sehe ich das Leuchten, hmm?«

Weil du unseren Vater sehr lieb gehabt hast, dachte Carl. Und weil du vielleicht immer noch nicht richtig verkraftet hast, dass er nicht mehr da ist. Aber das konnte er ihr natürlich nicht so sagen. Obwohl es bestimmt die Wahrheit war. Es ging ihm ja selber so, dass er oft an Papa denken musste.

»Schau mal«, sagte er stattdessen, »die Leute im Labor haben doch ein paar von deinen Artefakten untersucht. Und sie haben festgestellt, dass es Silizium ist, geschmolzenes Silizium. Eine Art vulkanisches Glas wahrscheinlich, das vor Millionen von Jahren von den Vulkanen des Mars ausgespuckt worden ist. Aus dem Mons Ascraeus zum Beispiel. Der ist zehn Kilometer hoch, höher als jeder Berg auf der Erde – kannst du dir vorstellen, was für Mengen von flüssigem Gestein der Vulkan über die ganze Gegend hier verteilt haben muss?«

Elinn nahm das Artefakt wieder an sich, betrachtete es traurig. Carl tat es Leid, ihre Träume zerstören zu müssen, aber wenn sie sich derart in Gefahr begab, musste es einfach sein. Schließlich war sie seine kleine Schwester, und es war seine Pflicht, auf sie aufzupassen.

»Meinst du?«, fragte sie.

Er nickte. »Ja.«

Sie wickelte sich seufzend wieder in die Decke, das gläserne Fundstück an sich gedrückt. »Aber dann müssten doch überall solche Artefakte herumliegen, oder?«

»Ja, eigentlich schon.« Er schaltete das Licht aus und legte sich wieder hin. Er merkte, dass er ganz schön müde war. »Aber dafür gibt es bestimmt auch eine Erklärung. Ich weiß sie bloß nicht. Komm, schlaf jetzt.«

»In Ordnung. Gute Nacht.«

»Gute Nacht.«

Aber sie schlief nicht. Immer wenn Carl gerade am Einschlafen war, wälzte Elinn sich in eine andere Position und weckte ihn dadurch wieder auf.

»Carl?«, fragte sie schließlich.

»Was denn?«

»Wir könnten doch«, überlegte sie im Finstern, »auf der Marskarte nachsehen, ob wir den Löwenkopf finden. Ich meine, irgendwelche Krater und Berge, die so aussehen wie auf der Zeichnung im Artefakt. Oder? Das könnten wir doch tun?«

»Meinetwegen«, meinte Carl schläfrig. »Wenn du dann Ruhe gibst, gehen wir morgen in den Kartenraum und schauen nach.«

»Toll.« Elinn kuschelte sich raschelnd in die Decke. »Bestimmt entdecken wir ein großes Geheimnis.«

»Bestimmt«, murmelte Carl. »Schlaf jetzt.«

Wenn sie geahnt hätten, was für ein Geheimnis sie entdecken sollten, wären sie nicht so ruhig eingeschlafen.

# 3 Im Kartenraum

Carl hatte nicht im Ernst gehofft, Elinn würde das mit dem Kartenraum am nächsten Morgen vergessen haben, aber dass sie ihn in aller Frühe wachrüttelte war schon reichlich heftig.

»Los, aufwachen!«, rief sie dabei. »Wir müssen das Löwengesicht finden!«

»Ja, ja«, murrte Carl und hätte sonst was drum gegeben, weiterschlafen zu dürfen. Aber so wälzte er sich eben aus dem Bett, blieb dann schief auf dem Bettrand sitzen und sah seine kleine Schwester schlaftrunken an.

»Du wolltest mit mir in den Kartenraum gehen«, sagte sie.

»Erst muss ich was frühstücken«, sagte Carl. »Und mich waschen und so weiter.«

»Aber dann gehen wir, ja?«

»Ja doch.«

Unter der Dusche stellte er fest, dass so früh aufzustehen immerhin den Vorteil hatte, dass das Wasser noch ordentlich heiß war. Allerdings roch es heute etwas komisch. Das kam manchmal vor. Das Wasser stammte aus einer großen Eisader tief unter dem Boden, und ab und zu wurden Stoffe mit aufgetaut, die das Aufbereitungssystem für Waschwasser nicht ausfilterte. Die aufwendigeren Filterstufen des Trinkwassersystems allerdings konnten solche Substanzen nicht passieren.

Zum Frühstück gab es, wie immer, Getreidebrei mit Obst. Auf der Erde hätte man die Art und Weise, wie sich die Marssiedler ernährten, als »vegetarisch« bezeichnet. Carl und Elinn allerdings war dieses Wort nicht geläufig. Nahrung, das waren Pflanzen, Punkt. Obwohl es auf dem Mars Land in Hülle und Fülle gab, war die landwirtschaftlich nutzbare Fläche begrenzt. Jedes Gemüsebeet und jedes Weizenfeld musste mit einer luftdichten Plastikkuppel überdacht und mit Luft und Wasser versorgt werden, damit etwas wachsen konnte. Die Sonneneinstrahlung sorgte für Licht und genügend Wärme. Aber obwohl sich rund um den oberirdischen Teil der Siedlung zahlreiche solcher Kuppeln wölbten, hätte die darin erzielte Ernte nicht ausgereicht, auch noch zum Beispiel Kühe, Schafe oder Schweine zu ernähren. Also mussten die Marssiedler ohne Milch und ohne Käse, ohne Jogurt und ohne sonntägliche Schweineschnitzel auskommen.

Die einzigen Ausnahmen, die man sich leistete, waren ein paar hundert Hühner, die zwischen den Obstbäumen umherwackelten und die Siedlung mit Eiern versorgten, und eine Zucht afrikanischer Tilapiafische, die in gewärmten Wassertanks lebten und von Pflanzenabfällen rasch und unkompliziert gediehen. Ab und zu kam also Fisch auf den Tisch, und vor Feiertagen raffte man sich auf, ein paar Hühner zu schlachten, aber die meisten Siedler legten gar keinen so großen Wert darauf. Man hatte die Wahl aus allen möglichen Sorten Gemüse, Salat und Obst; Sojabohnen wuchsen wie Unkraut, und was es auch in rauen Mengen gab, waren Pilze. Man züchtete sie in Stollen unterhalb der Station, natürlichen Höhlensystemen, deren Herkunft nicht restlos geklärt war, an die hundert verschiedene Sorten, die den Speisezettel bereicherten.

»Bestimmt entdecken wir heute ein großes Geheimnis«, meinte Elinn beim Frühstück.

»Was für ein Geheimnis?«, wollte Mutter wissen.

Elinn senkte den Kopf, sodass ihr die rostroten Haare wie ein Schleier vors Gesicht fielen. »Das kann ich dir nicht sagen«, brummelte sie. »Sonst ist es ja kein Geheimnis mehr.«

»Verstehe«, nickte Mutter und musterte ihre Tochter mit einem skeptischen Blick.

»Ähm«, machte Carl, hauptsächlich, um abzulenken, »hast du übrigens schon etwas gehört von der Weltraumbehörde wegen meinem Studium?«

Damit hatte er die Aufmerksamkeit seiner Mutter. Sie sah ihn an und schüttelte bekümmert den Kopf. »Nein, nichts. Aber du solltest dir da wirklich nicht so große Sorgen machen. Irgendwie wird sich das schon finden.« Ihr war anzumerken, dass sie das selber nicht glaubte. Die Weltraumbehörde, zuständig für alle Belange der Marssiedler, schien völlig überfordert zu sein von der Tatsache, es statt mit fertig ausgebildeten Erwachsenen plötzlich mit jugendlichen Heranwachsenden zu tun zu haben, über deren Ausbildung man sich Gedanken machen musste. Im ersten Schreiben hatte es geheißen, Carl solle sich doch das mit dem naturwissenschaftlichen Studium aus dem Kopf schlagen, es gebe immerhin eine ganze Reihe von Studiengängen, die man vollständig per Online-Fernstudium abschließen könne, wie Mathematik, Philosophie, Geschichte ... Ausgerechnet Geschichte! Im zweiten Brief hatte man Zahlen genannt, was so ein Studium kosten würde, inklusive Aufenthalt, Studiengebühren und vor allem Flug, und das war so irrwitzig teuer und jenseits aller Möglichkeiten der Familie Faggan gewesen, dass Carl tagelang deprimiert gewesen war.

»Hmm«, machte Carl. Keine Antwort war immerhin keine schlechte Neuigkeit.

»Auf jeden Fall solltet ihr euch Mühe geben, im Unterricht so gut wie möglich abzuschneiden«, meinte Mutter. »Die KI hat mir neulich gesagt, dass ihr in einigen Fächern ziemlich zurück seid. Du, Carl, in Geschichte, und Elinn in Mathematik.«

*Die KI* – die Künstliche Intelligenz also –, so wurde AI-20 von den meisten Erwachsenen genannt. Auch wenn AI-20 so gut mit den Kindern befreundet war, wie ein Computerprogramm das sein konnte, gab es, was Unterricht anbelangte, keine Gnade.

Mutter sah auf die Uhr. »Ich muss los. Also, strengt euch ein bisschen an, hört ihr?«

»Ja, Mum«, antworteten beide im Chor.

»Schön.« Mutter lächelte und fuhr ihnen beiden mit der Hand durchs Haar. »Dann bis heute Abend.«

Als die Tür hinter ihr ins Schloss gefallen war, fragte Elinn: »Gehen wir jetzt in den Kartenraum?«

Carl seufzte. »Darf ich noch aufessen? Außerdem müssen wir erst den Schlüssel besorgen.«

Der Kartenraum war so etwas wie ein Heiligtum in der Siedlung. Er hieß so, weil dort die Karten des Mars aufbewahrt wurden, die mit Hilfe von Satellitenaufnahmen und

Expeditionsunterlagen erstellt worden waren, aber der Raum wurde auch für Besprechungen benutzt; Computer und Datenspeicher standen darin, kurzum, es handelte sich um das Zentrum der gesamten Marsforschung. Deshalb hatte die Tür ein richtiges Kartenschloss wie sonst allenfalls das Medikamentenlager der Krankenstation – allerdings waren die Schlüsselkarten dazu nach völlig undurchsichtigen Regeln verteilt. Ihre Mutter zum Beispiel hatte keine, obwohl sie stellvertretende Bauleiterin war. Wenn sie, was nicht gerade selten vorkam, eine Karte der Umgebung einsehen musste, lieh sie sich den Schlüssel von Jurij Glenkow, der für die Wartung der beiden Fusionsreaktoren zuständig war und den noch nie jemand im Kartenraum gesehen hatte.

Der bärtige Russe war nicht weiter überrascht, als Carl und Elinn an seine Tür klopften. »Ich weiß schon, eure Mutter braucht mal wieder den Schlüssel«, begrüßte er sie in seinem gemütlichen, rollenden Dialekt und fing gleich an, in den Taschen der Jacke zu kramen, die im Flur neben der Tür hing. »Ihr habt Glück. Zehn Minuten später wäre ich fort gewesen.«

Die Fusionsreaktoren standen etwa einen Kilometer abseits der Siedlung, in Bauten unter der Oberfläche – einer in einem Tal im Nordwesten, der andere in einem Krater in südöstlicher Richtung. Jurij war deshalb viel unterwegs.

»Ah, da ist er ja.« Er zog eine schmale weiße Karte hervor, auf der sein Name und sein Bild angebracht war, und reichte sie den beiden. »Bitte. Sagt eurer Mutter einen schönen Gruß.«

»Machen wir«, versprach Carl mit angehaltenem Atem.

»Und wir bringen den Schlüssel sobald wie möglich wieder.«

*»Da, da.* Schiebt ihn einfach unter der Tür durch, wenn ich noch nicht zurück sein sollte.«

Gleich darauf sah man die beiden Geschwister die *Main Street* entlanggehen, Carl straffen Schrittes, Elinn voller Erwartung neben ihm. Die *Main Street* war, auch wenn sie so hieß, natürlich nicht wirklich eine Straße in dem Sinn, wie man das Wort auf der Erde verwendet hätte, sondern ein heller, breiter Gang mit einer Galerie im Obergeschoss und einem weiten Kuppeldach, dem man nicht ansah, dass zehn Meter Marsgestein darauf lasteten. Hier befanden sich außer Wohnungen noch einige allgemein zugängliche Räume, etwa Wäscherei, Bibliothek oder ein Gemeinschaftsraum, in dem man Fernsehsendungen von der Erde sehen konnte.

Was Leute, die zum ersten Mal Bilder von der Marssiedlung zu Gesicht bekamen, am meisten wunderte, war die Tatsache, dass die Gebäude unter der Oberfläche des Mars ausnahmslos aus schlichten Ziegeln erbaut worden waren. Es kommt einem zunächst seltsam vor, dass Menschen des einundzwanzigsten Jahrhunderts mit modernsten Raumschiffen Millionen von Kilometern durch das All zu einem anderen Planeten fliegen, um dort Bauten aus demselben Material zu errichten, das schon die alten Ägypter verwendet hatten. Tatsächlich aber war es die beste Lösung gewesen. Der eisenreiche, in Verbindung mit Wasser lehmartige Marssand ist ein ausgezeichnetes Rohmaterial für Ziegel, und es gibt praktisch unbegrenzte Mengen davon. Die Herstellung von Ziegeln ist denkbar einfach, und wie man damit dauerhafte Bauwerke errichtet, ist seit Jahrtausenden bekannt. Es war also kein Zufall, dass die Marssiedlung einer unter die Oberfläche verlegten, antiken römischen Stadt glich, mit Gewölben, Rundbögen, Arkaden und Atrien.

Die *Main Street* mündete in die *Plaza,* einen großen runden Platz, umschlossen von Mauern, die wie ein runder Schacht in die Höhe ragten. Ganz oben hatte man gewölbte, bei der Herstellung etwas schlierig geratene Glassteine eingesetzt, die Tageslicht herabschimmern ließen. Ursprünglich war in der Mitte der *Plaza* ein Baum eingepflanzt gewesen, aber der hatte zu wenig Licht bekommen, um zu gedeihen, sodass man ihn hinaus in eines der Treibhäuser verpflanzt und durch einen kleinen, beruhigend vor sich hin plätschernden Springbrunnen ersetzt hatte. Von der *Plaza* aus ging es auf der *Main Street* weiter zu den Werkstätten, linker Hand führten eine Wendeltreppe und ein Aufzug hinauf zur Station an der Oberfläche, und rechts war der schmale Durchgang zu den Labors. Dort befand sich auch der Kartenraum.

»Gleich lüften wir das Geheimnis«, sagte Elinn, als sie vor dessen Tür standen.

Die beiden sahen sich um. Die Luft war rein. Carl zog seinen Kommunikator heraus und wählte die Nummer von AI-20. »Ist jemand im Kartenraum?«, fragte er. Er hatte AI-20 über ihr Vorhaben informiert, ehe sie von zu Hause losgegangen waren, und die Künstliche Intelligenz hatte eingewilligt, ihnen zu helfen.

»Nein, es ist niemand hier«, sagte AI-20. »Aber ich mache euch schon mal das Licht an.«

Carl steckte die Karte in den Leseschlitz. Mit einem leisen Klicken öffnete sich die Tür. In dem Raum dahinter leuchtete tatsächlich schon das Licht. AI-20 hatte die Kontrolle über fast alles in der Siedlung – bis auf manche Kleinigkeiten wie eben das Türschloss des Kartenraums.

Der Kartenraum sah, anders als man das vielleicht vermutet hätte, ziemlich technisch aus. Ein großer Tisch nahm die Mitte des Raums ein, angestrahlt von sechs hellen Lampen, darum herum ein Dutzend Stühle. Tatsächlich lagen ein paar Karten, Zeichnungen, Akten und Datenspeicher herum – jemand schien am Vorabend noch schwer beschäftigt gewesen zu sein. An einer Pinnwand war eine Reihe von Satellitenfotos der Marsoberfläche befestigt, darunter standen metallene Aktenschränke und Computer, auf denen sich verschiedene Kommunikatoren, Datenlesegeräte und andere Apparate drängten, sodass man kaum etwas von den Wänden sah.

»Willkommen«, erklang die Stimme von AI-20 aus den Lautsprechern des Kommunikators. »Ich schlage vor, ihr legt den fraglichen Gegenstand auf den Scanner, damit ich die Zeichnung mit den gespeicherten Marskarten vergleichen kann.«

»Der Scanner . . .«, wiederholte Carl und sah sich um. Welcher dieser Apparate sah aus wie ein Scanner?

»Du stehst davor«, half ihm die Computerstimme.

»Ach so.« Carl betrachtete das Gerät. Über einer dicken Glasplatte hing an einem Bügel ein etwa faustgroßes Metallteil, in dem es in diesem Moment zu knistern und zu summen anfing. Ein Laserscanner offenbar, und ein ziemlich altersschwacher, wie es sich anhörte. »Na gut«, meinte er zu seiner Schwester. »Du bist dran.«

Elinn nestelte das Artefakt aus der Tasche und legte es in die Mitte der Glasplatte. Gleich darauf tastete ein hauchdünner, fast nicht wahrnehmbarer Laserstrahl das Fundstück ab, immer wieder und wieder.

»Es dauert eine Weile«, sagte die Künstliche Intelligenz. »Die Beschaffenheit des Gegenstands erschwert den Vorgang des Scannens.«

»Klar«, sagte Elinn überzeugt. »Das ist ja auch marsianische Technik.«

Carl verdrehte die Augen, aber so, dass es seine Schwester nicht mitbekam. »Bring sie nicht durcheinander«, murmelte er.

Der Bildschirm der Kommunikationsanlage wurde hell, und die Abbildung des Löwenkopfs erschien darauf, in eine schlichte Strichzeichnung umgesetzt. »Ist das die Struktur, nach der ich suchen soll?«, fragte AI-20.

»Ja«, rief Elinn sofort. »Genau.«

»In Ordnung. Bitte einen Moment Geduld.«

Eine längere Pause trat ein. Carl musterte Elinn von der Seite, wie sie unverwandt und voller Erwartung auf den Bildschirm starrte. Sie würde gleich ziemlich enttäuscht sein. Aber auch das würde sie nicht davon abbringen zu glauben, dass es Marsianer gab.

Die Zeichnung auf dem Bildschirm veränderte sich unmerklich. Das hieß, dass AI-20 begonnen hatte, nach Varianten davon zu suchen.

»Es tut mir Leid«, sagte die Künstliche Intelligenz, wobei die Stimme allerdings nicht so klang, als könne ihr wirklich etwas Leid tun. »Ich kann in den Kartendaten keine areologische Struktur finden, die der Vorlage auch nur annähernd entspricht.« Das war wieder die Genauigkeit des Computers. Der griechische Name für den Mars war *Ares*, deshalb sprach man, wenn man präzise sein wollte, auf dem Mars nicht von Geologie, sondern von Areologie.

Auf Elinns Gesicht breitete sich maßlose Enttäuschung aus. »Ist das wirklich wahr?«, wollte sie wissen.

»Ja«, erwiderte AI-20 ungerührt. »Ich habe keine Veranlassung, dir die Unwahrheit zu sagen.«

»Aber ich bin mir sicher, dass es irgendwo Berge gibt, die genauso aussehen wie die Zeichnung im Artefakt.«

AI-20 schwieg einen Moment. »Das ist nicht ausgeschlossen«, räumte die Stimme dann ein. »Ich habe nur festgestellt, dass in den Karten nichts Vergleichbares zu finden ist. Aber wir sind noch weit davon entfernt, die gesamte Oberfläche des Mars mit befriedigender Genauigkeit kartografiert zu haben.«

»Siehst du?«, wandte Elinn sich strahlend an Carl. »Es kann also sein, dass man das Löwengesicht eines Tages doch noch findet.«

Carl seufzte. Eigentlich hatte er gehofft, dass diese Aktion Elinn zumindest so weit von ihrem Marsianer-Fimmel kurieren würde, dass sie keine verrückten Ausflüge mehr unternahm. Und jetzt unterstützte dieses blöde Computerprogramm sie auch noch! »AI-20, das kann doch nicht sein. Ich meine, der Mars wird jetzt schon ewig erforscht, und ...«

»Ich muss erneut deine Verwendung des Wortes ›ewig‹ rügen«, unterbrach ihn AI-20. »Die ersten Marskarten wurden vor fast zweihundert Jahren nach Teleskopbeobachtungen gezeichnet und waren nach heutigem Kenntnisstand absolut unbrauchbar. Die erste Landung einer Marssonde liegt einhundertzehn Jahre zurück, die erste bemannte Landung siebenundsechzig Jahre, und die erste dauerhafte Station, aus der später diese Siedlung hervorging, wurde vor einunddreißig Jahren eingerichtet.«

»Na schön, aber es gibt zwei Satelliten, die den Mars umkreisen und ständig Bilder liefern – die müssen doch schon jeden Quadratkilometer fotografiert und vermessen haben!«

»Im nächsten Halbjahr steht für dich eine Unterrichtseinheit im Fach Optik auf dem Programm, in der wir auf die Probleme dieser Art Kartografie genauer eingehen werden«, erwiderte AI-20 gleichmütig. Ein kurzes, merkwürdiges Stocken in der künstlichen Stimme ließ sowohl Carl als auch Elinn aufhorchen. »Wir sollten unser Gespräch an dieser Stelle abbrechen«, fuhr AI-20 fort. »Ihr wisst, dass es euch eigentlich nicht erlaubt ist, euch allein hier im Kartenraum aufzuhalten.«

Elinn verzog das Gesicht und streckte dem Lautsprecher die Zunge heraus. Carl nahm das Artefakt vom Scanner, steckte es in die Tasche und sagte: »Wir gehen ja schon.«

»Davon würde ich abraten«, erklärte die Künstliche Intelligenz zu ihrer Verwunderung. »Ich habe eben bemerkt, dass Mister Pigrato sich mit einigen seiner Mitarbeiter nähert und offenbar vorhat, mit ihnen eine Besprechung im Kartenraum abzuhalten. Sie werden in schätzungsweise fünfundzwanzig Sekunden die Tür öffnen.«

# 4 Antrag 86-024

»Was?«, entfuhr es Carl. »Das darf doch nicht wahr sein.«

Elinn sah ihn mit großen Augen an. »Der reißt uns den Kopf runter.«

»Allerdings. Ich kann mir nicht vorstellen, dass seine gute Laune mehr als einen Tag angehalten hat.«

»Ihr solltet«, unterbrach AI-20 sie mit nervtötender Gelassenheit, »euch im Nebenraum verstecken.« Ein sanftes Klicken ertönte, und eine schmale blaue Tür, über deren Schloss AI-20 offensichtlich Kontrolle hatte, sprang auf. »Und das möglichst schnell, denn ich muss das Licht löschen, ehe Mister Pigrato hereinkommt.«

Carl und Elinn machten, dass sie durch die enge Öffnung kamen. Der Raum dahinter war eng, warm und stickig und stand voller brusthoher Metallkästen: Hochleistungscomputer, hinter denen sie sich ins Eck duckten. In einem dieser Computer, fiel Carl ein, war AI-20 sozusagen beheimatet, er wusste allerdings nicht genau, in welchem. Und schon ging das Licht aus. Er umfasste seine Schwester und drückte sie an sich, spürte, wie ihr Atem rasch ging und dass sie ein bisschen zitterte.

Man hörte das Kartenschloss knacken, dann ging die Tür

auf, Schritte und Männerstimmen waren zu hören, das Licht ging wieder an.

»So, nehmen Sie Platz, wir werden eine Weile brauchen.« Das war Pigratos Stimme, unverkennbar mit ihrem missgelaunten Unterton.

»Riecht ein bisschen seltsam hier, oder?«, sagte jemand.

»Ja. He, das ist der Scanner. Der ist noch warm, seltsam . . .«

Carl sah hoch und entdeckte zu seinem Entsetzen, dass sie vergessen hatten, die Tür zurück ins Schloss zu drücken. Sie stand sperrangelweit offen. Sie hatten in der Eile nicht bemerkt, dass AI-20 nur ihr Schloss öffnen, sie aber nicht wieder schließen konnte.

Er drückte sich zurück in ihr Versteck und bedeutete Elinn, dass sie mucksmäuschenstill sein mussten.

»Darf ich Ihre Aufmerksamkeit vielleicht auf unsere Besprechung lenken?«, nörgelte Pigrato.

Murren, Brummeln, Stühlerücken. Sie schienen keinen Verdacht geschöpft zu haben. Carl merkte, dass er unwillkürlich den Atem angehalten hatte. Er atmete leise aus und holte so lautlos wie möglich wieder Luft. Die war hier drinnen wirklich erbärmlich schlecht.

Pigratos Stab bestand aus zwei Männern und einer Frau, von denen niemand genau wusste, was sie eigentlich den ganzen Tag zu tun hatten. Der eine Mann, ein glatzköpfiger Marokkaner namens Farukh, hatte die Statur eines Kampfringers, war aber erstaunlicherweise Buchhalter oder so etwas Ähnliches. Der andere hieß Graham Dipple, ein magerer, nervöser Wichtigtuer mit seltsamen Narben im Gesicht, stammte aus Amerika und tat immer, als sehe er einen nicht, wenn man ihm über den Weg lief. Die Frau hieß Cory MacGee, und sie war die Einzige von den Erdlingen, bei der man das Gefühl hatte, dass sie sich bemühte, sich für die Zeit ihres Dienstes auf dem Mars in das Leben der Siedlung einzufügen. Die anderen Erdlinge schienen sie deswegen nicht recht leiden zu können.

»Ist eigentlich inzwischen geklärt, woher der Spannungsabfall in der Südleitung kommt?«

»Glenkow kümmert sich heute noch mal darum. Am Reaktor liegt es jedenfalls nicht.«

»Übrigens, Mister Pigrato, hier ist die Liste der Medikamente, die die Asiaten von uns bekommen haben. Sie wollten die neulich haben . . .«

»Ach ja, genau. Wenn die Asiatische Allianz ihre Marsstation schon nicht ordentlich ausrüstet, dann soll sie wenigstens die Kosten ersetzen für das, womit wir ihr aushelfen.«

Allgemeines spöttisches Gelächter. Carl verdrehte die Augen. Die Mitarbeiter Pigratos waren Leute von der Erde, ohne jedes Gefühl dafür, was es bedeutete, auf dem Mars zu leben. Sie dachten nur daran, hier ihre zwei oder vier Jahre abzuleisten und dann mit dicken Zuschlägen für extraterrestrischen Dienst nach Hause zurückzukehren.

Jemand klopfte auf den Tisch, Pigrato vermutlich. »Gut, aber deswegen sind wir nicht hier. Es geht um eine Angelegenheit, die bis auf weiteres streng vertraulich zu behandeln ist. Ich hoffe, wir verstehen uns. Also bitte auch keine Andeutungen gegenüber den Siedlern, das macht im Nu die Runde. *Vor allem* keine Andeutungen den Siedlern gegenüber.«

Gespanntes Schweigen trat ein. Carl hatte das Gefühl,

dass ihre heftig pochenden Herzen bis draußen zu hören waren. Das hatte gerade noch gefehlt. Nicht genug, dass sie nicht hier sein durften, jetzt mussten sie sich auch noch irgendwelchen Quatsch anhören, den die Erdlinge für wichtig und geheim hielten. Wenn man sie jetzt noch entdeckte, würde Pigrato ihnen wahrscheinlich tatsächlich den Kopf herunterreißen.

Jemand stand auf, raschelte mit einem Datenträger herum, drückte Knöpfe. »Ich spiele Ihnen jetzt eine Nachricht vor, die mich vor ein paar Tagen erreicht hat.« Das war wieder Pigrato. »Sie stammt direkt von Senator Bjornstadt, dem Vorsitzenden des Ausschusses für Raumfahrtangelegenheiten.«

Bjornstadt. Den Namen kannten sie auf dem Mars alle. Wann immer etwas nicht genehmigt wurde – neue Roboter etwa; die Siedlung musste mit einer Hand voll Robotern auskommen, von denen keiner jünger als zwölf Jahre war –, dann stand Bjornstadts Signatur darunter.

»Ich grüße Sie, Tom.« Ein buntes Flackern war bis in ihr Versteck wahrnehmbar, offenbar handelte es sich um ein Videomail. »Ich wollte Ihnen nur mitteilen, dass der Ausschuss morgen zusammentritt, um über Antrag 86-024 zu beraten. Ich habe Ihre Anregung aufgenommen, von der Kostenseite her zu argumentieren – auf diese Weise gewinnen wir auch diejenigen Ausschussmitglieder, die der Heimwärtsbewegung nahe stehen, sich aber nicht dazu bekennen wollen. Die brauchen nur irgendein Argument, das sie öffentlich vertreten können, damit sie für uns stimmen. Mit den wichtigsten Leuten habe ich unter vier Augen gesprochen und bin ziemlich zuversichtlich, dass wir den Antrag durchkriegen. Natürlich müssen noch Experten zu Wort kommen, um den gesetzlichen Bestimmungen zu genügen, aber ich denke, die Entscheidung wird rechtzeitig genug fallen, um das aktuelle Startfenster zum Mars nutzen zu können.« Bjornstadt hüstelte. »Ich dachte, es würde Sie freuen, das zu hören. Was die Öffentlichkeit anbelangt, bleibt es selbstverständlich bei der verabredeten Nachrichtensperre.«

Das summende Geräusch, mit dem der Datenträger aus dem Leseschlitz ausgeworfen wurde, Stühlerücken und Papierrascheln.

»Jetzt verstehe ich, warum Sie gestern so gute Laune hatten«, sagte jemand, und die anderen lachten.

»Allerdings«, räumte Pigrato ein.

»Ist mir ganz neu, dass Sie mit der Heimwärtsbewegung sympathisieren.«

Pigrato gab einen knurrenden Laut von sich. »Die ist mir so egal wie dem Senator. Er will Karriere machen, und ich will zurück zur Erde.«

»Der alte Bjornstadt. Der weiß einfach, wie man die Dinge einfädeln muss.«

»Kein Wunder, dass er Senator ist.«

»Will er nicht Finanzminister werden? Sagt man doch.«

»Kann nicht mehr lange dauern, wenn er noch ein paar solche Dinger landet.«

Ein energisches Klopfen. »An die Arbeit«, sagte Pigrato. Er raschelte mit Papier. »Ich habe hier aufgelistet, was zu tun ist. Alles sichern, was sich als Waffe benutzen lässt. Kontrolle über die Lager und die Maschinen. Und so weiter. Momentan kann noch niemand sagen, wie viel Zeit wir zu überbrücken haben. Denken Sie daran: Unter Anspannung werden selbst zwei Wochen endlos sein.«

Carl und Elinn sahen einander an. Das klang alles ebenso rätselhaft wie beunruhigend. Carl legte warnend einen Finger vor die Lippen.

»Entschuldigen Sie, Mister Pigrato«, meldete sich Cory MacGee leise zu Wort. »Würden Sie mir kurz erklären, worum es in diesem Antrag überhaupt geht?«

»Antrag 86-024?« In Pigratos Stimme schwang unverhohlener Triumph. »Hier ist eine Kopie des Wortlauts.« Papier raschelte. »Aber ich kann es Ihnen in einem Satz zusammenfassen. Es ist ein Antrag der Kommission für Kostenkontrolle, die Erforschung des Mars zu beenden und die Marssiedlung aufzulösen.«

Carl hörte Elinn erschrocken einatmen. Er konnte sie gerade noch an sich ziehen und ihr die Hand vor den Mund pressen, sonst hätte sie losgeschrien.

»Wie bitte?«, erwiderte die Frau. »Wer denkt sich denn so einen Unsinn aus?«

»Ich, wenn Sie gestatten«, sagte Pigrato eisig. »Übrigens ist der Antrag gestern genehmigt worden.« Jemand lachte hämisch. Stühle wurden gerückt, Speicherscheiben klapperten.

Carl schluckte. Elinn bebte in seinen Armen. Er sah sie an. Sie hielt die Lippen fest zusammengedrückt, und in ihren Augen war etwas Wildes, Unzähmbares. Ihr war zuzutrauen, dass sie einfach hinausrannte und die Leute zur Rede stellte.

Und was dann passieren würde, das wollte er sich lieber nicht vorstellen.

Plötzlich war es verdächtig ruhig. Carl lugte hinter dem sanft vibrierenden Kasten hervor, gerade als Pigrato argwöhnisch sagte: »Wieso steht eigentlich die Tür zum Computerraum offen? Graham, schauen Sie doch einmal nach, was da los ist.«

# 5 Nichts los auf dem Mars?

Ariana hatte schlechte Laune an diesem Morgen. Miesepetrig hockte sie vor ihrer Tasse Kaffba, die viel zu heiß war – nachdem sie sich erst beschwert hatte, sie sei zu kalt, und sie noch einmal in die Mikrowelle gestellt hatte –, pustete auf die milchig braune Oberfläche und sah ihrem Vater zu, der gelassen seinen Frühstücksbrei löffelte.

»Und du willst wirklich nichts?«, fragte er noch einmal.

Ariana schüttelte nur den Kopf und kam sich völlig unverstanden vor. Das hatte sie doch gesagt, oder?

»So ein Kaffba macht immerhin nicht satt«, fuhr ihr Vater fort. *Kaffba,* so hieß das Getränk, das zum Wahrzeichen der marsianischen Siedler geworden war. Es wurde aus geröstetem Getreide, Kakao und einem halben Dutzend Gewürze indischer Abstammung gemacht. Leute von der Erde, die Kaffba probiert und versucht hatten, aus Getreidekaffee und Kakao und so weiter etwas Ähnliches zu Stande zu bringen, behaupteten, nichts schmecke wie original marsianischer Kaffba. »Als dein Arzt fühle ich mich verpflichtet, darauf hinzuweisen, dass Vitamine und Nährstoffe . . .«

». . . gerade für den Heranwachsenden enorm wichtig sind und so weiter, und so weiter«, vollendete Ariana den Satz.

Die übliche Leier eben. Eltern. Oder nur noch ein Elternteil, um genau zu sein. »Warum hat Mutter mich eigentlich damals nicht mitgenommen, als sie zurück zur Erde ist?«, fragte sie.

»Du wolltest nicht.«

Ariana knurrte unzufrieden. »Damals war ich *drei!* Das sind sechs Erdjahre.« Das Marsjahr zählte 669 Marstage und war damit ungefähr doppelt so lang wie ein Erdjahr. Wenn man betonen wollte, dass man für irgendetwas noch zu jung war, empfahl es sich, sein Alter in Marsjahren zu zählen. Und umgekehrt.

»Du hast schon immer genau gewusst, was du willst. Und auch, was du nicht willst. Wir hatten damals schon lange aufgehört, dir zu widersprechen.«

»Trotzdem. So eine Entscheidung überlässt man doch nicht einem dreijährigen Kind.«

»Wem denn sonst? Ich bin mir sicher, wenn deine Mutter dich gezwungen hätte mitzukommen, würdest du jetzt gerade an ihrem Tisch sitzen und dich bei ihr bitter beklagen.«

Damit hatte er vermutlich sogar recht. Ariana schlürfte an ihrem Kaffba. »Aber wenigstens würde ich dann in eine richtige Schule gehen, mit lauter Gleichaltrigen«, maulte sie. »Ich würde Jungs kennen lernen. Ich würde zum Tanzen gehen. Ich würde ein Leben haben, in dem was *los* ist.«

Ihr Vater hob die Augenbrauen, was ihn immer äußerst väterlich erscheinen ließ. »Ist hier etwa nichts los?«

»Oh doch, klar«, meinte Ariana sarkastisch. »Ich hocke den halben Tag vor einem vorsintflutlichen Computerbildschirm und absolviere Fernunterrichtslektionen, ohne mit einem einzigen Menschen reden zu müssen. Und den anderen halben Tag darf ich schuften, unten im Keller Champignons und Pfifferlinge pflücken, Bambusabfälle für die Papiermaschine zerkleinern, deine Praxis putzen oder sonst irgendwas.«

»Das ist heute Nachmittag übrigens wieder fällig«, nickte Vater.

»Ich sage ja, langweilig wird's mir wirklich nicht.«

»Und was ist mit dem Fest sonntagabends auf der *Plaza?* Sag bloß, das gefällt dir auch nicht.«

Ariana furchte die Stirn. »Doch, das ist ganz okay. Aber eben nur sonntags.«

»Da ist jede Woche ein Fest. Mehr wäre doch sowieso nicht zu ertragen. Weißt du, in Wirklichkeit lebt auf der Erde kein Mensch so wie diese Teenies in den Fernsehserien. Dafür hast du ja offenbar immer noch genug Zeit.«

»Ich hab jetzt schon ewig nicht mehr . . .«

Vater richtete den Löffel auf sie, als halte er ein diagnostisches Instrument in Händen. »Außerdem ist in zwei Wochen das große Silvesterfest. Glaub mir, tausende von Erdlingen würden ihren rechten Arm dafür geben, dabei sein zu dürfen.« Er blinzelte. »Ach, wo ich es gerade erwähne, Irene Dumelle hat mich gebeten, dich zu fragen, ob du morgen Nachmittag mit ihr rausfährst zum Zelt. Sie braucht jemanden, der einen Rover fahren und mit einem Greifarm umgehen kann.«

Wenn man auf dem Mars geboren war, lernte man, einen Rover zu steuern ungefähr in dem Alter, in dem Kinder auf der Erde das Fahrradfahren lernen. Da war ja auch nichts Großartiges dabei, fand zumindest Ariana. So ein Rover war ja nur drei Meter hoch, zwölf Meter lang und wog vier Tonnen. Und ringsum hatte man immer viel Platz. »Kann das nicht Ronny machen? Der ist sowieso der beste Fahrer von uns allen.«

»Ich glaube nicht, dass es darauf ankommt. Den will sie sowieso dabeihaben. Ich schätze, es geht darum, dass die Staubstürme letzte Woche ihre Spuren auf dem Zelt hinterlassen haben.«

Für das Silvesterfest war am Point Armstrong ein großes transparentes Druckzelt errichtet worden, eines von der Sorte, wie sie als Treibhäuser für Gemüse, Obstbäume und dergleichen dienten. Bis zum Point Armstrong fuhr man ungefähr eine Stunde, und man hatte von dort einen wunderbar weiten Blick auf die Ebene, die obere Station und die ersten Ausläufer der Valles Marineris. Sie hatten das Zelt mit Luft gefüllt und mit Isoliermatten ausgelegt und würden an Silvester die mitgebrachten Proviantkisten leer futtern und die Aussicht genießen, Abasi würde seine Gitarre mitnehmen und Bluesliede singen, und es würde ein unvergessliches Erlebnis werden.

Es waren noch zwei Wochen bis Silvester nach dem Marskalender – auf der Erde schrieb man erst Mitte Oktober. Im Marsjahr galt als Neujahr die Frühjahrstagundnachtgleiche, wie das bei Planetenforschern schon immer Brauch gewesen war, selbst als diese nur Fernrohre und noch keine Raumschiffe zur Verfügung gehabt hatten. Nach dem Marskalender schrieb man das Jahr 36 – das Marsjahr, in dem die erste bemannte Landung stattgefunden hatte, wurde als Jahr 1 betrachtet. Offiziell allerdings galt dieser Kalender nicht, die Erdregierung hätte ihn am liebsten verboten. Aber die Siedler benutzten ihn trotzdem. Ariana kam es, wenn sie mit dem Erdkalender zu tun hatte, immer seltsam vor, dass dort der erste Januar als Jahresanfang galt und nicht der Tag der Tagundnachtgleiche im Frühjahr, der 21. März.

»Mit anderen Worten, sie braucht uns zum Staubwischen«, folgerte Ariana und seufzte. »Na ja, von mir aus. Wisch ich eben Staub, wenn sonst nichts los ist.«

Carl zuckte zurück, umklammerte Elinn so fest, dass sie zu zappeln anfing, und duckte sich mit ihr noch tiefer in das Eck hinter dem Computer.

»Du tust mir weh«, zischelte Elinn, worauf Carl sie losließ, ihr aber die Hand vor den Mund legte.

»Still!«, wisperte er. Dann kauerten sie reglos im hintersten Winkel und hielten den Atem an, während sich schwere Schritte der Tür näherten.

Ein Schatten, undeutlich und unscharf, verdunkelte die Wand über ihnen. Jemand stand in der Tür. Die Augenblicke dehnten sich endlos. Nichts geschah.

Ein seltsames, klickendes Geräusch. Sie zuckten beide zusammen, wagten es aber immer noch nicht, wieder Luft zu holen.

»Scheint einfach aufgegangen zu sein«, erklang plötzlich die Stimme des Mannes unerwartet laut. Wieder das klickende Geräusch. »Das ist bloß ein simples Schnappschloss. Elektrisch gesteuert.«

»Wahrscheinlich stimmt was nicht mit den Leitungen«, meinte jemand draußen im Kartenraum.

»Wahrscheinlich«, stimmte der Mann zu, der in der Tür stand. »Bestimmt der verdammte Sandstaub. Der ist wirklich überall.«

Mit einem trockenen Knall wurde die Tür von außen zugezogen, und sie saßen im Dunkeln. Elinn schnappte hörbar nach Luft, und auch Carl war froh, dass sie so davongekommen waren. Hören konnten sie jetzt allerdings nichts mehr.

»Das kann doch nicht wahr sein, oder?«, wollte Elinn wissen. »Die haben das bloß gesagt, um Miss MacGee hereinzulegen, nicht wahr?«

»Ich weiß nicht.« Carl überdachte noch einmal, was sie mitgehört hatten. »Für mich klang das schon ernst gemeint. Obwohl die Erdlinge alle so einen seltsamen Ton an sich haben. Man hat das Gefühl, die sind dauernd darauf aus, anderen Angst einzujagen, auch sich gegenseitig.«

Die roten Leuchtdioden der Computer sahen in der Dunkelheit aus wie die Augen böser Dämonen. Elinns Atem ging immer noch schwer. Durch einen haarfeinen Spalt entlang der Tür drang etwas Licht herein, aber nicht genug, um auch nur die Umrisse der Umgebung erkennen zu können.

Und man hörte wirklich nicht mehr, was draußen im Kartenraum gesprochen wurde. Das warme, normalerweise kaum hörbare Summen der Maschinen überlagerte alles.

»Was machen wir jetzt?«, flüsterte Elinn.

»Abwarten«, erwiderte Carl. »Wir warten einfach, bis sie wieder gegangen sind. Dann schleichen wir uns raus.«

»Na toll. Das kann noch ewig dauern.«

Carl nickte. Den ganzen Tag, wenn sie Pech hatten. Pigrato war berüchtigt dafür, den Kartenraum manchmal von früh bis spät mit Besprechungen zu blockieren.

Carl zog seinen Kommunikator heraus, dankbar für die altmodischen, von hinten beleuchteten Tasten, und wählte die Nummer von AI-20.

»Hallo Carl«, meldete sich die synthetische Stimme. »Wie geht es dir?«

»Hast du eine Ahnung, wie lange die Besprechung noch dauert?«, fragte Carl. Es war ein bisschen verrückt, mit der Künstlichen Intelligenz zu telefonieren, während man wahrscheinlich gerade mit dem Rücken gegen den Computer lehnte, in dem sie installiert war, aber es ging eben nicht anders.

»Nein«, war die Antwort. »Hierüber liegt keine Information vor.«

»Also hörst du ihr Gespräch nicht mit.«

»Nein. Sie haben alle Kommunikationsgeräte abgeschaltet. Vermutlich werden sie sie auch wieder vergessen einzuschalten, wenn sie gehen. Das vergessen sie fast immer.« Man hätte meinen können, die Künstliche Intelligenz klänge eingeschnappt.

»Verstehe.« Carl nagte an seiner Unterlippe. »Sag mal, kannst du sie nicht irgendwie aus dem Kartenraum weglocken?«

AI-20 machte eine winzige Pause. Das hieß, die Künstliche Intelligenz musste angestrengt nachdenken. »Hast du einen Vorschlag, wie?«, fragte die Stimme dann.

»Hmm.« Nun war es an Carl, angestrengt nachzudenken. Wie konnte man Pigrato weglocken? AI-20 war sicher im Stande, irgendwo eine Fehlfunktion zu simulieren, einen Alarm auszulösen oder so etwas, aber der Statthalter würde erwarten, dass sich die Siedler selber darum kümmerten. »Kannst du vortäuschen, dass eine dringende Mail von der Erde für ihn angekommen ist?«

»Du weißt, dass ich mit dem Postsystem nicht gekoppelt

bin«, sagte AI-20. Carl nickte. Das stimmte. Das gesamte Mailsystem lief absichtlich völlig eigenständig – kein Mensch, der noch bei Sinnen war, würde einer Künstlichen Intelligenz erlauben, in seinen Mails herumzustöbern. »Überdies nimmt er eingehende Nachrichten am Kommunikator im Kartenraum entgegen.«

Carl konzentrierte sich: Gut, sie konnten sie nicht weglocken. Aber vielleicht konnten sie sie *vertreiben?* »Kannst du irgendetwas mit der Belüftung machen? Irgendetwas in den Kartenraum leiten – Rauch vielleicht?«

AI-20 mochte nicht so umwerfend sein, was gute Ideen anging, aber die Künstliche Intelligenz begriff immer schnell, worauf man hinauswollte. »In der Filterstufe der Aufbereitungsanlage wird Buttersäure ausgeschieden. Ich könnte etwas davon in den Belüftungsstrang einleiten, der den Kartenraum und einige angrenzende Lagerräume versorgt. Buttersäure«, ergänzte AI-20, und man glaubte fast ein schelmisches Grinsen herauszuhören, »stinkt wie Bock.«

»Genau«, nickte Carl. »Mach das.«

Ein paar Sekunden vergingen, in denen die Künstliche Intelligenz elektrische Impulse durch das weit verzweigte Versorgungssystem der Siedlung schickte, die Ventile öffneten, schlossen oder umstellten, Pumpen ausschalteten oder einschalteten, dann meldete sich AI-20 wieder: »Nun solltet ihr euch die Nasen zuhalten.«

Das taten sie, und fast noch im gleichen Augenblick und noch bevor sie etwas rochen, hörte man nun doch wieder etwas aus dem Kartenraum, nämlich rumpelndes Stühlerücken, undeutliche Rufe und Türenschlagen. Unruhe. Die Vertreibung begann. Carl versuchte sich vorzustellen, wie die Erdlinge aufsprangen, hilflos an den Belüftungskontrollen drehten, aufgeregt herumrannten und auf das verdammte Leben auf dem Mars schimpften. Er musste grinsen.

Dann drang der Gestank auch bis zu ihnen, durchdrang auch die zusammengedrückten Nasenflügel und ließ sie verstehen, was die Aufregung draußen verursachte. Das also war Buttersäure: ein unglaublich penetranter Geruch nach tausenden käsiger Füße, die Essenz von Millionen stinkender Socken, hoch konzentriert und verdichtet und so widerlich, dass einem die Tränen kamen.

Mit einem verhaltenen Klicken sprang die Klapptür zum Kartenraum auf. »Nun macht, dass ihr rauskommt«, sagte AI-20, und das ließen sich Carl und Elinn nicht zweimal sagen.

# 6 Beunruhigende Neuigkeiten

Ariana versuchte gerade, sich auf eine Abschnittsprüfung in Chemie zu konzentrieren, während Ronny wilde Manöver mit dem Flugsimulatorprogramm veranstaltete, anstatt sich seinem Unterrichtsprogramm zu widmen. Da gaben ihre Kommunikatoren Signal. Beide gleichzeitig.

Als sie den Ausknopf ihres Kommunikators drückte, sah sie Ronny an, der sein Gerät auch gerade vom Ohr nahm. »Auch die Faggans?«

Ronny nickte. »Elinn.«

»Bei mir war's Carl. Die beiden haben es mal wieder furchtbar wichtig, wie üblich.« Manchmal hatte sie das Gefühl, dass Carl und Elinn glaubten, nur weil sie Geschwister waren, hätten sie auch das Sagen in der Gruppe. Jetzt gerade zum Beispiel. »So wie Carl klang, könnte man glauben, die Welt geht unter.«

»Elinn auch.« Ronny stopfte seinen Kommunikator zurück in die Hosentasche. »Meinst du, wir sollen überhaupt gehen?«

Ariana sah auf den Bildschirm vor sich. Sie war mitten in der Prüfung. Wenn sie jetzt abbrach, musste sie später noch einmal ganz von vorn anfangen. »Viel Lust habe ich nicht, ehrlich gesagt.«

Ronny nickte, sagte aber nichts.

»Ach, was soll's«, knurrte Ariana, drückte den Knopf, der den Bildschirm abschaltete, und stand auf. »Ich hoffe nur, dass Carl und Elinn wirklich einen guten Grund haben, uns mitten aus dem Unterricht zu holen.«

Eine halbe Stunde später musste sie zugeben, dass Carl und Elinn wirklich einen verdammt guten Grund gehabt hatten.

»Die Marssiedlung auflösen? Er hat wirklich *auflösen* gesagt?«

»Ja.«

»Das ist ein Scherz, oder?« Nein. Sie brauchte nur in Elinns Augen zu schauen, um zu wissen, dass das kein Scherz war.

Ihr geheimes Versteck war ein Raum, den man *die alte Station* nannte. Die alte Station lag südlich der Siedlung. Hinter dem Wohnbereich existierten eine Reihe Abstellkammern, die nichts von der durchorganisierten Ordnung der großen Lagerräume weiter vorn hatten. Hier gab es keine Regale und keine Computer, hier stand einfach alles Mögliche in der Gegend herum. Man warf nichts weg als Marssiedler, denn man konnte alles irgendwann wieder brauchen, und sei es, um es auszuschlachten und etwas anderes daraus zu bauen. Und hinter all dem Gerümpel, das hier vor sich hin staubte, führte ein weitgehend in Vergessenheit geratener Durchgang zu der alten Station, in der vor dreißig Jahren die ersten Wissenschaftler und Techniker auf dem Mars ausgeharrt hatten, während ihr Raumschiff zur Erde zurückgekehrt war. Hier war alles eng und alt, die Wände bestanden aus kaltem, geriffeltem Metall – was kein Wunder war, denn die Station bestand aus eingegrabenen ehemaligen Treibstofftanks –, aber es gab noch Luft, Strom und Wasser, und so hatten sie sich in dem ehemaligen Aufenthaltsraum ihr Geheimversteck eingerichtet.

»Und er hat gesagt, aus Kostengründen?«, fragte Ariana noch einmal.

»Ja«, nickte Carl.

Ariana schüttelte den Kopf, als könne sie dadurch das Gefühl der Benommenheit abschütteln. »Die sind verrückt! Was kosten wir die Erde denn? Wir versorgen uns doch selber.«

»Na ja«, zuckte Carl die Schultern, »es kommt jedes Jahr ein Schiff und fliegt wieder zurück. Das kostet – ich weiß nicht, wie viel, aber etliche Millionen werden es schon sein.«

»Na toll. Ich dachte, die Schiffe kommen hauptsächlich, um irgendwelche Erdlinge zu bringen oder zu holen. Leute wie Pigrato und seine Bande.«

Carl hob die Hände. »Wir haben nicht mehr gehört, nur diesen einen Satz. Im Rausgehen habe ich mich auf dem Tisch umgeschaut – und das war *wirklich* hart, glaub mir, so wie es gestunken hat –, aber Pigrato hat alles mitgenommen.«

»Die Marsforschung einstellen! Dabei gibt es noch nicht einmal eine vollständige Marskarte«, platzte Elinn heraus und verschränkte die Arme, als könne sie nur so verhindern, vor Wut zu platzen.

Da saßen sie und sahen sich an und konnten es nicht fassen. Arianas Blick wanderte unwillkürlich zu dem vergilbten Spielplan der Baseball-Saison 2055, der immer noch an der Wand hing seit damals und den sie hatten hängen lassen, weil er an die alten Zeiten erinnerte, die sie nur aus den Erzählungen der Erwachsenen kannten. Er hatte James Marshall gehört, einem Biologen, der später zusammen mit Carls und Elinns Vater auf einer Expedition ums Leben gekommen war.

»Du bist sicher, dass das nicht nur irgendein Unsinn war, den sie der MacGee erzählt haben?«, fragte Ariana. »Das will mir nicht in den Kopf. Die können doch nicht einfach die Marssiedlung auflösen!«

Sie diskutierten noch eine ganze Weile hin und her, aber sie kamen immer wieder an diesem Punkt an. Die Marssiedlung beenden? Unvorstellbar. Genauso gut hätte die Regierung beschließen können, die Schwerkraft für ungültig zu erklären oder die Dunkelheit bei Nacht. Einfach Unsinn. Es konnte nur Unsinn sein.

So wäre es noch den ganzen Tag im Kreis herumgegangen, wenn nicht plötzlich ihre Kommunikatoren gesummt hätten. Alle gleichzeitig, womit klar war, dass es nur AI-20 sein konnte. Für die Künstliche Intelligenz war es natürlich kein Problem, mit jedem von ihnen zur gleichen Zeit zu sprechen.

Mittag war vorbei, und AI-20 mahnte die üblichen Pflichten an, die sie in der Aufregung vergessen hatten. Die Krankenstation wartete auf Arianas Sauberkräfte, Ronny hatte einen Außeneinsatz in einem der Marsrover, Carl war zum Beschneiden der Obstbäume eingeteilt und Elinn zum Fischefüttern. Niemand von ihnen protestierte. Sie waren es von klein an gewöhnt, dass jeder mitarbeiten musste, so gut er konnte.

»Außerdem bist du im Rückstand mit dem Unterrichtsprogramm«, warf AI-20 jedem von ihnen vor. »Wo befindest du dich übrigens? Ich kann dich nicht lokalisieren.«

Auf diese Frage durfte man nicht antworten. Die Lokalisierung funktionierte überall in der Siedlung und in einem Umkreis von mehreren Kilometern darum herum – aber nicht in der alten Station. Wahrscheinlich, weil die metallenen Hüllen der alten Treibstofftanks die Funkwellen so zerstreuten, dass es unmöglich war, ihre Kommunikatoren anzupeilen.

»Ich bin schon unterwegs!«, rief Carl und schaltete ab.

»Ich komme«, sagte Ariana und schaltete ebenfalls ab.

»Alles klar!«, rief Ronny.

Elinn sagte nichts, sondern drückte einfach auf den Ausknopf ihres Geräts.

»Können wir nicht jemanden fragen?«, schlug Ronny vor.

»Und wen?« Carl schüttelte den Kopf. »Wenn wir jemanden fragen, wird er wissen wollen, wie wir davon erfahren haben, und ich habe keine Ahnung, was wir darauf sagen könnten. Und solange uns da keine gute Begründung einfällt, müssen wir so tun, als wüssten wir von nichts.«

Die vier sahen einander nur an und nickten. Sie waren die vier einzigen Kinder unter fast zweihundert Erwachsenen. Das überstand man nur, wenn man zusammenhielt und Geheimnisse für sich behalten konnte.

Im Treibhaus war es feucht-warm und ein wenig stickig. Außerdem stank es nach Hühnermist. Die Hühner, die es gewohnt waren, sich ungestört in dem Gras zwischen den Apfelbäumen zu bewegen und nach Futter zu picken, scharten sich jetzt ärgerlich gurrend um ihren Stall und äugten ungehalten hinüber zu den beiden Eindringlingen, die ihre beschauliche Ruhe störten.

Einer der Eindringlinge war Carl, angetan mit einem Schurz und bewaffnet mit einer Baumschere. Er hing im Geäst eines Baums und zwickte die Äste ab, auf die Mrs Dumelle deutete.

Mrs Dumelle war Mitte fünfzig und hatte einen überaus strengen Blick, und obwohl sie im Allgemeinen sehr umgänglich war, konnte sie auch überaus unangenehm werden, wenn man nicht tat, was sie wollte. Auf der Erde war sie einmal Professorin für internationales Recht und Weltraumrecht an einer kanadischen Universität gewesen, hatte dann einen Raumfahrttechniker geheiratet und war mit ihm auf den Mars übergesiedelt. Seither pflanzte sie Bäume, Sträucher und, in einem Winkel eines Treibhauses, das Mister Pigrato noch nie zu Gesicht bekommen hatte, Blumen. Sie war so etwas wie die Hüterin aller Treibhauszelte.

»Nein, nein, nicht den! Den daneben. Ja, genau. Weg damit.«

Carl schnitt den Zweig ab, und Mrs Dumelle fing ihn auf. Die kleinen Äste, die vom Beschneiden übrig blieben, wanderten meistens in die Papiermaschine. »Mrs Dumelle? Kann ich Sie mal was fragen?«

»Wenn du den kleinen Ast da vorne noch abschneidest, von mir aus.«

»Das Recht auf Freizügigkeit« – dafür, dass der Ast so klein war, leistete er reichlich Widerstand –, »ist doch ein Grundrecht des Menschen, oder?«

»Ganz recht. Ja, den da meine ich. Und – weißt du auch, was Freizügigkeit bedeutet?«

»Das Recht, seinen Aufenthaltsort frei zu wählen.« Auweia, diese Definition war ihm ums Haar nicht mehr eingefallen. Dabei würde das in der Prüfung sicher drankommen.

»Gut. Ich glaube, du kannst jetzt herunterkommen, mit dem Baum sind wir fertig. Der hier drüben sieht noch schlimm aus.«

Carl kletterte zurück auf den Boden. »Gilt das auch für den Mars?«, fragte er. »Ich meine – könnte die Regierung theoretisch verlangen, dass wir auf die Erde zurückkehren?«

Mrs Dumelle wischte sich die Haare mit dem Handrücken aus dem Gesicht und sah zu den Wipfeln hoch. »Weißt du, ab und zu muss ich immer noch staunen, wie groß Bäume hier auf dem Mars werden, in dieser geringen Schwerkraft. In unserem Garten in Quebec hatten wir Apfelbäume, die waren kaum größer als wir selbst.«

Sie sah ihn an. »Hast du einen bestimmten Grund, dass du mich das fragst?«

Carl zögerte. Er wagte es nicht, etwas zu sagen, was bei eingehender Nachfrage zu dem Geständnis führen musste, dass er eine interne Besprechung von Mister Pigratos Stab belauscht hatte. »Ich würd's einfach nur gerne wissen«, sagte er.

»Einfach so. Aha«, entgegnete Mrs Dumelle mit einem rätselhaften Gesichtsausdruck und nickte. »Nun, das ist nicht so einfach. Um die erste Frage zuerst zu beantworten – ja, auch wir genießen das Recht auf Freizügigkeit. Wir leben zwar auf dem Mars, aber wir sind Bürger der Erde – der Föderation der Staaten der Erde, um genau zu sein – mit allen

Rechten und Pflichten. Das heißt zum Beispiel, dass wir auf die Erde zurückkehren dürfen, wenn wir das wollen. Beziehungsweise in deinem Fall, dass du dort hinreisen darfst – du warst ja noch nie dort.«

Carl sah zu den Hühnern hinüber, die den Blick grimmig erwiderten. Hinter dem Hühnerstall begann gleich die endlose, rotbraune Marswüste, über dem eine mild leuchtende Sonne hoch an einem Himmel von zartem Hellgelb stand. Alles, was sie von der unwirtlichen Umgebung trennte, war eine klare, leicht spiegelnde Folie, dünner als ein Blatt Papier und in Form gehalten nur von dem Überdruck, der im Treibhaus herrschte.

»Ja, das habe ich verstanden«, nickte er. »Aber was ich wissen wollte, ist, ob man mich zwingen könnte.«

Sie sah schräg in die Luft. Es schien ihr zu gefallen, wieder einmal nach derlei Dingen gefragt zu werden. »Grundsätzlich kann das Recht auf Freizügigkeit durch Gesetze eingeschränkt werden wie alle Freiheitsrechte. Erlaubte Gründe wären unzureichende Lebensgrundlagen, Schutz der Jugend vor Verwahrlosung, Bekämpfung von Seuchen und noch ein paar andere. Aber in deinem Fall ist es ganz einfach so, dass du noch nicht volljährig bist und deshalb deine Eltern – deine Mutter also – deinen Aufenthaltsort bestimmt.«

»Also wenn meine Mutter mich zur Erde schickt, dann muss ich gehen?«

»Genau.«

»Und wie ist es mit ihr selber? Oder mit Ihnen? Könnte man Sie zwingen, zur Erde zurückzukehren?«

Mrs Dumelle fasste schon wieder die Krone des nächsten Baumes ins Auge und hielt Ausschau nach Ästen, die zu kappen waren. Die Lust an diesem Thema schien schon wieder nachzulassen. »Weißt du, alle Siedler haben ohnehin einen Vertrag unterschreiben müssen, in dem unter anderem steht, dass die Weltraumbehörde sie zur Erde zurückbeordern kann. Das ist Teil der Abmachung. Komm, weiter geht's. Ich sehe hier oben jede Menge Äste, die in die Papiermaschine gehören.«

Ariana fuhrwerkte mit dem Dampfreiniger durch die Krankenstation, in der zurzeit kein einziges der drei Betten belegt war, düste mit dem heißen Strahl über Geräte, Wände und Waschbecken, während ihr Vater in Listen und Büchern blätterte und ab und zu halblaut Vermerke in kompliziertem Medizinerjargon diktierte, die dann auf dem Bildschirm erschienen und so voller Schreibfehler waren, dass er sie per Tastatur korrigieren musste.

»Es soll noch einmal jemand behaupten, die Künstlichen Intelligenzen der Zwanzigerreihe seien selbst lernend«, murrte er irgendwann.

Als sie durch war, schaltete sie den Reiniger aus und ließ sich auf den Patientenstuhl neben dem Schreibtisch fallen.

»Dad?«, fragte sie.

»Was gibt's, mein Engel?«, murmelte Dr. DeJones, ohne den Blick vom Schirm zu nehmen.

»Wir sind doch unabhängig von der Erde, oder?«

»Ziemlich, ja. Wieso?«

»Was heißt ziemlich? Ich denke, wir können uns selber versorgen?«

Nun schaute ihr Vater auf, blinzelnd, lehnte sich in seinem Stuhl zurück und betrachtete sie aufmerksam. »Wir versorgen uns selbst mit Luft, Energie, Wasser und Nahrungsmitteln. Wir stellen unsere eigene Kleidung her, unsere eigenen Möbel und so weiter. Aber wenn ich dich anschaue, dann sehe ich einen Ohrring, der von der Erde stammt, ein T-Shirt, das dir deine Mutter geschenkt hat, und das Augen-Make-up, von dem ich denke, dass du noch zu jung dafür bist, dürfte ebenfalls ein Produkt einer irdischen Firma sein.«

»Aber es gibt auch Make-up, das wir selber herstellen.«

»Ja, aber die meisten Frauen verwenden es nicht.«

»Weil es nicht gut aussieht.« Ariana winkte ab. »Aber egal, das ist ja bloß Make-up. Wenn wir auf das verzichten würden und auf Ohrringe und so, dann wären wir doch völlig unabhängig, nicht wahr?«

Dr. DeJones massierte sich nachdenklich das Ohrläppchen. Das war eine seiner Angewohnheiten; für gewöhnlich hieß es, dass er einem gleich widersprechen würde. »Nicht ganz. Es gibt ein paar Dinge, die wir nicht herstellen können, auf die wir nicht verzichten können. Nimm zum Beispiel nur die Krebsschutzimpfung. Die muss alle zwei Jahre aufgefrischt werden, bei Kindern sogar jedes Jahr. Das Medikament ist maximal fünf Jahre haltbar, und um es herzustellen, braucht man eine gentechnische Fabrik und Nanogeneratoren und was weiß ich noch alles. Schon allein deswegen bleiben wir noch lange auf die Erde angewiesen.«

»Aber ich habe mal gehört, dass die Impfung gar nicht so viel nützt, wie man glaubt. Mister Tearer ist letztes Jahr trotzdem an Krebs gestorben.«

»Das war aber wahrscheinlich kein durch Strahlung verursachter Krebs. Die Impfung hilft uns, die höhere Strahlendosis zu verkraften, der wir außerhalb der Erdatmosphäre ausgesetzt sind. Sie ist seit dreißig Jahren in der Weltraumfahrt vorgeschrieben, und ich glaube schon, dass sie ziemlich gut wirkt.«

Ariana zog eine Schnute. Ihr Blick fiel auf den Arzneischrank; dort hinter dem Glas standen gleich mehrere Schachteln davon. Weiße Kartons, auf denen in dicken roten Buchstaben *Hormesistat* gedruckt stand. »Aber angenommen, wir würden die Abschirmung der Siedlung verstärken«, fing sie noch mal an, »und nicht mehr so oft hinausgehen . . .«

»Ariana«, unterbrach ihr Vater sie und legte ihr die Hand auf den Arm, »warum sollten wir das tun? Uns von der Erde abkoppeln? Wenn es eine Lehre gibt, die man aus der Geschichte ziehen kann, dann die, dass es Unsinn ist, wenn sich eine Gruppe von Menschen gegen alle anderen abschottet. In der Vergangenheit ist das oft gemacht worden, und es hat niemandem genützt, nur endloses Leid hervorgerufen. Heute gehören praktisch alle Staaten der Föderation an – sie streiten sich, beschimpfen sich wie die Rohrspatzen, aber trotzdem lösen sich die Grenzen zwischen den Nationen auf, alles vernetzt und verflechtet sich in vielfältiger Art, und das ist gut so. Nein, im Gegenteil, ich würde mir wünschen, dass viel mehr Leute von der Erde kommen, dass die Schiffe häufiger fliegen, dass viel mehr Austausch stattfindet. Wenn einmal nicht zweihundert, sondern zwei Millionen Menschen auf dem Mars leben, dann erhalten wir sicher auch einen Sitz im Föderationsrat, und dann werden wir auch so weit sein, dass wir anfangen können, etwas von dem zurückzuzahlen, was die Erde in uns investiert hat. Das ist es, was ich mir wünsche. Verstehst du das?«

Ariana sah ihren Vater an und schluckte. Um ein Haar hätte sie ihm erzählt, was Carl und Elinn erfahren hatten, aber das kam ihr plötzlich selber wie ein böser Traum vor. »Ja«, nickte sie. »Genau das wünsche ich mir auch.«

Ronny hatte nie eine Fahrstunde gehabt. Er wusste nicht einmal, dass es so etwas wie Fahrunterricht überhaupt gab. Er hatte einfach jahrelang Marsrover in Computersimulationen gefahren, und nachdem er sich an den in Wirklichkeit etwas größeren Steuerknüppel gewöhnt hatte und daran, ihn mit Handschuhen zu bedienen, war es ein Kinderspiel gewesen. Er konnte es, als hätte er nie etwas anderes gemacht.

»Also«, sagte Roger Knight, ein schmalgesichtiger Mann mit grauem Bürstenhaar, der bei den meisten der Außenbauten mitgearbeitet hatte und bei Expeditionen als Pilot dabei gewesen war, »wir haben ein ordentliches Pensum vor uns heute.«

»Galaktisch!«, rief Ronny aus. Das rief auch Captain Nano immer, dessen Abenteuer im Inneren von Blutgefäßen, Küchenschaben oder Staubflusen Ronny seit Jahren mit Begeisterung im Fernsehen verfolgte.

Knight breitete eine Karte vor sich aus, auf der eine gerade Linie rot markiert war. »Wir müssen der Südleitung zum Reaktor 2 folgen und den Verlauf des Induktionsstroms messen. Da stimmt irgendwas nicht.«

»Alles klar«, sagte Ronny und ließ die Turbine aufheulen.

Unterwegs fiel ihm wieder ein, was Carl und Elinn erzählt

hatten, und seine Begeisterung verwandelte sich in Besorgnis.

»Sagen Sie, Mister Knight«, fragte er, als sie sich der etwa einen Meter unter dem Boden verlegten Leitung näherten, deren Verlauf durch weiße, dreieckige Metallfahnen markiert wurde, »glauben Sie, dass man die Marssiedlung eines Tages wieder auflösen wird?«

»Was?« Knight drehte Knöpfe an dem Messgerät, mit dem er sich nicht so rasend gut auszukennen schien. »Wie kommst du denn auf die Idee?«

»Einfach so.«

»Also, wenn du mich fragst – ich gehe davon aus, dass das hier der Anfang der Besiedelung des Mars ist. So etwas wie die Entdeckung Amerikas. Nur dass es hier keine Eingeborenen gibt, gegenüber denen wir uns schlecht benehmen könnten.« Er dachte einen Moment nach, dann schüttelte er den Kopf. »Die Marssiedlung auflösen? Was für ein Gedanke!«

»Gut«, sagte Ronny und fühlte sich grenzenlos erleichtert. Herrlich, wie die großen Räder über Schotter und Steine hinwegfegten! Er hätte bis zum Horizont fahren mögen, bis zum Tharsis-Massiv, um den ganzen Mars herum. »Galaktisch!«

»Ich hab kein gutes Gefühl«, erzählte Elinn den Fischen, die sie mit großen Augen und offenen Mündern anstarrten. Sie schüttete einen Becher des klein gehäckselten Futters ins Wasser. Die Tiere kamen herangeschossen und stürzten sich auf die langsam abwärts schwebenden Stückchen.

Es war dunkel hier unten, dunkel und kalt. Das heißt, kalt

waren vor allem die Wände, trotz des Isoliermaterials, das man aufgespritzt hatte, von den geheizten Becken ging eine gewisse Wärme aus. Dicht über dem Wasser hingen Lampen, die einzigen Lichtquellen.

Die Höhle war eine von denen, die schon immer da gewesen waren und deren Vorhandensein mit ein Grund gewesen war, die Siedlung an diesem Ort anzulegen. Mit dem Bereich der Werkstätten darüber war sie durch etliche Rampen und Treppen verbunden.

Elinn ging zurück an den Arbeitstisch. Daneben standen zwei Fässer mit Pflanzenabfällen, welken Blättern, Wurzelstrünken, Zwiebelschalen. Sie nahm eine Schaufel voll und schüttete sie in den Trichter des elektrischen Häckslers, der mit krachendem Geräusch einen Becher Fischfutter daraus machte.

Damit ging sie zum nächsten Becken. »Ich hab sogar ein ganz schlechtes Gefühl«, sagte sie den Fischen darin, aber die interessierten sich nur für das Futter.

# 7 Ein E-Mail von der Erde

Am nächsten Morgen trafen sie sich im Unterrichtsraum, früher als sonst, denn jeder von ihnen hatte noch ein paar Lektionen nachzuholen. Und außerdem konnten sie sich hier oben im externen Stationsteil fast genauso ungestört unterhalten wie in ihrem Geheimversteck.

»Ich weiß nicht«, meinte Ariana. »Kann es nicht sein, dass Pigrato sich nur wieder einen dummen Scherz mit der MacGee erlaubt hat? So wie sie ihr damals weismachen wollten, dass sie nur die ersten vier Wochen nach Ankunft Warmwasser kriegen würde, wisst ihr noch?«

»Ich glaub auch, dass ihr euch verhört habt«, erklärte Ronny entschieden. »Die können die Marssiedlung nicht einfach aufgeben. Das geht überhaupt nicht.«

»Das geht sehr wohl«, versetzte Carl. »Im Gegenteil, das können sie jederzeit tun. Und es gibt eine Menge Leute in der Regierung, die am liebsten die ganze Raumfahrt abschaffen würden.«

»Aber doch nicht einfach so, mit einem Federstrich«, beharrte Ariana. »Ich habe gestern Abend die Erdnachrichten angeschaut, und da kam nichts, kein Wort.«

»Weil eine Nachrichtensperre verhängt wurde. Das hat Bjornstadt ausdrücklich gesagt.«

»Seid ihr sicher, dass ihr euch nicht doch verhört habt?«

Carl zuckte friedfertig mit den Schultern. »Was heißt schon sicher? Jedenfalls klang es verdammt ernst.«

»Aber angenommen, in dem Antrag ging es in Wirklichkeit um etwas ganz anderes? Das hättet ihr nicht mitbekommen, weil sie die Tür zugemacht haben.«

»Wahrscheinlich wollen sie uns nur wieder was streichen«, warf Ronny ein. »Das machen die doch dauernd. Bloß die Erdlinge, die lassen sie uns.«

»Vielleicht ist es das«, spann Ariana den Gedanken fort. »Der Posten des Statthalters wird abgeschafft, und die Erdlinge dürfen alle nach Hause. Das würde zumindest erklären, warum Pigrato so guter Laune war.«

Elinn schüttelte entschieden den Kopf. »Das glaube ich nicht.«

Ariana strich sich ein paar widerspenstige Strähnen aus dem Gesicht. »Ja, ich glaub's eigentlich auch nicht. Sag mal, wie war noch die Nummer von diesem Antrag? 86-024?«

Carl nickte. »Was immer das ist.«

»Das sollte sich doch herausfinden lassen, oder?«

»AI-20 weiß es jedenfalls nicht«, erklärte Carl. »Ich hab schon gefragt.« Aber wie er das so sagte, kam ihm eine Idee. »Was wir versuchen können, ist, über Internet die Bekanntmachungen des Raumfahrtausschusses einzusehen. Vielleicht finden wir da ja was.« Er rief eine Übersicht der Programme auf, die zur Verfügung standen. Tatsächlich, den alten Browser gab es immer noch. Versionsstand 2069, reif fürs Museum. »Wo steht denn die Erde gerade?« Er spähte auf den Kalender, der an der Wand hing. Es war ein Erdkalender, aber neben jedem Tag standen die Winkelpositionen von Erde und Mars bezogen auf die Sonne. »Abstand vierzig Grad, das sind 135 Millionen Kilometer, mit anderen Worten . . .«

»Siebeneinhalb Minuten«, sagte Ronny, der der Beste im Kopfrechnen war. Siebeneinhalb Minuten brauchte das Licht, brauchten Funksignale, um vom Mars zur Erde zu gelangen. Mit dieser Verzögerung – die je nach den Positionen von Erde und Mars zwischen drei und zwanzig Minuten betrug – kamen Fernsehsendungen auf dem Mars an. Und wenn Carl per Internet eine bestimmte Datei anforderte, in diesem Fall die Homepage des Raumfahrtausschusses, würde es mindestens fünfzehn Minuten dauern, bis er sie auf dem Schirm hatte.

»Nicht berauschend«, kommentierte Carl, während er sorgfältig die gewünschte Adresse eintippte und den Befehl, nicht nur die erste Seite, sondern auch die anschließenden zu laden, damit das nicht noch mal genauso lange dauerte.

Wie die Raumstationen, die Mondbasis, alle Raumschiffe, die von Mister Pigrato so gern zitierten Forschungsstationen in der Antarktis und überhaupt jeder Ort, an dem sich Menschen aufhielten, war auch der Mars ans Internet angeschlossen – aber die Verzögerungen beim Zugriff auf Rechner, die sich nicht auf dem Mars befanden, minderten das Vergnügen daran doch ziemlich. Im Grunde waren nur E-Mails benutzbar. Was das anbelangte, waren sie hier auf dem Mars fünfzig Jahre hinterher. Niemand benutzte mehr Browserprogramme, wie sie vor fünfzig oder hundert Jahren üblich gewesen waren – das war etwas für die Marssiedler oder fürs Museum. Auf der Erde hatten die Leute ihre eigene Künstliche Intelligenz, ihren Knopf im Ohr, der ihnen alles ins Ohr flüsterte, was sie wissen wollten, und mit dem man einfach nur redete, wie sie es hier mit AI-20 konnten. Ganz zu schweigen von den Cybertreffs, den virtuellen Räumen und den fiktiven Erlebniswelten, von denen sie hier auf dem Mars ausgeschlossen waren aus dem einfachen Grund, dass Funksignale sich nur mit einer Geschwindigkeit von dreihunderttausend Kilometern pro Sekunde bewegten.

Sie warteten. Die Ziffern der Uhr an der Wand schienen wie zum Trotz langsamer zu laufen als sonst.

»Ronny und ich fahren übrigens heute Nachmittag mit Mrs Dumelle zum Festzelt raus«, fiel es Ariana ein, während sie auf den grauen Bildschirm starrten. »Ich soll euch fragen, ob ihr mitwollt.«

»Ja, klar«, stimmten Carl und Elinn sofort zu.

Sie warteten weiter.

Ein Anruf kam, von Abasi Kuambeke. Ob die Luft bei ihnen oben im Unterrichtsraum irgendwie anders sei als sonst?

»Nein«, antwortete Carl harmlos. »Wieso? Wie sollte sie denn sein?« Nur jetzt nicht verplappern.

»Ach, wir hatten gestern eine Störung im vorderen Laborbereich und suchen immer noch nach der Ursache. Also bei euch ist alles normal? Kein unangenehmer Geruch oder so?«

»Nein, nichts. Alles normal.«

»Hmm«, machte der Klimaingenieur. »Wirklich eigenartig.« Er bedankte sich, beendete die Verbindung, und sie starrten weiter auf die Meldung *Warte auf Daten*, hinter der ein kleines Symbol eine interplanetare Datenverbindung anzeigte.

Endlich war es so weit. Das Symbol der Raumfahrtkommission erschien zusammen mit einer Übersichtsliste. Carl folgte den Hinweisen und kam zu einer Auflistung aller Anträge des laufenden Jahres.

Der letzte Antrag hatte die Nummer 86-027. Als Gegenstand war *Genehmigung einer Verstärkerstufe für das Mondobservatorium Tycho Brahe* angegeben, als Status *abgelehnt*.

Von dem Antrag 86-024 stand nur die Nummer da. Keine Angabe zum Inhalt, kein Status, kein Verweis, nichts. Nur die nackte Nummer.

»Das ist vielleicht eine veraltete Liste«, sagte Ariana.

Carl fragte den Stand ab: Die Liste war so aktuell, wie sie nur sein konnte. »Merkwürdig, oder? Ein Antrag ohne Gegenstand.«

»Hmm«, machte Ariana und furchte die Stirn. »Und wenn wir doch jemand fragen? Jemand auf der Erde, meine ich. Erinnert ihr euch noch an den Journalisten, der uns vor ein paar Jahren interviewt hat?«

»Ach ja«, ließ Elinn sich brummig vernehmen. »Der uns in seinem blöden Artikel ›die Marskinder‹ genannt hat, als ob wir Babys wären.«

»Na ja, damals waren wir auch noch Kinder«, meinte Ariana. »Ich denke, Journalisten wissen manchmal eher, was hinter den Kulissen läuft. Wie hieß er noch mal? Es war ein griechischer Name, irgendwas mit V. . . Visli? Visiko?«

»Visilakis«, sagte Carl. »Michael Visilakis.«

»Genau.« Ariana lachte auf. »Erinnert ihr euch, wie er mit uns telefoniert hat? Mann, war das vielleicht grässlich.«

Natürlich konnte man über die Datenleitung zwischen Erde und Mars auch telefonieren, wenn man es unbedingt wollte, aber es war alles andere als ein Vergnügen, abgesehen davon, dass es sehr teuer war. Immerhin war der Journalist schlau genug gewesen, das Gespräch um die Konjunktion herumzuführen, das heißt, in der Zeit, in der sich Erde und Mars am nächsten standen auf ihren Bahnen um die Sonne. Aber auch da betrug die Entfernung immer noch rund sechzig Millionen Kilometer, was bedeutete, dass jedes Funksignal über drei Minuten unterwegs war. Wenn man eine Frage stellte, dauerte es also über sechs Minuten, bis man Antwort erhielt. Und sie hatten damals, vier völlig aufgeregte und ungeduldige Kinder, ständig dazwischengeredet, anstatt zu warten, und den armen Mann fast zur Verzweiflung getrieben, weil er irgendwann nicht mehr durchgeblickt hatte, welche Antwort zu welcher Frage gehörte. Sie kicherten, als sie daran zurückdachten.

»Wie er Carl gefragt hat, was er einmal werden will . . .«, bog sich Ronny vor Lachen, »und Carl hat dazwischengeredet und gesagt, ›Kartoffelbrei‹ . . .!«

»Er hat gedacht, du willst ihn auf den Arm nehmen!«, prustete Ariana. »Weil er es einfach nicht kapiert hat, dass wir so weit weg sind.«

Carl grinste. »Er hat gedacht, wir sind zu schüchtern, um zu antworten.«

»Die Erdlinge sind manchmal wirklich so was von ahnungslos«, schüttelte Ariana den Kopf. »Da schreibt einer Reportagen über Raumfahrt und hat noch nie was von Lichtgeschwindigkeit gehört.«

Ronny konnte sich fast nicht mehr beruhigen. »Was

willst du mal werden? Kartoffelbrei . . .! Ich lach mich kaputt.«

»Das war sowieso seltsam«, fiel es Carl wieder ein. »Wir haben ihm endlich lang und breit erklärt, was wir mal werden wollen, er hat nachgefragt, als würde es ihn wirklich interessieren, und dann stand kein Wort davon in seinem Artikel.«

»Über meine Zukunftspläne hat er aber geschrieben«, warf Elinn mit finsterem Gesicht ein. Sie hatte erklärt, dass sie eines Tages die Kultur der alten Marsianer entdecken würde.

Ronny wusste sogar noch auswendig, was darüber in dem Artikel gestanden hatte. *»Wie Heinrich Schliemann schon in frühester Jugend davon träumte, eines Tages das antike Troja zu entdecken«,* deklamierte er in einem albernen Dialekt, *»so träumt Elinn Faggan davon, eines Tages die Überreste einer Kultur von Marsbewohnern zu finden, die es nach übereinstimmender Auffassung der heutigen Wissenschaft niemals gegeben hat . . .«*

»Blödmann«, versetzte Elinn beleidigt.

Ariana runzelte die Stirn. »Ich glaube, dass wir mal auf der Erde studieren wollten und so, das hat ihm nicht in den Kram gepasst.«

»Damals kam mir das auch noch so einfach vor«, sagte Carl. Er sah aus dem Fenster, hinaus über die rostrote Weite, über der gerade der Marsmond Deimos aufstieg wie ein schmutziger Stern. »Zur Erde gehen, um zu studieren. Was so etwas kostet, habe ich damals ja noch nicht gewusst. Der Flug, die Studiengebühren und was weiß ich noch alles. Vor allem der Flug.« Er nickte, sah wieder auf den Schirm, rief seinen Mailzugang auf. »Genau. Dem schreiben wir einfach. Was haltet ihr von einer lustigen Videomail?«

»Soll die dieses Jahr noch ankommen?«, fragte Ariana spöttisch. Normale E-Mails tröpfelten mit niedrigster Priorität durch den Datenkanal zur Erde; manchmal dauerte es schon bei einer einfachen Textnachricht einen Tag, bis sie den Empfänger erreicht hatte.

»Dann eben nicht«, sagte Carl. Er begann zu schreiben, wobei er sorgsam darauf achtete, nicht mehr zu verraten als unbedingt nötig. Sie hätten gehört, dass es einen Antrag 86-024 gebe, der etwas mit dem Mars zu tun habe, aber in den Bekanntmachungen des Raumfahrtausschusses sei nichts dazu zu finden gewesen. Ob er ihnen helfen könne, mehr herauszubekommen.

Zu ihrem Erstaunen dauerte es keine Stunde, bis eine Antwort auf Carls Bildschirm erschien.

*Liebe Marskinder!*

*Schön, mal wieder von euch zu hören. Ich hoffe, es geht euch allen gut auf eurem Roten Planeten. Für euren mysteriösen Antrag gibt es eine einfache Erklärung, die mit der Bürokratie unserer geliebten Erdregierung zu tun hat. Und zwar muss, wann immer jemand einen Antrag vorbereitet, er sich als Erstes eine Nummer dafür zuteilen lassen. Wenn er seinen Antrag dann aus irgendwelchen Gründen doch nicht einreicht, bleibt die Nummer in der Liste und wird nur mit dem Wort »OMITTED« als »ausgelassen« gekennzeichnet. Ich nehme an, das wurde in diesem Fall einfach vergessen.*

*Michael Visilakis*

»Na also«, meinte Ariana. »Entwarnung.«

»Das ging schnell«, staunte Ronny.

»›Liebe Marskinder!‹«, mokierte sich Elinn. »Der lernt es wohl nie.«

Carl schmunzelte. »Würde es dir besser gefallen, wenn er uns ›Marsjugendliche‹ nennen würde?«

Arianas Kommunikator summte. Sie meldete sich, sagte nickend »Ja, wir kommen« und grinste breit, als sie den Ausknopf drückte. »Mrs Dumelle«, sagte sie. »Sie steht in Schleuse 3 und wartet darauf, mit den *Marsjugendlichen* zum Point Armstrong zu fahren.«

# 8 Ausflug zum Point Armstrong

Mrs Dumelle hatte bereits ihren Raumanzug an und hielt den Helm in der Hand, als Carl, Ariana, Elinn und Ronny ankamen. »*Bonjour*«, sagte sie, »liebe Mitstreiter im Kampf gegen den ewigen Feind.«

Der ewige Feind aller Treibhäuser auf dem Mars war natürlich der Staub. Die Folie, aus denen die prall aufgeblasenen Druckzelte bestanden, schien den rötlichen, hauchfeinen Steinstaub, den die Marswinde herantrugen, geradezu magnetisch anzuziehen. Ihn wieder herunterzubekommen – mit breiten Bürsten, die an zehn Meter langen Stielen steckten – war eine nie endende, anstrengende Arbeit. Aber notwendig, denn Sonnenlicht war kostbar auf dem Mars, auf dem die Sonne selbst an den sonnigsten Tagen höchstens so stark schien wie an einem kalten Wintertag auf der Erde.

Und dieses Jahr schien die Sturmsaison kein Ende nehmen zu wollen. Wenn der Mars sich auf seiner Bahn um die Sonne dem Punkt näherte, an dem er ihr am nächsten war – man nannte diesen Punkt das *Perihel* –, brachen auf seiner Südhalbkugel gewaltige Staubstürme los, die mit Geschwindigkeiten von bis zu fünfhundert Stundenkilometern dahinpeitschten, den Himmel verdunkelten und sich erst wieder einigermaßen beruhigten, wenn sie die Nordhälfte des Planeten erreichten. In der Sturmsaison die Treibhäuser freihalten zu wollen war aussichtslos. Trotz ihrer geschützten Lage hinter der oberen Station, im Windschatten des niedrigen, sichelförmigen Bergrückens, verwandelten sie sich in rostbraune Halbzylinder, in denen für Monate bestenfalls diffuses Dämmerlicht herrschte.

Dem Kalender nach war die Zeit der Stürme seit acht Wochen vorbei. Letzte Woche war eine Gruppe draußen beim Point Armstrong gewesen, hatte das Druckzelt für das Silvesterfest aufgestellt, und prompt war kurz darauf wieder eine dicke, gelbe Staubwolke über die Ebene hinweggezogen und gestern Abend noch eine.

Die Verschlüsse der Raumanzüge klickten, die Anschlüsse gaben schrille Zischlaute von sich, Kontrollanzeigen leuchteten grün auf. Jeder Handgriff saß, wie man es nach hunderten Malen erwarten konnte, trotzdem dauerte das Anlegen der Raumanzüge seine Zeit. Sie kontrollierten sich gegenseitig noch einmal, setzten dann gleichzeitig mit Mrs Dumelle die Helme auf, die mit einem beruhigenden, satten Geräusch einrasteten.

Ein Druck auf eine handtellergroße Taste an der Wand ließ die innere Schleusentür auffahren. Sie betraten die Schleusenkammer und betätigten eine andere Taste. Die Tür schloss sich wieder, und ein schrilles, sirrendes Geräusch zeigte an, dass eine Pumpe die Luft aus der Kammer presste. Je weniger Luft noch übrig war, desto schwächer wurde das Geräusch, und schließlich hörte man es überhaupt nicht mehr.

Gleich darauf ging das äußere Luk auf, ein wuchtig aussehendes Stahltor, und gab den ungefilterten Blick auf den Mars frei.

Zahllose Stiefel hatten den Boden unmittelbar vor der Schleuse zertrampelt, breite Reifenspuren führten kreuz und quer durch den rostroten Sand. Neben der Schleuse standen ein paar Holzkisten aufgestapelt, lagen Metallstangen, eine zusammengefaltetete Folie aus Kunststoff, mit einem Stein beschwert, und ein Windmessgerät mit verbogenem Schaufelrad. Alles war bereits wieder von einer dünnen Schicht Flugsand bedeckt.

Einer der Rover stand keine dreißig Meter entfernt geparkt, ein Fahrzeug, das Neuankömmlinge von der Erde ausnahmslos wie ein atemberaubendes Ungetüm vorkam, wenn sie das erste Mal davor standen. Die Fahrerkabine war eine drei Meter durchmessende Kugel mit großen Sichtfenstern, einer engen Schleuse an der Unterseite und einem langen, von innen steuerbaren Greifarm mit vier Gelenken und einem dreifingrigen Endstück, das stark genug war, Stahl zu biegen. Die klobige Motoreneinheit, die sich daran anschloss und deren flache Oberseite auch als Ladefläche diente, verlieh dem Gefährt eine Gesamtlänge von zwölf Metern. Das ganze Gebilde bewegte sich auf sechs gelenkig gelagerten, brusthohen Reifen aus Drahtgeflecht von jeweils zweieinhalb Metern Breite. Auf den Seiten hatte einmal das prachtvolle Marskolonisten-Symbol geprangt, doch nach dem Ende der Regierung von Präsident Sanchez hatte man auf Geheiß der neuen Regierung alle diese Symbole weiß übertünchen müssen, auf den Rovern, den Flugmaschinen, an den Außenwänden der Station, überall.

Alle Marskinder hatten – was Erdlinge normalerweise unglaublich fanden – so ein Ding schon ungezählte Male gefahren und Unfug mit dem Greifarm angestellt. Sie hatten sich auch, obwohl das selbstverständlich streng verboten war, hinter dem Hügelwall wilde Wettrennen geliefert. Dass Mrs Dumelle sich weigerte, das Steuern eines Rovers zu erlernen, war in ihren Augen eine unverständliche Marotte.

»Also, wir müssen die Besen mitnehmen und noch eine Ladung Isoliermatten«, erklärte Mrs Dumelle. »Die liegen drüben vor Schleuse 1.«

»Die können wir ja mit dem Greifarm aufladen«, meinte Carl.

Die Besen lagen, selber ganz eingestaubt, in einem Gestell unter einem der Verbindungstunnel zwischen den Stationsteilen. Die langen Griffe konnte man auseinander schrauben, sodass sie sich auf der Ladefläche unterbringen ließen.

Dann gingen sie an Bord, schlossen die Luken und fluteten die Kabine mit Atemluft, um Helme und Handschuhe abnehmen zu können. Ronny hockte sich wie selbstverständlich hinters Steuer und legte den Schalter um, der die Methanturbine anwarf. Ein helles, singendes Maschinengeräusch erfüllte die Kabine, die Armaturen erwachten glimmend zum Leben. Es ruckelte, als der Rover sich in Bewegung setzte, sanft schaukelnd und schlingernd in eine enge Kurve ging und hinüberwalzte zu Schleuse 1.

»Lass mich das machen«, sagte Elinn und drängte ihren Bruder von der Steuerung des Greifarms weg.

»Schon gut, schon gut«, brummelte Carl. »Dem Nachwuchs eine Chance.«

Sie sahen zu, wie Elinn den Greifarm aus seiner Ruheposition hoch steigen, ihn sich elegant drehen ließ und dann mit dem Greifer die dunkelgrünen Matten aus Isolierschaum aufnahm, die gebündelt und verschnürt vor dem Schleusenluk bereitlagen. Sie wogen ohnehin fast nichts, und Elinn legte sie gekonnt auf der Ladefläche ab, schob sie mit einem Schubser in ein Eck und manövrierte den Greifarm dann in die Ruheposition zurück.

»Ich staune immer wieder, wie ihr das macht, Kinder«, meinte Mrs Dumelle kopfschüttelnd.

»Wir sind keine *Kinder* mehr«, knurrte Elinn, ohne aufzusehen, noch ganz mit den Steuerungskontrollen beschäftigt.

Mrs Dumelle lächelte nachsichtig. »In einem gewissen Sinn«, sagte sie, »ist man sein Leben lang Kind. Ihr werdet immer die Kinder eurer Eltern bleiben. Und immer die Kinder des Mars.«

Ronny ließ die Turbine aufheulen. »Es geht los!«, rief er.

Es nahm einem immer wieder den Atem, wenn man den engen, halbrund von Fels umschlossenen Vorplatz der Station verließ und durch das von den beiden Endhügeln gebildete Tor hinausfuhr: Wie der Blick dann plötzlich in eine Weite ging, die man vergaß, wenn man längere Zeit nur in der Siedlung unter der Oberfläche verbrachte. Streng und erhaben öffnete sich die Wüste vor einem, staubig orange, schweigend, ein Anblick zum Luftanhalten.

Im Lauf der Zeit hatten die Rover etliche Fahrspuren in den Boden gegraben, die in verschiedenste Richtungen führten. Abseits dieser zermahlenen Furchen lag rostrotes Geröll, lagen Steine in roten, aber auch in schwarzen oder gelben Tönen in bizzarrer Regelmäßigkeit bis zum Horizont.

Zum Point Armstrong führte ebenfalls eine Fahrspur, der sie nur zu folgen brauchten. Es war nicht weit bis dahin, etwas mehr als eine Stunde Fahrt. Ehe die Idee aufgekommen war, dort das Silvesterfest zu feiern, hatten nur die Areologen diesen Punkt für Vermessungsarbeiten und großräumige Beobachtungen genutzt.

Man fuhr über eine verkrustete, leicht abschüssige Ebene, an zerschrundeten Klippen vorbei durch etwas, das einmal ein Canyon gewesen sein konnte, erklomm dann eine aufwärts führende Kluft, die seitlich abging, kletterte über roten Schotter, umrundete etliche große Felsbrocken und erreichte eine geröllübersäte, sanft ansteigende Ebene, die aussah wie ein in der Bewegung erstarrtes und versteinertes Meer bei unruhigem Seegang. Nun ging es nur noch aufwärts, und mit jedem Meter weitete sich der Blick, den man in alle Richtungen hatte.

Point Armstrong war der höchste Punkt, den man mit dem Rover erreichen konnte, dahinter erhob sich dann der Ascraeus Mons mit seinen kupferfarbenen Schluchten und Steilhängen.

Das große Druckzelt war schon von weitem zu erkennen, ein riesiger, glänzender Tautropfen auf schwarzrotem Sand.

»Von hier aus sieht das Zelt ganz sauber aus«, sagte Ariana.

»Das täuscht«, sagte Mrs Dumelle.

»Es glänzt richtig. Wie kann es glänzen, wenn Staub darauf liegt?«

»Es glänzt nicht. Es leuchtet nur im Sonnenlicht.«

Sie starrten alle auf das Druckzelt in der Ferne und versuchten, sich darüber schlüssig zu werden, ob es nun glänzte oder leuchtete.

»Schaut mal«, sagte Elinn plötzlich.

Etwas in ihrer Stimme ließ die anderen herumfahren.

Elinn starrte in den rosafarbenen Himmel, und als sie ihrem Blick folgten, sahen sie es auch. Es glitt über den Himmel wie ein riesiger Vogel, kam um den Ascraeus Mons herum und schwebte auf sie zu, schwebte genau auf sie zu, als hätte es sie als Beute auserkoren.

# 9 Ein Vogel am Marshimmel

Es war ein Flugzeug mit schmalen, extrem weit gespannten Flügeln. Wie weit, war schwer zu schätzen, aber es mussten weit über hundert Meter sein. Ein schlanker, schmaler Rumpf zog sich so weit nach hinten, dass man es kaum glauben wollte, und lief in ein nadeldünnes Heck aus. Zwei Turbinen saßen über den Flügeln und trieben große, dreiflüglige Propeller an.

Das ganze Gebilde sah aus wie eine optische Täuschung, nicht wie eine wirkliche Maschine.

»Was ist *das?*«, entfuhr es Ariana.

Mrs Dumelle sah sie erstaunt an. »Sagt bloß, das habt ihr noch nie gesehen?«

»Nein, noch nie.«

»Das ist das Marsflugzeug der Asiatischen Marsstation. Es wird ferngesteuert. Sie benutzen es, um das Magnetfeld des Mars zu vermessen – oder was davon übrig ist –, bestimmte Gebiete aus niedriger Höhe zu fotografieren, Atmosphärenproben zu entnehmen und so weiter.«

Als das Flugzeug über sie hinwegrauschte, sah man das Emblem der Asiatischen Allianz, den roten Stern und die rote Sonne, die über dem Meer aufgehen, an der hohen Heckflosse leuchten.

Carl folgte ihm mit seinem Blick. »Ich wusste nicht, dass man in der Marsatmosphäre mit einem Flugzeug fliegen kann.«

»Nun, offensichtlich geht es. Yin Chi hat uns berichtet, dass es die Bauweise eines Stratosphärengleiters hat, wie man ihn auf der Erde verwendet. Deshalb die schmalen, langen Flügel.« Mrs Dumelle zuckte die Schultern. »Aber ich muss gestehen, ich habe es bisher auch erst einmal gesehen.«

Sie sahen dem Flugzeug nach, wie es weiterflog, dünn, filigran und unglaublich elegant, Richtung Süden, zurück zu der Marsstation der Asiatischen Allianz.

»Schade, dass es ferngesteuert ist«, meinte Ariana. »Man muss eine unglaubliche Aussicht haben von dort oben.«

»Was hat es für eine Reichweite?«, wollte Carl wissen.

»Oh, Kinder – so etwas weiß ich doch nicht. Da müsst ihr Yin Chi schon selber fragen, wenn er mal wieder kommt.« Mrs Dumelle sah Ariana an. »Hast du übrigens gehört, ob es Mister Lung inzwischen besser geht?«

Ariana schüttelte den Kopf. »Keine Ahnung. Mein Dad würde mir nie etwas über einen Patienten sagen, ganz egal, wer es ist.«

Mrs Dumelle nickte. »Das ist im Grunde ja auch richtig.«

Zuletzt war das Flugzeug nur noch ein dünner Strich gegen den zartrosa Himmel, nun verschwand auch diese letzte Spur.

Als sie das Druckzelt erreichten, sahen sie, dass sich tatsächlich eine feine Schicht hellgelben Staubes darauf angesammelt hatte. Also waren sie nicht umsonst herausgefahren.

Sie parkten den Rover auf dem freien Platz davor, der groß genug war für mindestens zwanzig Fahrzeuge. Das musste er auch sein, wenn sie an Silvester mit allen Rovern, die Ladeflächen voll gepackt mit Leuten in Raumanzügen, hier herauskommen würden, um das neue Marsjahr willkommen zu heißen.

Sie stiegen aus. Der Platz war denkbar gut gewählt. Das Tharsis-Massiv erhob sich gewaltig vor ihnen, mit Schluchten und Felshängen und Verwerfungen in allen denkbaren Tönungen von Rot und Braun. Es war noch zu erkennen, wo sich vor Jahrmillionen unvorstellbare Magmaströme über Abhänge gewälzt hatten. Und wenn man an dem in den Himmel ragenden, zernarbten Schlot des Ascraeus Mons emporsah, konnte man ahnen, welche Gewalten damals hier getobt haben mochten.

Wenn man sich umdrehte, ging der Blick schier endlos weit über die Ebene mit ihren flach geschliffenen Hügelketten, zwischen denen sich eine nicht enden wollende, rostrote Schotterwüste erstreckte, nur hier und da von niedrigen Dünen durchschnitten. Es war ein Anblick, der einen erschauern ließ und gleichzeitig in Staunen versetzte – erschauern, weil er einen ahnen machte, wie klein und schwach sie waren im Angesicht des Universums, und Staunen darüber, dass es dennoch Wirklichkeit geworden war, dass gegen alle Wahrscheinlichkeiten und Chancen Menschen an diesem Ort lebten.

Und ganz weit weg sah man die Station im Schutz des Hügelzuges liegen, ein Sechseck aus stumpfsilbernem Metall mit einem Wald glitzernder Antennen darauf. Ihre Heimat.

»Wunderschön, oder?«, hauchte Elinn ehrfürchtig.

Ariana, die neben ihr stand, warf ihr einen Blick von der Seite zu. »Ja«, sagte sie. Sie zögerte. »Heute Morgen habe ich mir noch gewünscht, ich wäre nicht auf dem Mars geboren«, bekannte sie leise. »Aber wenn ich dir zusehe, wie du das alles anschaust, dann kommt er mir vor wie der großartigste Ort im Universum.«

»Ja«, nickte Elinn ernst. »Das ist er.«

»Hallo, ihr zwei Philosophen!«, ließ sich Carl lärmend vernehmen. »Wir könnten hier etwas Hilfe beim Zusammenschrauben dieser großartigen Besen gebrauchen.« Im Hintergrund hörte man Ronny kichern.

All das wurde per Funk übertragen. Eine intelligente Steuereinheit sorgte dafür, dass man die Stimme von jemandem, der näher bei einem stand, lauter hörte, sodass man normalerweise den akustischen Eindruck einer gewohnten Unterhaltung hatte. Außer jemand drückte die Nottaste und überdröhnte damit alles.

Also stapften die Mädchen zum Rover und beteiligten sich an der allgemeinen Geschäftigkeit. Sie schraubten Besenstiele zusammen, steckten Bürsten darauf und machten sich daran, den hauchfeinen Staub vom Druckzelt zu fegen. Eine Bürste wurde am Greifarm befestigt, sodass Elinn sich um den Staub ganz oben kümmern konnte.

Natürlich ging das nicht ohne Streit ab. »Hey, du staubst mich ja völlig ein!«, rief jemand und ein anderer: »Pass auf, wo du mit deinem Besen hinstocherst!« Aber nach und nach bekamen sie es sauber, und als sie schließlich hineingingen, sah es von innen fast wieder so aus, als gebe es überhaupt kein Zelt um sie herum. Hochtransparente Folie eben. Eine tolle Sache, solange kein Staub daherkam.

Im Zeltinneren konnten sie die Helme abnehmen. Es war warm, was hauptsächlich dem einfallenden Sonnenlicht zu verdanken war, obwohl es auch eine Heizung gab, für alle Fälle. Genauso funktionierten auch die Treibhäuser rund um die Station. Man konnte mit Fug und Recht sagen, dass die alte landwirtschaftliche Technik des Treibhauses hier auf dem Mars zur Perfektion entwickelt worden war.

»Wunderbar«, meinte Mrs Dumelle. »Ich glaube, das wird ein herrliches Fest. Jetzt nur noch die Matten, und wir sind fertig für heute. Den Proviant bringen Victor Corbett und Elmer Grosz nächste Woche her, wenn sie sowieso die Messstationen abfahren.«

»Die Matten kriegen wir aber nicht durch die Schleuse«, sagte Ronny.

Carl schlug ihm gönnerhaft auf die Schulter. »Gut beobachtet«, grinste er. Das war in der Tat nicht schwer zu erkennen. Durch die Schleuse passte gerade mal eine Person im Raumanzug.

Also machten sie es anders. Das Druckzelt hatte an einer der Stirnseiten so etwas wie einen luftdichten Reißverschluss, den man aufmachen konnte, wenn man eine größere Öffnung benötigte. Zum Beispiel, wenn man einen Baum hinein- oder herausschaffen musste. Natürlich ging dadurch Atemluft verloren, ziemlich viel sogar, aber anders als Erdlinge das glaubten, war Sauerstoff auf dem Mars keine besondere Rarität. Tatsächlich rührt die rote Farbe, die den Planeten kennzeichnet, von oxidiertem Eisen her, also von nichts anderem als Rost, der chemischen Verbindung von Eisen mit Sauerstoff. Man hätte im Prinzip hergehen, allen Rost auf dem Mars chemotechnisch zerlegen und auf diese Weise Unmengen von Eisen und Sauerstoff gewinnen können. In der Praxis gab es zwar ein paar andere, bessere Methoden, aber jedenfalls galt: Ja, man musste die Atemluft selber herstellen, doch das war kein Problem.

Und so machten sie es: Sie setzten die Helme wieder auf. Ronny manövrierte den Rover an die Stirnseite. Elinn schnappte das große Bündel Isoliermatten mit dem Greifarm. Mrs Dumelle löste den Verschluss, und Carl und Ariana zogen den aufklaffenden Spalt auseinander. Sofort begann die Decke des Druckzeltes langsam einzusinken. Elinn schob die Matten ins Zeltinnere, Ariana und Carl ließen los, und Mrs Dumelle schob den Verschluss wieder zu, worauf sich die Öffnung mit einer schlangenartigen Bewegung selbsttätig schloss.

In einer Ecke stand ein Energiegenerator, daneben ein tragbares Atmosphärengerät, das verhalten schnurrte. Aus einer Öffnung an der Oberseite kam ein warmer Lufthauch. Sie drehten ein Stellrad, und aus dem warmen Lufthauch wurde ein heißer Luftstrom, stark genug, dass man sich nasse Haare darin hätte trocken föhnen können. Mit sachtem Knistern begann das eingesunkene Foliendach, sich wieder aufzurichten.

»Auf der Erde nennt man das ein Picknick«, erzählte Mrs Dumelle. »Hinausfahren in die freie Natur, sich unter einen Baum in den Schatten setzen und ein mitgebrachtes Vesper essen. Als ich jung war und zum ersten Mal verheiratet, haben wir das oft gemacht. Kanada ist sehr schön im Sommer, wisst ihr? Nun ja, und das hier ist die größtmögliche Annäherung an diesen Brauch, den wir auf dem Mars zu Wege gebracht haben.«

Als das Druckzelt wieder ausgebeult und prall dastand wie ein riesiger, durchsichtiger Luftballon, drehten sie das Stellrad zurück auf die ursprüngliche Position, schnürten das Mattenbündel auf und verteilten die Matten über die noch nicht mindestens zweilagig bedeckten Stellen. Man sollte beim Fest zumindest eine Weile ohne Raumanzug auf dem Boden sitzen können, ohne dass einem die Kälte des Marsbodens in den Hintern schnitt.

»Wunderbar«, meinte Mrs Dumelle noch einmal, als sie das Zelt verließen und zurück in den Rover krochen. »Silvester kann kommen. Ich glaube, 37 wird ein großartiges Jahr.«

Die Sonne näherte sich dem Horizont, als sie zurückfuhren, und der Himmel spannte sich wie eine Kuppel aus dunkelrosa Glas über ihnen. Ein heller Lichtpunkt leuchtete schräg vor ihnen, einer der beiden winzigen Monde des Mars.

»Hmm«, machte Ariana plötzlich und deutete in südliche Richtung. »Ich fürchte, die Arbeit heute hätten wir uns sparen können.«

Im Süden, ungefähr über der zerklüfteten Gegend, die *Noctis Labyrinthus* hieß, schien sich der Horizont zu heben, dick, gelb, amorph. Ein neuer Staubsturm.

»*Merde*«, sagte Mrs Dumelle, ohne zu bemerken, dass die Kinder grinsten, denn dass das ein französisches Schimpfwort war, wussten sie inzwischen.

Als sie vor der Station ankamen, war ein deutlicher Südwind zu spüren, wenn man die Hand ausstreckte. In der dünnen Atmosphäre des Mars hatte das schon etwas zu bedeuten. Und tatsächlich, wenn man sich umschaute, konnte man beobachten, wie außerhalb des Vorplatzes Wellen lockerer Grusteilchen über den Boden getrieben wurden, sodass es aussah, als bewegten sich die Steine langsam kriechend vorwärts.

Die Raumanzüge ausziehen, zurück in ihre Halterungen hängen, die Ladeleitungen wieder anschließen und danach die Anzüge abbürsten. Alles Routine. Als sie noch kleine Kinder gewesen waren, hatte man ihnen allerhand durchgehen lassen, aber niemals Schlampereien mit den Raumanzügen. Noch während sie mit all dem beschäftigt waren, hörte man, wie der Wind in den Antennen zu heulen begann, ganz leise noch, als wäre er hundert Kilometer weit weg.

Aber das würde nicht so bleiben, das wussten sie. Heute Nacht würde ein dumpfes Gebrüll daraus werden. Böen würden mit dreihundert und mehr Stundenkilometern herangerast kommen und die Außenwände mit Schlägen traktieren. Die ganze Welt ringsum würde in rostfarbener Dunkelheit versinken, und morgen früh würde man von innen gegen die Stationsfenster klopfen müssen, damit der außen haftende Staub herunterfiel und man wieder hinaussehen konnte.

»Tut mir Leid, Kinder«, sagte Irene Dumelle. »Trotzdem danke für eure Hilfe. Und nun entschuldigt mich, ich muss in die Meteorologische Abteilung und jemanden erwürgen.«

Als die Kinder hinab in die Siedlung kamen, wartete ein weiteres Mail von Michael Visilakis auf sie.

*Liebe Marskinder,*

*möglicherweise seid ihr einer ziemlich skandalträchtigen Geschichte auf die Spur gekommen. Ich habe mich nämlich noch einmal ein bisschen umgehört und herausgefunden, dass der Antrag 86-024 keineswegs zurückgezogen, sondern gestellt, beraten und genehmigt worden ist. Und wenn es darin tatsächlich um den Mars gehen sollte und nicht um irgendwelche militärischen Belange, könnte das ein Verstoß gegen das Informationsgebot der Verfassung sein. Was wiederum einigen Kollegen gut gefallen würde, die der Regierung sowieso kräftig auf die Zehen klopfen wollen.*

*Ich melde mich wieder, sobald ich mehr weiß. Und es kann nicht schaden, wenn ihr die Nachrichten verfolgt.*

*Michael Visilakis*

# 10 Festvorbereitungen

Der nächste Morgen war wieder klar und friedlich, und wäre nicht die dünne Staubschicht auf allem rings um die obere Station gewesen, man hätte überhaupt nicht geahnt, dass in der Nacht ein Sturm getobt hatte. Gegen Mittag riss sogar die rötliche Staubdecke am Himmel auf und gab an einigen Stellen den Blick frei auf einen tiefdunklen, beinahe schwarzen Himmel voller Sterne.

Das sprach sich rasch herum, und bald waren alle Fenster der Station umlagert von Siedlern, die das Schauspiel betrachten wollten. Die Ränder dieser Risse loderten hellgelb, als verzehre ein Feuer sie, und immer wieder faserten lange, irrlichternde Staubstreifen davon los und zerstoben; das kam von der Sonne, die sich langsam dahinter hervorschob und schließlich in ungewohnter Klarheit und Helligkeit am Himmel stand. Die felsigen Ebenen und Berghänge ringsum sahen in dem harten Licht ungewohnt aus, fast künstlich. Das gewohnte tiefe Rostrot wich einem hellen, an manchen Stellen fast weiß glänzenden Blutrot, wenn auch die Älteren meinten, verglichen mit sonnigen Tagen auf der Erde sei es nur mäßig hell.

Kurz darauf kam eine Sonnensturmwarnung vom Mondobservatorium. Ein Sonnensturm, das bedeutete, dass auf der Sonne eine besonders starke Eruption stattgefunden hatte und nun eine Menge höchst energiegeladener Protonen auf den Mars zurasten. Das kam ungefähr zweimal im Jahr vor und bedeutete, dass man gut daran tat, die obere Station zu räumen und sich in die unterhalb der Marsoberfläche befindliche Siedlung zurückzuziehen. Auf der Erde merkt man von Sonnenstürmen so gut wie nichts, weil die dichte Atmosphäre sie aufhält; auf dem Mars dagegen sind gewisse Schutzmaßnahmen angebracht, auch wenn Sonnenstürme sich als nicht so gefährlich herausgestellt hatten, wie man in der Frühzeit der Raumfahrt geglaubt hatte.

Da man ohnehin damit beschäftigt war, das gemeinschaftliche Essen vorzubereiten, das jeden Sonntag auf der *Plaza* stattfand, störte das weiter nicht. Tische und Stühle waren aufzustellen, Teller und Besteck zu verteilen, in großen Töpfen und Pfannen garten leckere Speisen, und bald erfüllten köstliche Düfte *Plaza, Main Street* und die angrenzenden Gänge.

»Hast du noch mal was von Visilakis gehört?«, fragte Arianas Stimme aus dem Hörer des Kommunikators.

»Nein«, sagte Carl. »Seit dem zweiten Mail kein Wort mehr.«

Sonntags hatten sie keinen Unterricht, es sei denn, jemand war mit dem Pensum im Rückstand und musste aufholen. Das kam vor. Besonders Ronny verbrachte den Sonntag oft im Computerraum. Eigentlich hatte er das auch heute vorgehabt, aber wegen des Sonnensturms war es nicht möglich.

Auch wenn kein Unterricht war, hatten sie doch alle ihre

Aufgaben zu erfüllen. Carl war in der Gemeinschaftsküche eingeteilt, um massenhaft Gemüse zu putzen und zu schneiden.

»Die Erdlinge waren hier«, erzählte Ariana. Sie half in der Werkstatt, Schrauben, Nägel und Nieten herzustellen. »Farukh und Dipple. Sie haben den Laserschneidbrenner mitgenommen, kannst du dir das vorstellen?«

»Und wozu?«

»Haben sie nicht gesagt. Ich meine, ich kann mir nicht vorstellen, was sie damit wollen. So, wie sie das Ding angefasst haben, können sie auch überhaupt nicht damit umgehen. Aber sie haben furchtbar wichtig getan und dauernd ›Pigrato, Pigrato‹ gesagt.«

»Vielleicht kann Pigrato damit umgehen?«

»Ich würde mich auf keine fünfzig Meter herantrauen, wenn er *damit umgeht.*«

Carl runzelte die Stirn. »Seltsam, oder?«

»Oberseltsam.«

Aus dem vorderen Teil der Küche, wo die Herde und Backöfen standen, hallte plötzlich ungewohntes Geschrei und Gezeter. »Warte mal, hier ist irgendwas los . . .« Carl stand auf und spähte um die Ecke. Da stand Anatole Rossetti, der sonntags immer den Chefkoch spielte, und stritt sich mit . . . Carl blinzelte. Das war ja kaum zu glauben. Er ging ein paar Schritte zurück, um nicht gehört zu werden, und nahm den Kommunikator wieder ans Ohr.

»Halt dich fest«, sagte er zu Ariana. »Farukh und Dipple sind gerade in der Küche und beschlagnahmen alle Messer, die länger sind als zehn Zentimeter.«

Erstaunlich viele der Siedler beherrschten Musikinstrumente, und der Sonntagabend war immer die Gelegenheit, zu zeigen, was man konnte. Diese Woche hatte sich ein Trio zusammengefunden aus Abasi Kuambeke, der zwar nicht so gut Gitarre spielte, wie er Klimaanlagen in Schuss hielt, aber recht passabel singen konnte, aus Mario Morena, einem fülligen Sizilianer, der ein Keyboard sein Eigen nannte, und dem magersten Mann auf dem Mars, Avery Beal aus Arizona, der in Jugendjahren in einer Band getrommelt hatte und nun Schlagzeug auf dem Mars spielte, ein selbst gebautes, weil der Raumtransport eines so voluminösen Musikinstruments unerschwinglich gewesen wäre. Sie spielten Jazz aus zwei Jahrhunderten, alte Stücke von Louis Armstrong genauso wie Songs der Budapester Swingära von 2035. Die drei stimmten ihre Instrumente, während ringsum die Tische gedeckt wurden, spielten sich ein, solange man die Heizplatten aufbaute und die Töpfe herantrug, und ohne merklichen Übergang hörten die Proben auf und begann das Konzert: Irgendwann tanzten die Ersten ausgelassen zwischen den Stuhlreihen, trudelten die Siedler nach und nach ein, belegten Plätze, begannen Gespräche oder lüpften am Büffet die Deckel, um zu sehen, was da so gut roch.

Carl stand bei der Anrichte und beobachtete Elinn, die dicht vor den Musikern hockte und hingebungsvoll im Takt mitwippte.

»Greifen Sie zu, Roger«, hörte er neben sich Doreen Vaselic, die einige der Töpfe bewachte. »Hier haben wir Hühnerfrikassee mit verschiedenen Gemüsesorten, hier das beliebte Lauchmus nach dem Rezept von Irene Dumelle, und hier . . .«

»Nachher«, winkte der grauhaarige Mann ab. »Ich will mir noch die Strahlungsvorhersage im Fernsehen anschauen. Wenn der Sonnensturm anhält, fällt die Arbeit morgen flach, und ich brauche mich beim Alkohol nicht so zurückzuhalten . . .«

Doreen Vaselic, eine große Blondine, die gern mit den Männern flirtete, lachte. »Das tun Sie doch sowieso nie, Roger.«

»Aber dann bräuchte ich einmal kein schlechtes Gewissen zu haben.« Roger Knight sah auf die Uhr. »Wie weit sind wir gerade von der Erde entfernt?«

»Sieben Minuten, glaube ich.«

»Na, dann geh ich mal. Bis später.«

»Bis später, Roger.«

Ariana tauchte auf. »Hi«, sagte sie zu Carl. »Und, seid ihr zurechtgekommen ohne lange Messer?«

»Siehst du doch«, erwiderte Carl. »Aber Anatole hat geflucht, kann ich dir sagen. War echt lehrreich.«

»Was gibt es denn nun überhaupt?« Sie lüftete den Deckel des ersten Topfes und verzog das Gesicht. »Würg – totes Huhn! Sie haben euch die Messer zu spät weggenommen.«

Ronny kam wenig später, sah in den gleichen Topf und rief: »Mmh, endlich mal wieder Huhn!« Schwupps, lud er sich einen Teller voll und gesellte sich zu Elinn.

Arianas Blick wanderte über die Szenerie, die Tanzenden, die Musiker, die gut gelaunten Menschen an den Tischen. Die Falte auf ihrer Stirn war wieder da, und sie sah gerade wild und kampfeslustig aus, wie eine Amazone. »Ich hab noch was Krasseres als deine Messer«, sagte sie.

»Da bin ich mal gespannt.«

»Ich habe mitgekriegt, wie Pigrato von Jed Latimer verlangt hat, den Fernsehempfang von der Erde zu unterbrechen.« Jed Latimer war für alles zuständig, was mit Kommunikationsanlagen zu tun hatte.

»Aua.«

»Jed war so schlau, zu behaupten, dass das nicht geht, solange der Sonnensturm anhält, weil er dazu in die obere Station müsste. Und Pigrato hat es geschluckt. Aber das bringt einen auf seltsame Gedanken, oder?«

Carl sah sie grübelnd an. »Man sollte sich die Nachrichten ansehen.«

»Mein Dad ist noch nicht da, schätze ich.« Ariana sah sich um, entdeckte ihn aber nirgends. »Ich geh mal eben und zerre ihn aus seiner Praxis. Dann können wir uns die *Worldnet News* reinziehen.«

»Gut. Bis später.«

Beifall brandete auf, als die ersten Takte eines besonders beliebten Stücks angespielt wurden. Carl sah zum Glasdach der *Plaza* empor, fünfzehn Meter über den Köpfen der Leute, sah den Himmel des Mars sich wieder glutrot zuziehen.

Sein Kommunikator meldete sich, kaum dass Ariana weg war. Carl zog das Gerät aus der Tasche, hielt es ans Ohr, aber da war nur ein Signalton. Er schaute aufs Display. Ein Symbol zeigte an, dass eine Mail auf ihn wartete.

Eine als *dringend* gekennzeichnete Mail.

Carl atmete unwillkürlich tief ein. Das konnte nur Visilakis sein.

Elinn saß immer noch bei den Musikern, klatschte im Takt der Musik mit, schüttelte die wilde rote Mähne. Ronny hockte am Tisch neben ihr und spachtelte Hühnerfrikassee. Carl starrte das Display an, das Mailsymbol darauf.

Wollte er wirklich wissen, was der Journalist ihm zu sagen hatte? Gut möglich, dass es ihm den Abend verdarb. Aber andererseits – zu wissen, dass eine Mail auf ihn wartete, eine dringende sogar, und Rätsel zu raten, was darin stehen mochte, verdarb den Abend genauso.

Also gut. Am ersten Quergang der *Main Street* gab es einen Raum mit einem Terminal; dort konnte er die Mail abrufen. Er setzte sich seufzend in Bewegung.

Die Musik wurde undeutlicher, während er die *Main Street* hinabging, schien in einem Sumpf aus Hall und wirren Stimmen zu versinken. Nur der Geruch des Essens begleitete ihn. Als er den Terminalraum betrat und die Tür hinter sich schloss, umfing ihn völlige Stille.

Er schaltete das Terminal ein und rief den Mailzugang auf. Das Mailsystem der Marssiedlung arbeitete nicht mit Stimmerkennung, Carl musste ganz altmodisch einen persönlichen Code eingeben, um sich auszuweisen.

Einen Augenblick später starrte er den Text auf dem Schirm an und hatte das Gefühl, als habe ihm jemand mit einem Hammer auf den Kopf geschlagen.

*Carl,*
*hier geht es drunter und drüber. Wie sich herausgestellt hat, ist 86-024 tatsächlich ein gültiger und genehmigter Antrag der Regierungskommission für Kostensenkung, den sie versucht haben, geheim zu halten. Und was darin steht, wird euch nicht gefallen: Die Marssiedlung soll aufgelöst werden. Zwei Großtransporter sind gestern, im letzten Augenblick des Startfensters, von der*

*Raumstation McAuliffe aus gestartet und unterwegs, um alle Marssiedler zur Erde zurückzuholen.*

*Alles Weitere werdet ihr sicher in den Nachrichten erfahren – die Regierung hat für heute Abend eine offizielle Stellungnahme angekündigt.*

*Michael Viliakis*

Carl spürte eine Hitzewelle in sich aufsteigen, die ihm fast den Atem nahm. Er wurde in den Knien ganz weich und hatte das deutliche Gefühl, dass ihm gleich zum Speien übel werden würde. Er sah seinen Händen zu, wie sie über die Tastatur wanderten, den Mailzugang schlossen, das Terminal abschalteten. Von seinen Beinen ließ er sich wieder hinaustragen in den Essensgeruch und den hallenden Festlärm, und dabei hatte er immer noch das deutliche Gefühl, dass ihm gleich zum Speien übel werden würde.

Als er am Fernsehraum vorbeiging, kam Roger Knight aus der Tür, mit großen Augen, mit den Armen fuchtelnd, so aufgeregt, wie man ihn noch nie gesehen hatte, und rief: »Unglaublich! Leute, hey! Ihr müsst euch mal anhören, was in den Nachrichten kommt . . .!«

Doch da erstarb schon die Musik, und Carl sah, wie Pigrato auf der Bühne stand und das Mikrofon in die Hand nahm. Da wusste Carl: Es war alles wahr, und dies war der Augenblick, in dem es geschah.

# 11 Der Beschluss

Nachdem Pigrato seine Erklärung abgegeben hatte, war es zuerst so still, dass man hätte glauben können, die Siedler wären vor Schreck alle gestorben. Fassungslose Augen starrten den Vertreter der Erdregierung an. Münder standen offen, Kiefer hatten im Kauen innegehalten, Hände mit Gabeln schienen in der Luft festgefroren.

»Ich hielt es für das Beste«, fügte Pigrato mit etwas unsicherer Stimme hinzu, »Sie so schnell wie möglich von diesem Beschluss in Kenntnis zu setzen.«

Der Beschluss. Nachdem die Medien durch irgendeine dumme Indiskretion davon Wind bekommen hatten, hatte Senator Bjornstadt ihn angewiesen, den Beschluss umgehend zu verkünden. Und hier hatte er sie alle beisammen, ohne eine Versammlung einberufen zu müssen.

*Die Regierung der Föderation der Staaten der Erde hat beschlossen, die Anstrengungen zur Besiedelung des Mars nicht weiter fortzusetzen. Die bestehende Marssiedlung wird aufgelöst, die Bewohner der Siedlung werden auf die Erde zurückgeholt. Die Forschungsarbeiten auf dem Mars werden bis auf weiteres eingestellt.*

Sie starrten ihn immer noch an. Die Stille schien die Luft

gefrieren zu lassen. Ob diese verdammten Marsleute sich jemals wieder bewegen würden?

Der erste Schrei, der kam, war der Schrei eines jungen Mädchens. Ganz vorn saß es, und es schrie, als würde ihm ein Messer im Leib herumgedreht.

Dann schrien alle.

»Ruhe«, konnte Pigrato endlich brüllen, verstärkt durch die Lautsprecher der Jazzband, »bewahren Sie Ruhe!«

So war es ihm lieber. Wenn sie schrien, sich wehrten, wenn er dagegenhalten musste. Das war eine Situation, in der er wusste, was zu tun war.

Sie schrien weiter. Arme fuchtelten, Männer sprangen auf, Frauen schwangen Fäuste. Pigrato sah sich nach seinen beiden Helfern um. Sie hatten den Nachmittag über alles sichergestellt, was man als Waffe benutzen konnte, aber wenn es zu einer Prügelei kommen sollte, würde es trotzdem hart werden.

»Ruhe! Bitte Ruhe, ich will versuchen, Ihnen alle Fragen zu beantworten. Noch mal: Ich habe nicht den geringsten Einfluss auf diese Entscheidung. Was immer Sie zu mir sagen und was immer Sie mit mir tun, ändert nichts an der Entscheidung der Regierung. Ich bin nur im Stande, Ihnen die Einzelheiten zu erklären. Für alles andere müssen Sie sich an Ihre Vertreter im Parlament wenden. Bitte ...«

Sie schrien immer noch, aber Pigrato ließ sich nicht einschüchtern und sprach weiter. »Die Entscheidung, die Marssiedlung zu beenden«, erklärte Pigrato betont langsam und deutlich, damit es überall auf der *Plaza* trotz des Lärms verständlich war, »hat in der Hauptsache finanzielle Gründe. Um es ganz klar zu sagen: Die Erdregierung ist in Geldnot. In den Protektoratszonen Afrikas wüten schwere Seuchen, deren Bekämpfung enorme Anstrengungen erfordert. Das Erdbeben in der Republik Sibirien hat die dortige Wirtschaft schwer geschädigt und Aufbaumittel der Föderation erforderlich gemacht. Und so weiter. Im Begründungstext des Beschlusses werden Ihre Leistungen bei Aufbau und Unterhalt der Marssiedlung ausdrücklich gewürdigt. Es ist also keineswegs so, dass die Regierung Ihre Verdienste in Abrede stellt. Aber wir – und damit ist die gesamte Menschheit gemeint – können uns die Marssiedlung einfach nicht länger leisten.«

Nun schwiegen doch einige der Marsleute, betreten, wie ihm schien. Dumm waren sie ja allesamt nicht. Man sah den gefurchten Stirnen förmlich an, wie hinter ihnen nach Gegenargumenten gesucht wurde.

Wie nicht anders zu erwarten, lautete das erste: Selbstversorgung.

»Es ist richtig, dass sich die Marssiedlung weitgehend selbst versorgt. Trotzdem schlägt sie im Haushalt der Erdregierung pro Jahr mit fünf Milliarden Internationalen Verrechnungseinheiten zu Buche. Das ist sehr viel Geld. Und damit die Marssiedlung Sinn macht, reicht es nicht einmal, den jetzigen Zustand einfach aufrechtzuerhalten – man müsste die Siedlung ausbauen, ständig weitere Siedler herbringen, letztendlich auf eine Terraformung hinarbeiten. Und dafür reichen die Mittel bei weitem nicht. Bedenken Sie, dass die Regierung nach Gerechtigkeit für alle streben muss. Sie können nicht von ihr verlangen, dass sie den Bewohnern des afrikanischen Protektorats sagt, ›tut mir Leid, wir können dich und deine Familie nicht impfen, weil wir das Geld für die Marssiedlung brauchen‹.«

Das brachte fast alle zum Schweigen. In vielen Gesichtern stand ein beinahe beschämter Ausdruck. Sie würden keine Schwierigkeiten machen. Sie würden gehen, wenn man es ihnen befahl.

»Zwei Großraumschiffe, die MAHATMA GANDHI und die MARTIN LUTHER KING, sind gestern von der Erdumlaufbahn aus zum Mars gestartet. Sie folgen einer 120-Tage-Bahn, werden also in knapp vier Monaten hier eintreffen, um Sie alle zurück zur Erde zu bringen. Meine Aufgabe ist, Sie zu bitten, sich entsprechend vorzubereiten. Beginnen Sie unverzüglich mit Muskeltraining, nehmen Sie Kalziumtabletten, das übliche Programm für Erdrückkehrer eben.«

»Was geschieht mit der Siedlung?«, rief jemand.

»Die Siedlung wird abgeschaltet, aber sie bleibt natürlich erhalten, wie sie ist. Sie sollten überlegen, was Sie mit zur Erde nehmen wollen. Pro Person werden voraussichtlich 9,7 Kilogramm Gepäck erlaubt sein. Welchen Rauminhalt es maximal einnehmen darf, werden wir im Lauf der kommenden Tage errechnen.«

»Was passiert mit den Bäumen?« Das war Mrs Dumelle.

Pigrato breitete die Hände in einer nach Entschuldigung heischenden Geste aus. »Sie werden verstehen, dass wir sie unmöglich zur Erde transportieren können.«

»Sie werden eingehen«, protestierte die Kanadierin.

»Genau wie die Fische«, pflichtete ihr jemand bei. »Was soll aus den Fischen werden? Und den Hühnern?«

Pigrato musste sich beherrschen, um nicht die Augen zu verdrehen. »Ich schlage vor«, sagte er so ruhig wie möglich, »Sie nutzen die kommenden vier Monate, sie alle aufzuessen.«

Nachdem Pigrato gegangen war, standen die Leute auf der *Plaza* herum, und man verstand kaum sein eigenes Wort, so laut wurde diskutiert. Immer wieder kam jemand mit neuen Einzelheiten, wie *Worldnet News* sie berichtete, und nach und nach verlagerte sich die Debatte in den Fernsehraum. An ein Fest war nicht mehr zu denken, die Töpfe dampften allein gelassen auf der Anrichte vor sich hin.

»Wir müssen das verhindern«, erklärte Ronny trotzig.

Carl hob neugierig die Augenbrauen. »Und wie?«

»Keine Ahnung.« Ronny schob die Unterlippe vor. »Irgendwie eben.«

Elinn nickte ebenfalls. »Ja. Genau. Wir dürfen das nicht zulassen.«

»Die fragen uns aber nicht, ob wir das zulassen«, sagte Carl. »Es verhindern – wie denn? Was können wir denn schon tun?«

Elinns Gesicht war mit einem Mal fast so rot wie ihre Haare, ein Ausdruck heillosen Zorns und abgrundtiefer Enttäuschung. »Dir ist es doch gerade recht, wenn sie die Marssiedlung auflösen!«, schrie sie ihren Bruder an. »Auf die Weise kommst du wenigstens auf die Erde und kannst studieren . . .«

»Was?«, erwiderte Carl verdattert.

»Alles andere ist dir völlig egal!« Elinn konnte ihre Tränen nicht länger zurückhalten und rannte davon.

Carl sah ihr nach wie vom Donner gerührt. »Das ist nicht wahr«, erklärte er den anderen, kam sich aber dabei wie ein Lügner vor. »Was sie gesagt hat . . . Es ist mir nicht recht, wenn sie die Marssiedlung auflösen. Ich meine . . .« Er wusste nicht, was er meinte, oder konnte es jedenfalls nicht in

Worte fassen. Ja, ihm war kurz der Gedanke durch den Kopf geschossen, dass das eine Chance war – aber doch nur einen Moment lang, eine Sekunde vielleicht, und er hatte nicht im Ernst ...

»Sie ist ein bisschen seltsam in letzter Zeit«, sagte Ariana. »Seit sie in den Jefferson-Graben gestiegen ist, würde ich sagen.«

»Sie war schon immer seltsam, wenn ihr mich fragt«, erklärte Ronny gnadenlos.

Carl war noch immer mit seinen Schuldgefühlen beschäftigt. »Wenn ich einmal Raumfahrer werden und das Sonnensystem erforschen will, muss ich dazu studieren, und das kann ich nur auf der Erde. Also muss ich dort hin. Aber ich bin trotzdem hier auf dem Mars zu Hause, und ich will nicht, dass man die Marssiedlung aufgibt. Ich will immer wieder hierher zurückkommen können, ehrlich.«

»Ja, klar«, sagte Ariana. »Das geht uns doch allen so. Ich denke, das geht selbst den Erdlingen so. Auch wenn man fortgeht von da, wo man geboren ist, will man, dass es den Ort weiterhin gibt. Selbst wenn man nie wieder zurückgeht, will man wissen, dass er noch existiert.« Sie seufzte abgrundtief. »Neulich bin ich Dad in den Ohren gelegen, dass ich nicht auf dem Mars leben möchte. Man muss echt aufpassen, was man sich wünscht, glaube ich.«

# 12 Zwölf Milliarden Menschen

Am Montagabend trafen sich alle Siedler auf der *Plaza*, um die Situation zu besprechen. Die Tische und Stühle vom Fest standen noch, man hatte sie nur ein wenig umgestellt und ein Podium errichtet. Dort saß die Gruppe, die sonst gegenüber dem Statthalter als Siedlungssprecher auftrat und eine Art inoffizielles Führungsgremium darstellte. Dr. DeJones gehörte dazu, Irene Dumelle, aber auch Leute wie Dr. Vernon Spencer, der Leiter der wissenschaftlichen Arbeiten der Marssiedlung, ein großer, silberhaariger Mann mit der Statur eines Footballspielers, und Jewgenij Turgenev, ein hagerer Mathematiker mit ledrigem Gesicht und wässrigen Augen, der es immer mit seiner Kindheit in Sibirien hatte und wie gut sie ihn darauf vorbereitet habe, auf dem Mars zurechtzukommen.

»Ein paar von uns haben heute den ganzen Tag beraten und Rechtsanwälte auf der Erde befragt«, erklärte Dr. DeJones nach einigen einleitenden Worten. »Wir haben auch mit der Abgeordneten gesprochen, die für uns zuständig ist, was, wie ich gleich vorausschicken kann, wenig hilfreich war, da sie sich zwar hinter die Entscheidung der Kommission stellt, aber ausweichend reagiert, wenn man genauer wissen will, aus welchen Gründen.«

Unmut war aus den Reihen der Siedler zu hören, ein paar riefen: »Buuh!« Eine der Absurditäten der Föderation war, dass nach der Wahlordnung für das Weltparlament der Mars zum Wahlkreis Mikronesien gehörte – vermutlich, weil sich jemand gedacht hatte, die Marssiedlung sei ja auch nur so ein kleines Inselchen im weiten Raum. Und die aus diesem Wahlkreis kommende australisch-japanische Abgeordnete Irma Yamashita interessierte sich nicht die Bohne für irgendetwas, das mit dem Weltraum zu tun hatte.

»Bevor wir«, fuhr Dr. DeJones fort, »zum eigentlichen Thema kommen, möchten wir ausdrücklich betonen, dass wir die Art und Weise bedenklich finden, in der durch die Entscheidung der Kommission und die sofortige Entsendung von Großraumschiffen vollendete Tatsachen geschaffen wurden. Und geradezu beleidigend ist die Art und Weise, wie Mister Pigratos Mitarbeiter gestern alle Geräte und Werkzeuge in der Siedlung beschlagnahmt haben, die sich als Waffen hätten gebrauchen lassen. Man muss sich fragen, wofür Mister Pigrato uns eigentlich hält.«

Das gab Beifall. Allerdings war Mister Pigrato der Versammlung wohlweislich ferngeblieben.

»Wir werden ihm einen Mitschnitt dieser Veranstaltung zukommen lassen«, versprach Dr. Spencer.

Zunächst ging es um die Begründung der Entscheidung, wie sie inzwischen offiziell in den Nachrichtennetzen verfügbar war.

»In der Begründung wird der Eindruck erweckt, die Erde

könne durch Auflösen der Marssiedlung fünf Milliarden Internationale Verrechnungseinheiten sparen«, merkte Jewgenij Turgenev an und sah blinzelnd in die Runde. »Was in der Tat eine Menge Geld wäre. Aber in meinen jungen Jahren in Sibirien war ich unter anderem als Betriebswirtschaftler tätig, und von daher weiß ich, dass man die Kosten einer Anlage auf verschiedene Arten errechnen kann, je nachdem, wie es einem in den Kram passt. Und man kann nicht einmal sagen, dass die eine richtiger als die andere wäre. In diesem Fall ist es so, dass die Marssiedlung laut Buchhaltung fünf Milliarden Internationale Verrechnungseinheiten pro Jahr kostet, das ist richtig. Aber über vier Milliarden davon sind Abschreibungen für getätigte Investitionen und Transportkosten. Die spart man natürlich nicht ein, denn weder nehmen wir all die Geräte wieder mit zur Erde, noch erhält die Regierung die Kosten für den Transport zum Mars zurückerstattet. Man überlege nur, was allein die beiden Fusionsreaktoren gekostet haben, die hier bleiben. Sie sind ausgelegt worden, eine Million Menschen zu versorgen, sie sind praktisch noch neu, und sie werden noch hundert Jahre lang Strom produzieren. Nein, sparen wird man am Ende nicht einmal eine Milliarde pro Jahr, und das sind dann Größenordnungen von Projekten wie dem Neuseelandkanal, den niemand will und niemand braucht, oder dem seltsamen Umbau des Aral-Sees. Projekte, die bestimmt nicht sinnvoller sind als die Besiedlung des Mars.«

Das gab noch mehr Beifall. Es wurde auf Tische geklopft und mit den Füßen getrampelt, als Dr. Spencer hinzufügte: »Mit anderen Worten – und wir werden das so auch an die

Medien geben –, die Beendigung der Marssiedlung ist in Wahrheit eine grandiose Geldverschwendung.«

Dann kamen sie zum juristischen Teil des Problems, und das war Mrs Dumelles Fachgebiet. Man brauchte sie nur anzusehen, um zu wissen, dass es hier alles andere als rosig aussah.

»Wir werden eine Klage vor dem Obersten Verwaltungsgericht in Sydney anstreben, um eine einstweilige Verfügung gegen die Schließung zu erwirken«, sagte sie, sich grimmig auf die verschränkten Arme stützend. »Wir haben sogar einen hervorragenden Anwalt gefunden, der bereit ist, uns kostenlos zu vertreten. Trotzdem sind die Chancen, auf diesem Wege etwas zu erreichen, minimal. Realistisch gesehen sind sie null.«

Peng. Das war ein herber Dämpfer für die Versammlung, in der sich gerade so etwas wie trunkene Siegessicherheit ausbreiten wollte. Wieso nicht, wollte jemand wissen.

»Weil die Verträge, die die Regierung mit uns abgeschlossen hat, absolut wasserdicht sind. Wir haben uns mit unseren Unterschriften der Weltraumbehörde unterstellt, und sie kann uns jederzeit und ohne einen Grund angeben zu müssen zur Erde zurückbeordern. Es ist genauestens geregelt, dass alle lebenswichtigen Einrichtungen der Siedlung und auch die Bauten, die wir errichtet haben, Eigentum der Erdregierung sind. So einfach ist das. Der Richter in Sydney wird sich diese Verträge ansehen und auf einen Blick erkennen, dass eine Klage gegen die Entscheidung der Kommission chancenlos ist.« Mrs Dumelle hob die Hände in einer hilflosen Geste. »Der einzige Punkt, an dem man *vielleicht* ein bisschen herumbohren könnte, ist der rechtliche Status der

Kinder. Aber ich bezweifle, dass das eine ausreichende Handhabe bietet, und alle Kollegen, mit denen wir konferiert haben, bezweifeln es auch.«

»Und was heißt das konkret?«, rief jemand aus der Versammlung. »Was tun wir nun?«

Dr. DeJones beugte sich über das Mikrofon. »Wir befolgen Mister Pigratos Anweisungen. Bitte . . .!« Er hob die Hände, um die aufwallenden Unmutsäußerungen zu bremsen. »Lassen Sie mich das erklären. Unsere einzige realistische Chance ist, dass der öffentliche Druck zu einer anderen politischen Entscheidung führt. Wenn sich herausstellt, dass die Erdbevölkerung in ihrer Mehrheit eine Fortsetzung der Marsbesiedlung wünscht, wird sich die Regierung dem nicht widersetzen können. Immerhin haben wir noch vier Monate Zeit. Bis dahin sollten wir unseren Pflichten nachkommen.«

Eine Frau stand auf, Olivia Hillman, Labortechnikerin im Bereich Mineralogie und eine der Letzten, die neu auf den Mars gekommen waren. »Heißt das, wir sollen tatsächlich alles abbauen und für die Abschaltung vorbereiten?«

Die Leute auf dem Podium sahen einander an, bis schließlich Dr. DeJones das Mikrofon ergriff und sagte: »Ja. Im Moment bleibt uns nichts anderes übrig, als uns auf die Rückkehr zur Erde vorzubereiten.«

Später hockten die Kinder in Carls Zimmer auf dem Teppich, eine Schale mit gerösteten Nüssen in der Mitte. Niemand nahm etwas davon. Die Düsternis, die sie umgab, schien die Wände schwarz zu färben.

»Ich geh nicht auf die Erde«, brach Elinn endlich das Schweigen. »Die kriegen mich da nicht hin.«

»Die werden dich nicht fragen«, prophezeite Ronny. »Die packen dich einfach und stecken dich in den Shuttle, und ab geht's.«

»Ich geh trotzdem nicht«, beharrte Elinn und starrte Löcher in den Teppich.

»Auf die Erde«, murmelte Ariana mit fassungslosem Kopfschütteln. »Und für immer. Unter zwölf Milliarden Menschen, stellt euch das mal vor. Zwölf Milliarden. Und dabei sind die Kontinente der Erde zusammen nicht größer als die Marsoberfläche.«

»Wir werden dreimal so viel wiegen wie bisher«, nickte Carl. »Für den Rest unseres Lebens. Das wird ganz schön anstrengend.«

»Ich habe gehört, dass Leute, die zur Erde zurückgehen, erst mal drei Tage wie besoffen herumlaufen, weil die Luft so viel Sauerstoff enthält«, warf Ronny ein. »Oder wegen dem hohen Luftdruck, weiß nicht mehr.«

»Der Sauerstoff«, sagte Carl. »Einundzwanzig Prozent, aber viel höherer Luftdruck. Auf der Erde gehst du übrigens ohne jede Schutzkleidung hinaus – du machst einfach die Tür auf und bist im Freien. Überall hat es Luft.«

Ronny kratzte sich am Hinterkopf. »Kommt mir wie eine ziemliche Verschwendung vor.«

»Die Luft ist ja einfach da«, meinte Ariana. »Die Erdlinge machen sie nicht selber. Der ganze Planet ist in Luft eingehüllt.«

»Und in Wolken«, wusste Ronny. »Das sind die weißen Streifen, die man auf Fotos von der Erde sieht.«

»Das sind Ansammlungen von Wasserdampf. Die entstehen, wenn die Sonne auf die Ozeane scheint«, erklärte Ariana. »Und die werden dann von Winden weitergetragen, bis sie in eine kältere Gegend kommen, wo der Wasserdampf wieder kondensiert und auf den Boden fällt. Das nennt man Regen.«

»Und wenn du da gerade im Freien bist, dann kriegst du das voll ab«, fügte Carl hinzu. »Das muss was sein – Regen und Wind und so weiter auf der bloßen Haut.«

Ronny nickte eifrig. »Mein Vater hat mal erzählt, dass es auf der Erde Gegenden gibt, wo es im Freien so heiß ist, dass man schwitzt. Dort gehen die Leute sogar nackt in die Ozeane, um darin zu baden.«

»Ja, stimmt«, sagte Carl und schüttelte sich. »Das muss man sich mal vorstellen, das salzige Wasser, und dann ist es voller Fische und Quallen und anderer Lebewesen.«

Ariana zuckte die Schultern. »Also, das stell ich mir toll vor. Die Wellen und alles . . . Das muss so sein, wie wenn man sich in einen Herbststurm stellt und einem der Sand um den Helm geblasen wird. Oder Skifahren, das würde ich auch gern mal machen. Wie Buljakow und Roseman am Marsnordpol, wisst ihr noch?«

Alle nickten. Die Aufnahmen, die die beiden Forscher vor Jahren von der bisher weitesten Überlandfahrt mitgebracht hatten, kannte jeder Siedler.

Schweigen breitete sich wieder über die traurige Runde wie ein dunkles Tuch, unter dem man keine Luft bekam. Carl sah zu seinem kleinen Bücherregal hinüber, seinem ganzen Stolz. Fast alle der Bücher hatte er selber hergestellt, hatte die von der Erde übertragenen Textdateien auf Papier gedruckt, das in der Siedlung hergestellt worden war, und sie anschließend selber gebunden. Er würde sie hier lassen müssen. Natürlich, auf der Erde konnte er alle diese Bücher für wenig Geld wieder kaufen, aber das war nicht dasselbe.

»Auf der Erde gibt es überall Tiere«, sagte Ariana. »Echt überall. Kleine Nagetiere, die in Vorratsräume krabbeln. Mäuse. Ratten. Jede Menge Insekten. Spinnen und so was, die bis in die Häuser kommen.«

»Und die Luft ist voller Bakterien«, nickte Ronny und verzog das Gesicht.

»Na ja«, meinte Ariana, »unsere Luft hier auch. Das geht überhaupt nicht anders.«

»Aber im Notfall kann Mister Kuambeke einen Nanofilter in die Klimaanlage schieben und die Bakterien herausfiltern. Außerdem sind es unsere eigenen Bakterien. Auf der Erde sind es die von ... Oh, ich weiß nicht. In solchen Städten leben doch tausende von Menschen oder hunderttausende ...«

»Millionen manchmal«, sagte Carl. »Das ist das, was ich mir am schlechtesten vorstellen kann. Auf der Erde wird es richtig *eng* sein. Ich meine, wenn man studiert und nach ein paar Jahren wieder abfliegt, kann man das aushalten, aber für *immer* ...« Er schüttelte den Kopf. »Die Erdlinge können einem ganz schön Leid tun.«

»Wieso?«, wunderte Ronny sich. »Wir werden doch jetzt bald selber welche.«

Carl verzog die Mundwinkel. »Eben.«

»Ich werde *kein* Erdling«, verkündete Elinn mit finsterer Entschlossenheit. Sie hieb nicht mit der Faust irgendwohin, sie stampfte auch nicht zornig mit dem Fuß auf, aber sie *klang* so. Den anderen rieselte ein Schauer über den Rücken, als Elinn das sagte. »Ich werde kein Erdling. Ich bleibe hier, und die Marsianer werden mir dabei helfen.«

Damit stand sie auf und stolzierte davon.

»Wir müssen ein bisschen aufpassen, was wir sagen, glaube ich«, sagte Ariana, als Elinn verschwunden war. »Auch wenn es jedem von uns an die Nieren geht, Elinn scheint alles noch viel schlechter zu verkraften.«

»Als würde sie sich endgültig in eine Traumwelt flüchten«, nickte Carl unbehaglich. Wenn er nur gewusst hätte, was er machen konnte. Er würde gut auf sie aufpassen müssen, das war klar. Sie wirkte ganz so, als wolle sie bald die nächste Dummheit begehen.

# 13 Ein mörderischer Planet

Am nächsten Morgen beim Frühstück lagen neben jedem Platz zwei Kalziumtabletten.

»Die nehm ich nicht«, erklärte Elinn sofort und schob die großen, weißen Tabletten von sich fort.

»Schatz, du musst sie nehmen«, mahnte Mutter. »Deine Knochen müssen Kalzium einlagern, damit sie fest genug werden für die Schwerkraft der Erde . . .«

»Ich geh sowieso nicht auf die Erde.«

»Wenn wir alle gehen, wird dir nichts anderes übrig bleiben.«

»Von mir aus könnt ihr gehen«, sagte Elinn und schaufelte sich trotzig Getreidebrei aus dem Topf in ihre Schale. »Ich bleibe hier.«

Carl sah Elinn von der Seite an, und sein Gefühl, dass sie wieder irgendetwas Unvernünftiges vorhatte, verstärkte sich. Sie konnte enorm bockig sein. Bestimmt war sie das dickköpfigste Wesen im ganzen Sonnensystem.

Eine Weile sagte niemand etwas. Dann meinte Mutter behutsam: »Ich kann verstehen, wie euch zu Mute ist. Glaubt mir. Ihr hängt an eurer Heimat, das ist ganz normal. Aber ihr müsst versuchen, es zu akzeptieren. Manchmal ist es so im Leben, dass etwas endet und etwas anderes beginnt.«

Carl schabte ein paar Apfelraspeln vom Rand seiner Schüssel. »Aber die ganze Siedlung, die Felder ... Das sollen wir alles zurücklassen, einfach so? Ich meine, das ist doch völlige Verschwendung.«

»Du hast ja gehört, was Pigrato gesagt hat. Was das alles trotzdem kostet. Daran kann ich auch nichts ändern.« Mutter nahm Elinns Tabletten und legte sie ihr neben die Teetasse. »Bitte stell dich nicht so an. Ich will nicht, dass du dir jedes Mal was brichst, wenn du auf der Erde hinfällst.«

»Ich hab schon gesagt, ich geh nicht zur Erde«, sagte Elinn und schob die Tabletten zurück in die Mitte des Tisches.

Mutter tat, als hätte sie es nicht gesehen. »Wisst ihr, wir können sehr stolz sein auf das, was wir geschaffen haben. Und wir haben hier auf dem Mars etwas Außergewöhnliches erlebt, etwas, um das uns viele Menschen beneiden. Diese Erinnerungen kann uns keiner nehmen, egal, was geschieht. Daran müsst ihr denken, wenn der Abschied wehtut.« Nun griff sie doch nach den Tabletten und hielt sie Elinn wieder hin. »Bitte. Es ist besser, sie zum Essen zu nehmen.«

Elinn schob die Unterlippe trotzig nach vorn. »Ich bin aber schon satt«, behauptete sie. Damit stand sie auf und verließ hoch erhobenen Hauptes das Esszimmer.

Mutter seufzte, als man die Tür ihres Zimmer zuschlagen hörte. »Sag mal, hat sie eigentlich immer noch diesen Fimmel mit den Marsianern?«

Carl nickte unbehaglich.

»Kannst du ihr das nicht ausreden?« Sie fuhr sich geistesabwesend durch das Haar, schien nicht wirklich auf eine Antwort zu warten. »Da hat ihr Vater ihr vielleicht was ins Ohr gesetzt. Na ja, morgen werde ich die Kalziumtabletten jedenfalls zermörsern und ins Frühstück rühren. Auch wenn man das eigentlich nicht soll.«

In den Gängen und Werkstätten der Siedlung unter dem Marsboden herrschte weiterhin emsige Betriebsamkeit. Zwar waren nun alle Arbeiten, die mit dem Bau neuer Gebäude oder mit Expeditionen zu tun hatten, mit einem Schlag überflüssig geworden, dafür mussten andere Dinge geplant werden: Alle Siedler würden sich eingehenden medizinischen Untersuchungen unterziehen müssen, die Einrichtungen der Siedlung mussten darauf vorbereitet werden, abgeschaltet, stillgelegt oder konserviert zu werden, sodass eines besseren Tages Raumfahrer von der Erde zurückkehren und auf das zurückgreifen konnten, was die ersten Marssiedler geschaffen hatten.

Und alle Siedler würden einen beträchtlichen Teil ihrer Zeit darauf verwenden müssen, ihre Muskeln zu trainieren, um sich auf die dreifach höhere Schwerkraft der Erde vorzubereiten.

Hierfür gab es einen eigenen Kraftraum, der voller riesiger Trainingsmaschinen mit Gewichten, Seilzügen und Hebelstangen stand und aussah wie ein Folterkeller. Carl war, seit er beschlossen hatte, dass er eines Tages auf der Erde studieren würde, ab und zu hierher gekommen, um Gewichte zu stemmen, doch noch nie war der Raum so voll gewesen wie an dem Tag nach Pigratos Ankündigung.

Die meisten waren schlechter Laune.

»Ich glaub's ja immer noch nicht«, sagte ein älterer Mann, von dem Carl nur wusste, dass er mit Vornamen Yehudi hieß, zu einem anderen. »Die schließen die Marssiedlung aus Geldnot? Das kann er seiner Großmutter erzählen.«

»In den Nachrichten reden sie dauernd von fünf Milliarden«, erwiderte der andere, dem von seinen Bizepsübungen der Schweiß vom Gesicht lief. »Das sind fünf Milliarden gute Gründe. Und auch eine Milliarde ist eine Menge Geld. In Dollar umgerechnet sind das . . .« Er keuchte. »Ach, keine Ahnung.«

Carl stieg auf eine Tretmaschine, um sich ein wenig aufzuwärmen. Die Stimmen vermischten sich mit dem Surren der Schwungscheibe.

». . . gehofft, meinen Exmann nie wieder zu sehen.« Eine Frauenstimme. »Aber bei meinem Glück ist er der Erste, der mir auf der Erde über den Weg . . .«

». . . wirklich keine Lust, mich wieder in die Kaninchenställe zu pferchen, die sie auf der Erde Wohnungen nennen . . .«

». . . einen Job in der Verwaltung? Na Klasse. Hier baut man eine neue Welt auf, und plötzlich heißt es nur noch, Stempel auf Formulare klatschen . . .«

». . . und ich hab die Burschen damals gewählt, kannst du dir das vorstellen?«

». . . wollte hier auf dem Mars dem Herzinfarkt entgehen. Die Gene, weißt du? Mein Vater, meine Mutter, meine Großeltern – immer das Herz. In der niedrigen Schwerkraft nutzt es sich viel weniger ab, habe ich gelesen . . .«

Eine Hand legte sich schwer auf Carls Schulter. Als Carl sich umsah, erkannte er Roger Taylor, einen Areologen, der nebenbei die sportliche Oberaufsicht im Kraftraum führte. Wenn er mit unbekleidetem Oberkörper herumlief, sah er aus wie Tarzan.

»Okay, Junge, das reicht. Wollen mal sehen, wie dein Status ist, was? Ab auf die Waage.«

Carl stieg gehorsam von der Tretmaschine herunter und auf die Waage. Sie zeigte 24,7.

»Wunderbar«, meinte Roger. »Auf Erdschwerkraft umgerechnet sind das ...« – er konsultierte eine Tabelle, die an der Wand hing – »etwa 65 Kilo. Gesundes Gewicht für dein Alter. Also, in den Anzug mit dir.«

Was er meinte, war ein quietschoranger Overall aus festem Faserstoff, der überall Taschen hatte. Wirklich überall – auf den Schultern, auf der Brust, auf den Oberarmen, Unterarmen, dem Bauch, den Schenkeln, überall eben. Carl schlüpfte hinein, zurrte die Verschlüsse fest und stellte sich breitbeinig hin, während Roger aus einem Regal dicke Metallstangen fischte, auf denen Zahlen aufgemalt waren. »Wir versuchen es gleich mal mit der vollen Ladung. Schließlich bist du ja ein alter Kunde, nicht wahr? Nicht nötig, dich zu verhätscheln. Also, du wirst auf der Erde 65 Kilo wiegen. Das heißt, wir müssen dir hier – Moment – 106 Kilogramm Eisen in den Anzug stopfen, damit du spürst, wie das ist.«

Es war ganz schön heftig. Roger fing mit den Taschen an den Füßen und Unterschenkeln an, und Carl hatte das Gefühl, ein Stück in den Boden einzusinken. Als die Taschen an den Oberschenkeln, an Bauch und Rücken gefüllt wurden, merkte er, wie sein Atem anfing, tiefer zu gehen, und wie sein Herz pumpen musste, um die Anstrengung zu bewältigen. Als auch Brust, Schultern und Arme mit dem restlichen Eisen ausstaffiert waren, kam er sich vor wie ein absolut unbeweglicher Koloss.

»Und jetzt ein Tänzchen«, meinte Roger Taylor munter.

Carl versuchte die ersten Schritte, langsam und behutsam, um nicht gleich umzukippen. So schwer würde er auf der Erde sein? Was für ein mörderischer Planet. Er hatte ganz vergessen, dass er bei der letzten Statusprüfung genau das Gleiche gedacht hatte.

»Und jetzt die Treppe hoch. Nicht so zaghaft, junger Freund. Deine Eltern waren Menschen der Erde. Du hast ihre Gene geerbt. Was heißt – kaum zu glauben –, dass deine Muskeln im Stande sind, dieses Körpergewicht zu bewältigen.«

Carl stemmte sich die erste Stufe der kleinen Übungstreppe hinauf. Sein Puls raste. »Wirklich kaum zu glauben«, keuchte er.

Roger lachte nur. »Ein halbes Jahr nach deiner Ankunft auf der Erde wirst du Treppen im Laufschritt bewältigen, Junge. Okay, du wirst vielleicht nie Olympiasieger im Weitsprung, aber du wirst zurechtkommen, glaub's mir. War bisher bei jedem so.«

Als er die Treppe überwunden hatte, fünf lausige Stufen, wartete Carl schweißgebadet, bis die Schatten vor seinen Augen wichen. »Das waren«, ächzte er und glaubte ein komisches Pfeifen in der Lunge zu hören, »aber alles Menschen, die auf der Erde aufgewachsen sind. Ich bin hier auf dem Mars geboren.«

»Das macht keinen Unterschied«, erklärte Roger Taylor mit strahlendem Lächeln. »Wirklich nicht. Du hast trotzdem Muskeln, die für die Erde taugen, glaub's mir.« Er zückte sein Klemmbrett mit dem Blatt, das Carls Trainingsplan werden sollte. »Also, du beginnst mit der Beinpresse, sagen wir, mit 100 Kilogramm. Zwölf Wiederholungen. Wenn du das schaffst, erhöhst du das Gewicht um fünf Prozent und so weiter. Dann was für den Oberkörper, am besten Trizepsdrücken . . .«

Nach dem Training fühlte Carl sich schlapp wie ein nasser Socken. Beim Hinausgehen, das eher eine Art Schleichbewegung war, lief er dem Mann über den Weg, von dem er nur wusste, dass er Yehudi hieß.

»Wieso glauben Sie, dass die Marssiedlung nicht aus finanziellen Gründen geschlossen werden soll?«, fragte Carl ihn.

»Oh, ich glaube schon, dass das Geld eine Rolle spielt«, sagte der rothaarige Mann. »Aber weißt du, in der Gesellschaft der Erde ist Geld ein Ausdruck für Wertschätzung. Wenn einem etwas wichtig genug ist, dann gibt man das Geld auch aus, das es kostet. In der Regierung sind zu viele Leute, die uns einfach als lästiges Übel betrachten. Die nicht glauben, dass es irgendeinen Sinn macht, fremde Planeten zu besiedeln. Das ist das Problem.«

Er ging seiner Wege und ließ einen nachdenklichen Carl zurück.

Ariana keuchte schwer. Ihre Haare klebten ihr schweißnass auf der Stirn. Aber sie hatte nur Augen für den Mann, der ihr gegenüberstand, lauernd, die Arme ausgebreitet, angriffsbereit.

Sie sah den Schlag kommen, von unten, gegen ihre Kehle gerichtet. Ruckartig wich sie zur Seite, stieß einen Schrei aus, der mindestens zur Hälfte Wut war, griff nach seinen Unterarmen und bekam sie zu fassen, setzte einen Hebel an und schleuderte den Angreifer über ihre Hüfte und das quer gestellte Bein, sodass er mindestens fünf Meter weit flog.

»Gut«, sagte der Mann, als er wieder aufstand und sich die Hosen gerade klopfte. »Wenn auch der Unterarmgriff etwas unpräzise war.«

»Ja«, sagte Ariana. »Hab ich auch gemerkt.«

Kim Seyong, ihr Kampfsportlehrer, nickte ernst. »Aber auf der Erde wirst du diese und einige andere Techniken ohnehin nicht mehr anwenden können.«

»Wieso das denn?«, erschrak Ariana.

»Weil sie unter der Schwerkraft der Erde unmöglich auszuführen sind. Ich habe sie erst hier auf dem Mars entwickelt, aus einigen alten *Chi*-Techniken.« Er gab so etwas wie ein Seufzen von sich, was sehr ungewöhnlich für ihn war. »Ich hatte immer die Hoffnung, dass sie eines Tages offiziell anerkannt würden. Aber dazu hätte ein Prüfungskomitee zum Mars kommen müssen, mindestens drei Träger des zehnten *Dan* . . . und daraus wird nun wohl nichts mehr.«

»Aber was mache ich dann auf der Erde?«

»Zuerst musst du dich eingewöhnen. Das wird etwa ein Jahr dauern. Dann kannst du das Training wieder aufnehmen. Es wird am Anfang nicht leicht werden, aber du hast schon viel gelernt, das dir helfen wird.« Er lächelte, was immer sehr asiatisch aussah, obwohl Kim in Los Angeles geboren war. »Schluss für heute.«

Als sie den mit Reisstrohmatten ausgelegten Raum verließen, wussten beide, dass kein weiterer Unterricht mehr stattfinden würde, ohne dass es nötig war, darüber ein Wort zu verlieren.

Ronny hatte sich auch geweigert, die Kalziumtabletten zu nehmen, und ins Krafttraining wollte er auch nicht gehen. »Also gut«, hatte seine Mutter gemeint, »dann kommst du mit und hilfst mir im Lager. Kisten schleppen stärkt die Muskeln auch.« Da hatte alles Gemaule nichts geholfen, schon gar nicht die Ausrede, mit dem Unterricht zurückzuliegen, und so musste er nun hier unten in den kalten Katakomben zwischen den langen Regalen umherflitzen, Säcke wiegen, Konservendosen zählen und Vorratsboxen ordnen. Und wenn er, sagen wir, die Erbsendosen gezählt hatte und zu seiner Mutter zurückkam, die mit der Prüfliste auf dem Klemmbrett in der Hand am anderen Ende des Lagers zugange war, hieß es jedes zweite Mal: »Das kann nicht sein. Das ist zu wenig. Zähl noch mal nach.«

Sinn des ganzen Unternehmens war, einen genauen Speiseplan für die kommenden Monate aufzustellen, sodass möglichst wenig Lebensmittel übrig bleiben würden, wenn die Siedlung verlassen wurde. Es standen noch einige Ernten aus – darum kümmerten sich andere; die Aufgabe von Mrs Penderton war es, die vorhandenen Vorräte noch einmal genau zu überprüfen.

»Ronald!« Ronny zuckte zusammen. So nannte sie ihn nur, wenn sie wirklich ärgerlich war. »Glaube bloß nicht, dass du auf diese Tour eher von hier wegkommst. Von mir aus kannst du alles auch drei- oder viermal zählen, das ist mir vollkommen egal.«

»Was stimmt denn jetzt schon wieder nicht?«, begehrte er auf.

»Im Fach E33 müssen fünfzehn Sack Nudeln liegen. Nicht dreizehn.«

»Es sind aber nur dreizehn!«

»Also, bei Konservendosen kann ich mir ja noch vorstellen, dass jemand sich bei der Entnahme verzählt. Aber bei Säcken? Nein. Zähl noch mal nach.«

»Aber ich hab schon zweimal . . .«

»Zähl noch mal nach, habe ich gesagt«, wiederholte seine Mutter mit jenem scheinbar honigsüßen Unterton, der einem elterlichen Unmutsausbruch vorauszugehen pflegte. Also verzog sich Ronny ohne ein weiteres Wort und schlappte lustlos zurück in Gang E, fest entschlossen, sich diesmal viel, viel Zeit zu lassen.

Fach 33. Große, braune Säcke, in deren Verschlussnaht ein Etikett aus Plastik eingenäht war, auf dem stand: *Bandnudeln. Juni 2085.* Und genau dreizehn Stück davon. Das war ja nun wirklich nicht so schwer, bis dreizehn zu zählen.

Aber Mist, damit konnte er nicht schon wieder zurückkommen.

Er überlegte, ob er einfach behaupten sollte, es seien fünfzehn Säcke. Es würde schon niemand verhungern, nur weil am Tag vor dem Abflug zwei Säcke Nudeln fehlten, oder?

Da fiel sein Blick auf die Schleifspur am Boden.

Eine Schleifspur? Ronny ging in die Hocke, um sie genauer zu betrachten. Eindeutig. Jemand hatte einen schweren, weichen Gegenstand durch den Staub gezogen. Den winzigen braunen Fasern nach zu urteilen einen Sack.

Oder zwei.

Das war insofern merkwürdig, weil man gewöhnlich mit einem kleinen Schiebewagen durchs Lager fuhr, wenn man Lebensmittel holen musste. Niemand zerrte Säcke über den Boden.

Außerdem, fiel Ronny auf, führte die Schleifspur in die falsche Richtung. Sie begann auf dem Boden vor dem Fach E33, führte aber nicht zur Tür, sondern in den hinteren Teil des Lagers.

Ein Nudeldieb? Womöglich hatte der auch die Konserven auf dem Gewissen, die Erbsen, Möhren, Linsen, die eingemachten Äpfel ...

»Ronald?«, hörte er seine Mutter rufen. »Bist du eingeschlafen?«

»Ich komme gleich«, rief Ronny zurück. »Ich zähl nur sicherheitshalber ein fünftes Mal nach.«

Seine Mutter erwiderte irgendetwas, was er nicht verstand. Es klang jedenfalls nicht besonders begeistert.

Leise folgte er der Schleifspur, wobei er sich bemühte, sie nicht zu verwischen, um sie nachher auch vorzeigen zu können. Wohin um alles in der Welt mochte der Nudeldieb seine Beute geschleppt haben? Dort hinten gab es keinen Ausgang, keine Tür, nichts – abgesehen von ...

*Oha.* Ja, einer der Mäusegänge hatte eine Verbindung zu diesem Lager. Früher waren sie oft zu viert durch die engen Röhren gekrabbelt und hatten allerlei Unsinn angestellt, aber seit Carl und Ariana zu groß dafür geworden waren und fast nirgends mehr durchpassten, waren die Mäusegänge nicht mehr interessant.

Eine Metallplatte verschloss die Öffnung. Allerdings war es Ronny höchstpersönlich gewesen, der seine Mutter einmal hierher begleitet und in einem günstigen Moment den Verschluss gelöst hatte. Später waren sie unbemerkt hereingekommen und hatten Süßigkeiten gemopst, Trockenfrüchte und eingelegte Beeren und die bunten Zuckerstangen, die es viel zu selten gab.

Ronny war also nicht wirklich überrascht, dass er, als er die Klappe öffnete, Elinn sah, die neben zwei Säcken und einem Haufen Konservendosen in dem Mäusegang saß und ihm mit aufgerissenen Augen und dem Zeigefinger vor dem Mund bedeutete, still zu sein.

# 14 Elinns geheimer Plan

»Was machst du denn hier?«, flüsterte Ronny.

»Na was wohl«, zischte Elinn zurück. »Ich sichere mir ein paar Vorräte.«

»Wozu das denn?«

»Ich gehe nicht mit zur Erde. Ich bleibe hier. Und da brauch ich für den Anfang was zu essen.«

»Hier bleiben? Du bist ja verrückt. Du kannst doch nicht alleine ...«

Aus dem Hintergrund erklang plötzlich wieder die Stimme seiner Mutter. »Ronny?«

Er fuhr herum. Von hier hinten aus sah der große Raum unheimlich aus mit all den langen Regalen und den funzligen Lampen in den Gängen dazwischen. »Ich komme gleich!«, rief er und hoffte, sie würde nicht heraushören, dass er nicht im Gang E war.

»Sag mal, wo bist du überhaupt?«, kam es zurück.

Elinn bedeutete ihm, die Platte zurück an ihren Platz zu schieben. »Komm nachher ins Versteck«, flüsterte sie ihm zu. »Und verrat mich bloß nicht!«

»Großes Ehrenwort«, nickte Ronny, verschloss das

Schlupfloch und huschte zurück. Diesmal lief er absichtlich über die Schleifspur, um sie zu verwischen.

Als er sicher war, dass er alle Spuren direkt vor dem Regal beseitigt hatte, rief er seine Mutter. Sie musste zugeben, dass aus dreizehn Säcken keine fünfzehn wurden, so oft man sie auch zählte.

»Irgendwie kommt mir das seltsam vor«, sagte sie, das Klemmbrett mit der Computerliste gegen die Hüfte gestemmt.

»Du darfst keinem ein Wort verraten«, forderte Elinn später, als er im Versteck ankam. Sie saß auf einem Stuhl, eines ihrer Artefakte in den Händen, und sah aus wie die Harmlosigkeit höchstpersönlich. »Vor allem nicht Carl.«

Ronny fuhr sich mit den Fingern über den Mund, als zöge er einen Reißverschluss zu. »Kein Wort. Zu niemandem.«

»Gut.« Sie stand auf und er folgte ihr durch den schmalen Mittelgang in einen ehemaligen Ausrüstungsraum, in dem etliche Wandschränke und Spinde standen. Zwei der Schränke hatte Elinn schon ausgeräumt und mit Lebensmitteln gefüllt.

»Du bist echt verrückt«, sagte Ronny.

»Überhaupt nicht«, sagte Elinn. »Es ist ganz einfach. Ich verstecke mich kurz vor dem Start und warte, bis die Schiffe abgeflogen sind. Fertig.«

»Die werden nicht einfach abfliegen. Die werden dich suchen.«

»Klar. Aber sie können nicht ewig suchen«, meinte Elinn mit listigem Lächeln.

»Ach so«, nickte Ronny. Er verstand, was sie meinte. Die

Raumschiffe mussten während eines so genannten *Startfensters* starten – das war ein bestimmter Zeitraum von etwa zehn Tagen, an denen der Start erfolgen musste, wenn man zur Erde gelangen wollte. Startete man früher oder später, verfehlte man die Erde, weil die Flugbahnen der Raumschiffe dann nicht mit den Bahnen der Planeten um die Sonne übereinstimmten.

»Wenn sie das Startfenster verpassen, dauert es drei Monate bis zum nächsten. Mindestens. Und dann würden alle verhungern, weil die meisten Lebensmittel aufgebraucht sein werden bis dahin. Also«, erklärte Elinn zufrieden, »müssen sie starten, ob sie mich finden oder nicht. Und sie finden mich nicht. Ich hab noch vier Monate Zeit, nach guten Verstecken zu suchen.«

»Und deine Mutter? Die siehst du dann ja vielleicht nie wieder, in deinem ganzen Leben nicht.«

Elinn zog eine Schnute. »Wenn man mich nicht findet, wird man ihr vielleicht erlauben, auch dazubleiben. Und wenn sie dableibt, bleiben vielleicht noch mehr Leute. Ich schätze, die meisten würden lieber hier bleiben.«

Ronny nickte langsam. Er war beeindruckt. »Ganz schön schlau ausgedacht«, gab er zu.

»Ja«, sagte Elinn. »Es darf nur vorher niemand etwas davon ahnen.«

Die Marssiedler hatten sich auf die Vorbereitungsarbeiten für die Rückkehr gestürzt, als könnten sie es kaum erwarten. Doch als der erste Schock abklang, wurde den meisten bewusst, was sie zu tun im Begriff waren: dass sie den Mars, den wunderbaren Roten Planeten, nach dem sie sich einst gesehnt und von dem sie geträumt hatten, verlassen und wahrscheinlich nie wieder sehen würden. Die schroffen, rußroten Wüsten waren ihnen, auch wenn sie das Leben manchen Freundes gefordert hatten, eine zweite Heimat geworden, der düstergelbe Himmel so vertraut geworden wie der Geruch der wieder aufbereiteten Luft – auch wenn der Mars alles andere als ein Paradies gewesen war, würden sie ihn dennoch vermissen. Ihr ganzes restliches Leben lang, das spürte jeder, würden sie davon träumen, wie es gewesen war, zum Tharsis emporzublicken, Phobos oder Deimos am Himmel aufgehen zu sehen oder das dünne Heulen eines aufziehenden Staubsturms zu hören.

»Wir haben ihm allerhand abgerungen, dem alten Kriegsgott«, sagten die Männer und Frauen, wenn sie abends mit selbst gebrautem Bier auf der *Plaza* saßen. »Ein Plätzchen, an dem es sich leben lässt. Und nicht schlecht.«

»Und wenn wir uns für unabhängig erklären würden?«, fragte Ariana ihren Vater eines Abends. »Was könnten sie dagegen tun?«

Ihr Vater lächelte traurig. »Du willst nicht fort vom Mars, nicht wahr?«

»Nein.«

»Das hat neulich aber ganz anders geklungen.«

»Da war ich einfach schlecht drauf.«

Er schüttelte den Kopf. »Nein. Ich denke, du hast instinktiv gespürt, was mit unserer Situation hier auf dem Mars nicht in Ordnung war. Seit Sanchez nicht mehr Präsident ist, hat Stillstand geherrscht. Wir haben keine neuen Gebäude errichtet, keine großen Expeditionen mehr durchgeführt, nichts. Die Ankunft der Asiaten vor ein paar Jahren hat für ein bisschen Aufregung gesorgt, aber auch nichts geändert, außer dass der Statthalter zwei Mitarbeiter mehr bekommen hat. Im Grunde gab es nur diese beiden Alternativen – voranzuschreiten, zu expandieren, die Siedlung auszubauen, weitere Siedlungen im Untergrund zu errichten und irgendwann die erste Kuppelstadt, einfach wirklich und ernsthaft daranzugehen, den Mars zu kolonisieren. Oder es zu beenden.« Er seufzte. »Nun, und sie haben sich eben dafür entschieden, es zu beenden.«

Eine Weile saßen sie so da, ganz ruhig und sinnierend. Das Esszimmer schien plötzlich größer zu sein als sonst.

»Machst du dir Sorgen, wie du auf der Erde zurechtkommen wirst?«, fragte Dr. DeJones, seinen Löffel studierend, als habe er noch nie einen gesehen.

»Mmh«, machte Ariana viel sagend.

»Weißt du, mir kam gerade der Gedanke, dass ich dir vielleicht zu wenig über die Erde erzählt habe. Vielleicht aus einer Art Trotzreaktion deiner Mutter gegenüber, wer weiß.« Er zuckte die Schultern. »Aber sieh es einmal so – auch wenn einem eine Welt fremd ist, kann man es trotzdem schaffen, hinzugehen und dort zu leben. Nicht wahr? Sonst wären wir nicht hier.«

Ariana sah ihren Vater an und fragte sich zum ersten Mal, wie es wohl sein mochte, auf der Erde geboren zu sein.

»Aber«, fuhr er fort und legte den Löffel beiseite, »man tut gut daran, so viel über diese fremde Welt in Erfahrung zu bringen wie nur möglich.«

# 15 Abschied

»Carl?«

Carl sah sich um. Der ihn da gerufen hatte, war niemand anders als Dr. Spencer. Der Chef aller Wissenschaftler auf dem Mars stand in der Tür seines Büros und bedeutete Carl, näher zu kommen.

Er schüttelte ihm die Hand. »Deine Mutter hat mich neulich gebeten, einmal mit dir zu sprechen. Sie sagte, dass du schon immer vorhattest, auf der Erde zu studieren, stimmt das?«

Carl nickte. »Ja.«

»Dann sollten wir endlich abklären, wo. Komm herein.« Der große, grauhaarige Areologe bot Carl einen Stuhl an, vor einem großen Schreibtisch, der vor Papier überquoll. »Ja, das gehört auch zur wissenschaftlichen Arbeit – Verwaltungskram. Falls du dich mal fragst, wo das ganze Papier abbleibt, das unsere Maschinen unten in den Werkstätten produzieren.«

»Aha«, machte Carl und beäugte die Listen, Formulare und sonstigen Ausdrucke. Er wusste immer noch nicht so recht, was er von diesem Gespräch halten sollte.

Dr. Spencer nahm auf der anderen Seite des Tisches Platz

und sah Carl an, als müsse er sein Gewicht schätzen. »Also, junger Mann, welche Kurse absolvierst du denn?«

»Die Oberstufenkurse der Fernschule Sydney«, erwiderte Carl. »Bis auf Geschichte habe ich auch ganz gute Punktzahlen in den Tests, glaube ich.«

»Sydney, aha. Warum nicht die Londoner Kurse, wenn ich fragen darf?«

»Sydney behandelt die Naturwissenschaften viel ausführlicher. Außerdem sind die Londoner Kurse ziemlich altmodisch aufgemacht, finde ich.«

»Ah, ja. Das hört man in letzter Zeit häufiger«, nickte Dr. Spencer nachdenklich. »Ich selber habe noch nach London gelernt, musst du wissen, aber ich hatte auch manchmal den Eindruck, dass sie es versäumen, sich auf aktuelle Trends einzulassen. Nun ja, wie auch immer. Du weißt, dass man ein naturwissenschaftliches Studium nicht online machen kann, nicht ausschließlich jedenfalls, und du musst dir also überlegen, wohin du gehen willst. Du bist jetzt – wie alt?«

»Fünfzehn«, sagte Carl. »Erdjahre. Wenn wir auf der Erde ankommen, sind es noch zwei Wochen bis zu meinem sechzehnten Geburtstag.«

»Hmm, verstehe. Rechnen wir ein Jahr körperliche Eingewöhnung, höchstens, dann bist du zum Beginn des Studiums auf jeden Fall fit. Da sehe ich keine Probleme, im Gegenteil, die Rückkehr hätte zu keinem besseren Zeitpunkt kommen können. Hat deine Mutter schon gesagt, wohin ihr ziehen wollt auf der Erde? Nach Irland?«

»Nein, wir haben seit hundert Jahren keine Verwandten mehr in Irland«, schüttelte Carl den Kopf. »Die Familie meines Vaters lebt an der amerikanischen Nordostküste, die meiner Mutter in der Gegend von Melbourne.«

»Schon wieder Australien, aha. Nun, die Universität von Melbourne hat einen guten Ruf, und wenn dir die Sydney-Kurse gefallen, dann sagt dir der australische Stil der Forschung vielleicht insgesamt zu. Doch, das wäre nicht die schlechteste Wahl.«

Sie sprachen noch eine ganze Weile über Carls Studium, erörterten, ob er vielleicht doch eher nach Bangaloore gehen sollte, dem führenden Zentrum für Weltraumtechnik in Indien, oder an das Institut für Planetenerkundung in New Los Angeles, bis Carl endlich herausplatzen musste mit etwas, das ihm schon die ganze Zeit auf der Seele gelegen hatte: »Dr. Spencer, kann ich mir das denn aussuchen? Ich meine, die Frage muss doch zuerst mal sein, welche Universität mich überhaupt nehmen würde.«

Der Wissenschaftler lehnte sich zurück, ein Schmunzeln in den Augenwinkeln. »Jede«, sagte er dann. »Und sei es nur, weil man sich mit dem ersten Marsgeborenen schmücken will. Ihr Kinder seid euch dessen nicht bewusst, aber auf der Erde seid ihr fast so etwas wie Berühmtheiten.«

»Ehrlich?«

»Ich weiß es von meinen Enkelkindern. Wenn die einen Wunsch freihätten, dann wären sie gern an eurer Stelle. Millionen von Leuten schauen sich Sendungen über das Leben in der Marssiedlung an. Und es gibt jetzt eine Menge Protest dagegen, dass sie aufgegeben wird.«

Carl blinzelte verwundert. »Obwohl man Milliarden dadurch sparen wird?«

Dr. Spencer gab ein schnaubendes Geräusch von sich. »Das

ist Augenwischerei. Man will einfach keine Marsbesiedlung, das ist der wahre Grund. In der jetzigen Regierung sitzen nicht wenige Sympathisanten der so genannten *Heimwärtsbewegung*, einer politischen Strömung, die auf der Erde im Augenblick zunehmend populär wird. Diese Leute glauben, dass die Menschen auf die Erde gehören und den Weltraum in Ruhe lassen sollten. Sie glauben, dass wir im Wesentlichen alles erforscht und über das Universum herausgefunden haben, was sich erforschen und herausfinden lässt, und dass sich weitere Anstrengungen in diese Richtung nicht lohnen. Manche von ihnen würden am liebsten sogar das Teleskop auf der Mondrückseite wieder abbauen – obwohl ich nicht hoffen will, dass es jemals so weit kommt.«

Carl sah ihn an, unfähig, etwas zu sagen. Die Besprechung, die Elinn und er belauscht hatten, fiel ihm wieder ein. Bjornstadt hatte genauso etwas gesagt in dem Videomail an Pigrato. Das Argument, die Marssiedlung sei zu kostspielig, war demnach tatsächlich nur vorgeschoben worden.

»Nun ja«, meinte Dr. Spencer, »lass dir das einfach alles einmal durch den Kopf gehen. Jedenfalls brauchst du dir keine Sorgen zu machen. Wenn du den Abschluss schaffst, woran ich nicht zweifle, steht dir die ganze Welt offen.«

»Und der Weltraum?«

»Das muss man sehen«, schränkte der Wissenschaftler ein. »Das hängt eben stark von der politischen Entwicklung ab. Ach, ehe ich es vergesse …« Er zog eine Schublade auf, holte einen flachen Gegenstand heraus, der in graues Tuch eingehüllt war, legte ihn vor Carl auf den Tisch und schlug das Tuch zurück. »Ich nehme an, du weißt, was das ist?«

Carl nickte beklommen. »Ja.« Es war eines von Elinns *Artefakten*. Eines der kleineren, eine silbern schimmernde Scheibe mit einer Vielzahl kleiner schwarzer Flecken, die wie fremdartige Schriftzeichen aussahen.

»Deine Schwester war damit bei Dr. Irving. Ich weiß nicht, woher sie wusste, dass Dr. Irving Sprachwissenschaftlerin ist, jedenfalls war sie der Meinung, diese Flecken seien die Schrift der Marsianer und man müsse sie entziffern.« Dr. Spencer schüttelte den Kopf. »Du musst ihr das ausreden, Carl. Sie ist zu alt für diese Märchen. Ich meine, es ist erstaunlich, wie sie diese Dinge immer findet« – er nahm das Artefakt in die Hand und bewegte es, sodass es perlmuttfarben im Licht der Deckenlampe glänzte –, »aber das ändert nichts daran, dass es nur unreines Silizium ist. Vermutlich vulkanischen Ursprungs, wie alles in dieser Gegend hier, und hunderte von Millionen Jahre alt.«

»Das habe ich ihr schon ein Dutzend Mal gesagt«, meinte Carl. »Mittlerweile macht sie die Ohren zu, wenn ich davon anfange. Vielleicht wäre es besser, jemand anders sagt ihr das auch noch einmal.«

Der Wissenschaftler überlegte einen Moment und nickte dann. »Ja, da hast du Recht.« Er wickelte das Artefakt wieder ein. »Mrs Irving soll mit Elinn sprechen.«

»Weißt du, dass wir auf der Erde so was wie Berühmtheiten sind?«, fragte Ariana.

Elinn riss die Augen auf. »Ehrlich?«

Die beiden Mädchen saßen in Arianas Zimmer. Wer Ariana kannte, hätte beim Anblick des Zimmers nicht geglaubt, dass es sich um ihres handelte, denn es war geradezu romantisch eingerichtet, mit vielen kleinen, selbst gerahmten Fotos an den Wänden, farbigen Stoffen, die kunstvoll über die Leuchtelemente drapiert waren, vielen Kissen und Decken und allerlei Krimskrams in den Regalen. Es gab auch kaum jemanden, der ihr Zimmer jemals zu Gesicht bekommen hatte, denn sie betrachtete es als ihr persönliches Reich, in dem sie keine Eindringlinge duldete.

Elinn war die einzige Ausnahme. Es gibt nun einmal Dinge, die nur Mädchen etwas angehen, und da sie die beiden einzigen Mädchen auf dem Mars waren, hatten sie sich seit jeher zusammentun müssen, wenn es um diese Dinge ging.

»Ich habe mich durch die Datenbanken gewühlt, auch durch welche auf der Erde, und schau mal, was für einen Artikel ich entdeckt habe, warte . . .« Ariana holte das Lesegerät, mit dem sie normalerweise Bücher las, und tippte durch die gespeicherten Texte, bis sie den Artikel fand. *Die Marskinder müssen Abschied nehmen* stand da breit und fett, und darunter waren sie alle vier abgebildet. »Verrückt, oder? Das war in allen Nachrichtennetzen, sogar in spanischer und russischer Übersetzung.«

»Das sind uralte Bilder von uns. Fast noch Babybilder«, murrte Elinn und überflog den Text.

Ariana zuckte die Schultern. »Vielleicht sollten wir ihnen mal ein paar aktuelle schicken. Der Artikel ist ziemliches Blabla, aber irgendwer muss sich ja wohl dafür interessieren. Und was ich inzwischen für Mails bekommen habe . . .« Sie zog die Speicherscheibe heraus und schob eine andere hinein. »Dad meinte, wir werden wohl zuerst nach Texas gehen oder nach Arizona. Ich habe ein paar Schulen dort angeschrieben. Und die haben das gleich in ihre Netze gestellt. Ich kann mich kaum retten vor Mails.«

»Meine Güte«, murmelte Elinn, nachdem sie das erste Mail gelesen hatte. »Sie nennen dich *die schöne Marsianerin.*«

»Toll, was? Ehrlich, inzwischen kann ich's kaum erwarten, in eine richtige Schule zu gehen. Das muss doch irre sein, jede Menge Gleichaltriger kennen zu lernen, denkst du nicht? Jungs vor allem. Ich meine, in der Beziehung ist bei uns echt nichts los, das musst du zugeben.«

Elinn nickte, obwohl sie Arianas Interesse an Jungs noch nicht recht nachvollziehen konnte. Sie sah auf. »Nach Texas? Wir gehen wahrscheinlich nach Melbourne. Das heißt, wir sehen uns praktisch nie wieder.«

»Ach so«, hielt Ariana inne. »Das ist ziemlich weit weg voneinander, nicht wahr?« Geografie war noch nie ihre Stärke gewesen.

»Amerika und Australien – das wäre so, wie wenn du hier lebst und ich im Malea Planum. Wenn es bei dir Tag ist, wird bei uns Nacht sein.« Elinn ließ das Lesegerät mutlos sinken. »Ich will nicht, dass wir von hier fortgehen. Ich will es einfach nicht.«

Ariana rückte neben sie und legte den Arm um ihre Schultern. Manchmal war Elinn wie eine kleine Schwester für sie, und dies war so ein Moment. »Weißt du, ich will es auch nicht. Ich finde es schrecklich, dass wir von hier fortgehen sollen und dann alles in Dunkelheit und Kälte versinkt. Und die Vorstellung, auf der Erde zu leben, für den Rest meines Lebens so schwer zu sein wie mit dem Anzug aus dem Kraftraum, auf diesem heißen, lauten Planeten ... ich denke, dass ich zurechtkommen werde, aber dass es mir jemals so gefallen wird wie der Mars, glaube ich nicht.« Sie seufzte. »Andererseits können wir wirklich nicht so weiterleben wie bisher.«

»Aber wieso denn nicht?« Elinns Stimme war ganz leise, kaum zu hören.

»Weil wir nur so vor uns hinleben. Es tut sich nichts. Es sind immer die gleichen Leute, denen wir begegnen. Sie sind im Großen und Ganzen alle in Ordnung, aber man kennt sie eben alle schon. Seit Jahren ist niemand Neues mehr aufgetaucht. Außer jemand wie Pigrato, der sowieso lieber nicht hier wäre. Es ist einfach nichts los.«

»Was soll denn los sein?« Elinn zog die Nase hoch.

»Zum Beispiel möchte ich irgendwann auch mal einen Freund haben. Einen richtigen, du weißt schon, mit Verliebtsein und allem. Ich meine, das ist doch ganz normal, dass man das will. Aber kannst du mir sagen, wo der jemals herkommen soll?«

Elinn musterte sie aus verwunderten, großen Augen, als sähe sie sie zum ersten Mal. Ein unsicheres Lächeln tanzte in ihren Mundwinkeln. »Als ich noch klein war, habe ich immer gedacht, du und Carl werdet einmal heiraten«, gestand sie.

»Oje«, machte Ariana und musste nun auch ein wenig lächeln. »Nichts gegen Carl, er ist wirklich in Ordnung und so, aber ich kenne ihn nun schon mein Leben lang. Er kommt mir vor wie ein großer Bruder, und das ist nicht so rasend aufregend, weißt du?«

Ein Lachen gluckerte in Elinn hoch, obwohl sie sich doch eigentlich ganz ihrer Traurigkeit hatte hingeben wollen. »Ich habe mir immer überlegt«, fuhr sie kichernd fort, »wie eure Kinder aussehen würden . . .«

Dr. DeJones, der in diesem Moment nach Hause kam, wunderte sich über das Gelächter aus Arianas Zimmer, das überhaupt nicht mehr aufhören wollte. Nach einer Weile sah er auf die Uhr und fragte sich, wie jemand so lange und laut lachen konnte, ohne ohnmächtig zu werden.

An diesem Abend, etwa eine Stunde vor Sonnenuntergang, betrat Elinn die Schleusenvorkammer in der oberen Station, in der ihr Raumanzug hing. Sie nahm ihn aus der Halterung, schlüpfte hinein und drückte, ehe sie den Helm aufsetzte, die Taste an der Sprechanlage der Kammer, die sie mit AI-20 verband.

»Ich gehe nur ein bisschen raus«, sagte sie. »Aber du brauchst niemanden zu alarmieren.«

»Das hängt davon ab, was du tust und wohin du gehst«, antwortete die synthetische Stimme der Künstlichen Intelligenz.

»Ich gehe bloß auf den Berg«, sagte Elinn.

»Meinst du damit die Erhebung am Ende des Hügelzuges, der die obere Station und die Plantagenkuppeln umschließt?«

»Ja. Ich will bloß eine Weile dort sitzen und nachdenken.«

»In Ordnung«, sagte AI-20.

Elinn setzte den Helm auf, betrat die Schleuse, ging hinaus, wie sie es schon so oft gemacht hatte, und fragte sich, wie oft sie es noch tun würde. Sie betrachtete ihre Stiefel, die Spuren, die sie hinterließ. Die Stiefelabdrücke der ersten Astronauten, die auf dem Mond gelandet waren, konnte man dort immer noch sehen, obwohl fast hundertzwanzig Jahre vergangen waren seither. Hier auf dem Mars würde das nicht so sein. Die Staubstürme im Frühjahr und Herbst würden im Nu alles zugedeckt haben.

Da war der *Kobold,* wie sie den seltsamen Felsbrocken genannt hatten, der am Rand des Vorplatzes stand und irgendwie aussah wie ein buckliger Wachposten. Als Kinder hatten sie dort immer gespielt, Sandburgen gebaut und ausprobiert, wer Steine am weitesten werfen konnte. Das war natürlich Ariana gewesen. Sie hatte dem Kobold auch einmal die Nase abgehauen, als sie sich mit Hammer und Meißel als Bildhauerin versucht hatte.

Den höchsten Punkt der Hügelkette, die sich wie ein schützender Wall um die Station und ihre Umgebung schloss, nannte man »den Berg«. Elinn bestieg ihn mit leichten, federnden Sprüngen. Hier oben hatten sie auch viel gespielt, Expedition, Angriff der Marsianer, Landung auf Alpha Centauri, solche Sachen. Ronny hatte sich dabei einmal den Raumanzug aufgeschürft. Sie sah es noch vor sich, wie sie ihn zur Schleuse begleitet hatten, während er vor Schmerz und Schreck schrie und in seinem Helm das Alarmsignal dröhnte. »Bemerkenswert, dass Kinder es fertig bringen, sogar ein Material zu zerreißen, das laut Hersteller unzerreißbar ist«, hatte Mister Kuambeke gesagt und den Kopf geschüttelt. Ronny hatte an der betreffenden Stelle eine ordentliche Erfrierung davongetragen, die Haut war ganz schwarz geworden und hatte sich schließlich abgelöst, und darunter war neue Haut zum Vorschein gekommen, bleichrosa und empfindlich.

Elinn setzte sich auf einen der abgeflachten Steine, die sie im Lauf der Zeit oben auf dem Berg zusammengetragen hatten, und sah hinunter auf den Ort, an dem sie zu Hause war.

Die Station mit ihrem Wald von Antennen, ihren Glasflächen und Schutzgittern und staubigen Metallkuppeln. Die Flugboote in ihren Halterungen, die von den Triebwerksflammen schwarz gebrannt waren. Wenn man genau hinsah, konnte man das Fenster des Computerraums sehen, in dem sie ihre Unterrichtseinheiten absolvierten.

Über all dem ging nun die Sonne unter, ein heller Fleck am staubgelben Himmel, der sich abends immer orangerot verfärbte und lange, feurige Schatten über die Landschaft warf. Die Druckkuppeln hinter der Station, im Windschatten der Hügelkette, glänzten in diesem Licht auf, als seien sie von innen beleuchtet. Die Apfelbäume waren schwarze, krakelige Umrisse, der Weizen sah aus wie hellbrauner Pelz, die Salatköpfe schienen sich zu ducken.

Und wenn man den Blick hob, ging er weit, weit hinaus über einen endlos großen Mars, eine ganze Welt voller Geheimnisse, die sie nun zurücklassen sollten, einfach so. Elinn war so weh ums Herz wie damals, als man ihr gesagt hatte, dass Vater von der Expedition nicht heimkehren würde. Dabei war es erst später richtig schlimm geworden, als sie nach und nach begriffen hatte, was das hieß: ihn nie wieder zu sehen.

Vielleicht würde ihr das diesmal auch so gehen. Vielleicht würde sie erst begreifen, was es hieß, den Mars verloren zu haben, wenn sie auf dem Weg zur Erde waren.

Sie sah hoch, versuchte sich zu erinnern, wie es war, wenn sich ein Shuttle mit flammenden Triebwerken herabsenkte, und sich vorzustellen, wie es sein würde, damit hinauf in den Himmel zu steigen, wo das große Raumschiff den Planeten umkreiste. Carl würde es gefallen, das stand fest.

Ariana würde froh sein, von hier wegzukommen. Bei Ronny wusste man nicht so recht, was er von all dem wirklich hielt; manchmal regte er sich auf, dann wieder tat er großartig herum und spielte sich als alter Weltraumfahrer auf, nur weil man ihn als vier Monate altes Baby durchs Sonnensystem gejagt hatte.

Elinn seufzte. Wenn sie sich nur auch mit all dem hätte abfinden können. Oder wenn ein *Leuchten* auftauchen würde, das sie nicht zu einem Artefakt, sondern zu den Marsianern selber führte. Alle redeten auf sie ein, dass es keine Marsianer gebe und auch nie gegeben habe, dass der Mars eine tote Welt sei und so weiter. Carl fing dauernd davon an, neulich Mrs Irving, der sie das Artefakt mit den Schriftzeichen gebracht hatte, einfach jeder. Dass alles nur Märchen seien, bla, bla, bla.

Aber wenn sie hier saß und die Augen schloss, dann konnte sie es *spüren*, dass der Mars noch ein großes Geheimnis barg, so deutlich, wie sie ihre Fußsohlen spürte. Bloß war das nichts, das man hätte vorzeigen können. Nichts, das man auf den Tisch oder unter ein Mikroskop legen konnte. Also galt es nicht.

So saß sie da und sah der Sonne zu, wie sie sich rot lodernd dem Horizont näherte, wie diffuse Schatten immer schwärzer und länger wurden, bis sie aussahen wie dunkle, gierige Finger, die die Weiten der Wüste an sich reißen wollten. Der Himmel wurde dunkel bis auf den verhalten glimmenden Phobos, eine sternlose schwarze Kuppel, auf deren Grund sie saß, allein. Nicht einmal die Marsianer meldeten sich, obwohl sie ihnen doch gerade jede Möglichkeit dazu bot.

Vielleicht, dachte sie nach einer Weile, in der sie nur dagesessen und nichts gedacht hatte, ist es noch nicht so weit.

Es wurde immer dunkler. Elinn stand auf.

Es war Zeit, nach Hause zu gehen.

# 16 Die Untersuchung

Am nächsten Tag ging Elinn freiwillig, um sich untersuchen zu lassen, wie es für Erdheimkehrer vorgeschrieben war. Dr. DeJones maß ihren Blutdruck, prüfte ihre Reflexe, hörte ihren Herzschlag und ihre Atmung ab, sah sich ihre Zähne an, nahm ein EKG auf, machte Röntgenbilder, untersuchte eine Blutprobe, und in ein Glas pinkeln für einen Urintest musste sie auch.

»Nimmst du deine Kalziumtabletten?«, wollte er wissen.

»Meine Mutter zerdrückt sie immer und mischt sie ins Frühstück«, sagte Elinn.

»So, so«, machte Dr. DeJones viel sagend und kritzelte etwas in seine Unterlagen.

»Am Anfang wollte ich sie nicht nehmen, deshalb«, gestand Elinn und fügte hinzu: »Ich glaube, meine Mutter macht sich ziemlich Sorgen um mich.«

»Manchmal nicht ganz zu Unrecht, will mir scheinen«, meinte Dr. DeJones und zog einen Apparat mit einem großen weißen Mundstück heran, das aussah wie der Rüssel eines irdischen Haustiers, dessen Name Elinn gerade nicht einfiel. »Auf der Erde wird sie sich zumindest keine Sorgen mehr machen müssen, dass dir die Luft ausgehen könnte.

Hattest du übrigens seit deinem, ähm, Unfall damals irgendwelche Beschwerden?«, fragte er, während er einen Plastikschutz auf das Mundstück stülpte.

»Nein«, beeilte sich Elinn, ihm zu versichern. »Keine.«

»Schön. Dann blas hier einmal so kräftig wie möglich hinein.«

Elinn tat wie geheißen. Das Gerät piepste, und auf dem Monitor des Arztes erschien eine farbige Kurve.

»Mmh, das war nichts. Bitte noch einmal.«

Elinn holte tief Luft und pustete in das Mundstück, gegen einen ziemlichen Widerstand. Wieder erschien eine farbige Kurve auf dem Monitor, und diesmal betrachtete Dr. DeJones sie lange, rieb sich bedächtig das Kinn und sagte nichts.

»Noch mal?«, fragte Elinn schließlich.

»Wie? Nein, nein, das reicht.« Er starrte immer noch auf die bunten Linien, als könne er sich von ihrem Anblick nicht losreißen. »Ähm, wir – müssen noch eine andere Untersuchung machen. Komm mal mit.«

Sie gingen in einen Nebenraum, der durch einen schweren Vorhang unterteilt war. Elinn musste sich vor ein Gerät stellen, das aussah wie eine dicke, aufrecht stehende Milchglasscheibe, und bekam noch eine ähnliche, dünnere Scheibe mit einem dicken roten Knopf darauf gegen den Rücken gedrückt. Beide Geräte summten leicht, ansonsten spürte sie nichts.

Dr. DeJones setzte sich vor einen Monitor auf der anderen Seite des Vorhangs. »Atme mal so tief ein, wie du kannst. Gut, bleib so«, kommandierte er. »Nun atme aus. Ja. Noch mal das Ganze . . . Jetzt huste. Kräftig. Halte noch einmal die Luft an . . . danke. Atme wieder normal.«

Elinn atmete normal und fragte sich, was das Ganze sollte.

»Warst du«, fragte der Arzt, »schon im Kraftraum?«

»Ja«, sagte Elinn und atmete immer noch normal.

»Wie bist du mit dem Anzug und den Gewichten zurechtgekommen?«

Elinn verzog das Gesicht. »Na ja. Ging so. Doppeltes Gewicht habe ich geschafft, aber nur fünf Minuten. Mister Taylor meinte, das wäre ganz gut für das erste Mal.«

»Ist es auch, ja. Hmm.« Dr. DeJones starrte den Monitor an, drehte an Reglern, rieb sich das Kinn und schüttelte unablässig leicht den Kopf dabei. Er schien völlig vergessen zu haben, dass Elinn da war und sich die Beine in den Bauch stand.

»Stimmt etwas nicht?«, fragte sie schließlich.

»Oh«, fuhr Dr. DeJones hoch. »Ach so.« Er stand auf und befreite sie aus dem Gerät. »Wahrscheinlich ist alles in Ordnung«, sagte er, aber es klang alles andere als beruhigend. In seinen Augen stand ernsthafte Sorge. »Elinn, ich muss mit deiner Mutter sprechen. So schnell wie möglich.«

Als Elinn zurück in den Unterrichtsraum kam, stand ihr die Unruhe ins Gesicht geschrieben. Natürlich wollten die anderen sofort wissen, was passiert war.

»Und er hat nicht gesagt, was los ist?«, fragte Carl.

Elinn schüttelte den Kopf.

»Dann ist es entweder nichts Ernstes«, sagte Ariana. »Oder etwas sehr Ernstes.«

»Lasst uns alle zusammen runtergehen«, schlug Ronny vor. »Er soll Elinn sagen, ob sie krank ist oder nicht.«

»Au ja«, nickte Elinn.

»AI-20?«, fragte Carl. »Weißt du, was Dr. DeJones bei Elinn festgestellt hat?«

Die Stimme der Künstlichen Intelligenz schien einen tadelnden Unterton zu haben. »Natürlich nicht, da ich weder in Privaträumen noch in den Räumen der Medizinischen Station über Schnittstellen verfüge. Allerdings«, setzte AI-20 hinzu, »weiß ich, dass Mister Pigrato zu dem Gespräch zwischen Dr. DeJones und Mrs Faggan hinzugerufen wurde. Im Augenblick ist er auf dem Weg dorthin, und er scheint es sehr eilig zu haben.«

Die vier sahen sich verdutzt an.

»Nichts wie hin«, sagte Carl.

Sie rannten die Gänge entlang, dass die Metallgitterroste unter ihren Füßen schepperten, setzten die Treppen hinab, dass es nur so knallte, und stürmten den Fahrstuhl, der zur *Plaza* hinabfuhr.

Endlos langsam schlich der abwärts, summend, zischend, nervend eben. Unten angekommen, rannten sie fast die Leute über den Haufen, die davor warteten, fegten die *Main Street* hinunter bis zur Medizinischen Station, rissen die Tür auf und stürmten hinein.

Im Behandlungszimmer saß nur Mrs Faggan, das Gesicht so bleich wie die Wand. Als sie Elinn sah, streckte sie die Arme aus, um sie zu umarmen und an sich zu drücken.

»Was ist denn los, Mum?«, fragte Elinn.

»Ich weiß es nicht genau, Schatz«, sagte ihre Mutter. »Auch der Doktor ist sich noch nicht sicher.«

»Aber ich bin doch nicht krank, oder?«

»Nein. Jedenfalls im Augenblick nicht.«

»Was soll denn das heißen?«, regte sich Ariana auf. »Wo ist mein Dad?«

Mrs Faggan deutete mit einer schwachen Geste auf eine geschlossene Tür. »Er ist da drin. Er sagte, er muss etwas mit Mister Pigrato besprechen.«

»Das Problem«, sagte Dr. DeJones, »sind nicht ihre Muskeln. Sie ist stark für ihr Alter und dafür, dass sie auf dem Mars geboren ist. Das Problem sind ihre Lungen.«

»Ihre Lungen«, wiederholte Pigrato, als habe er dieses Wort noch nie im Leben gehört.

»Ihre Lungen, ja«, nickte der Arzt. Er begann, sich die Nasenwurzel zu massieren. »Ich hätte eher daran denken können. Der ganze Stab, der die Marssiedlung medizinisch beraten hat, hätte daran denken können. Aber wir haben alle immer nur auf den Zusammenhang zwischen Schwerkraft und Muskulatur gestarrt, wie die hypnotisierten Kaninchen ...«

Pigrato sah ihn unwillig an. »Ich verstehe kein Wort. Was ist mit den Lungen des Mädchens?«

Dr. DeJones zog den Monitor zu sich heran und rief Elinns medizinische Akte auf. »Ich will es Ihnen erklären«, sagte er. »Sie müssen wissen, Elinn Faggan war eine Frühgeburt. Die erste und einzige Frühgeburt, die wir je auf dem Mars hatten, und eine richtig dramatische dazu. Damals waren wir froh, dass ihr Herz in der geringeren Marsschwerkraft weniger beansprucht wurde, und sicher hat ihr das auch tatsächlich geholfen zu überleben. Aber etwas anderes haben wir übersehen. Frühgeborenen fehlt nämlich der so genannte Surfactant-Faktor, der die Alveolen stabilisiert. Alveolen sind die Lungenbläschen«, setzte er hinzu, als er Pigratos irritierten Blick bemerkte. »Auf der Erde bildet sich dieser Faktor im Lauf der Zeit nach, einfach weil das Kind sonst nicht überleben könnte. Unter der wesentlich geringeren Schwerkraft des Mars hat Elinns Körper aber offenbar einen anderen Weg gefunden, die Alveolen zu stabilisieren, nämlich indem er, einfach gesagt, das Gewebe geringfügig verdickte, aus dem sie bestehen – gerade so weit, dass der Gasaustausch nicht beeinträchtigt wird. Wenn man darauf achtet, sieht man das auf den tomografischen Aufnahmen sehr gut. Aber der Erdschwerkraft würde diese Art der Stabilisierung nicht standhalten. Nach und nach, vielleicht im Laufe von Monaten, würden ihre Lungenbläschen zusammenfallen. Elinn würde immer größere Atemnot bekommen, Bakterien und Flüssigkeit würden sich in ihren Lungen ansammeln, sie würde Lungenentzündungen und Emphyseme bekommen und am Ende ersticken.«

Pigrato hatte immer größere Augen bekommen. »Wie kann man das korrigieren?«, fragte er sofort.

»Überhaupt nicht.«

»Könnte es nicht sein, dass sich unter der Erdschwerkraft das Gewebe der Lungenbläschen noch einmal verdickt, bis sie ihr standhalten?«

»Wenn sie das täten, würde das Gewebe so dick, dass der Gasaustausch nicht mehr funktioniert, und sie würde erst recht ersticken.«

Pigrato hob eine Hand, abwehrend, als wolle er nichts

mehr hören, rieb sich dann die Stirn und fragte schließlich: »Sie wollen mir mit all diesen Ausführungen etwas sagen, das mit meiner Arbeit zu tun hat, nicht wahr? Sie wollen mir sagen, dass Elinn Faggan nicht auf die Erde kann, richtig?«

»Richtig.«

»Aber sie muss auf die Erde. Die Regierung hat es angeordnet.«

»Deswegen habe ich Sie hergebeten«, erklärte Dr. DeJones. »Sie müssen der Regierung sagen, dass Elinn Faggan sozusagen Marslungen hat. Wenn Sie sie auf die Erde schicken, verurteilen Sie sie zum Tode.«

# 17 Ein Senator tobt

»Das ist kein Problem«, erklärte Elinn, nachdem Dr. DeJones ihr erklärt hatte, was mit ihren Lungen los war. »Dann bleibe ich eben hier.«

Pigrato, der mit finsterem Gesicht und verschränkten Armen im Eck stand und das Gespräch verfolgte, stieß ein freudloses Lachen aus.

»Ich fürchte, so einfach wird das nicht zu machen sein«, sagte Dr. DeJones und drückte Elinns Hand, als müsse er sie beruhigen.

Dabei war Elinn kein bisschen beunruhigt, im Gegensatz zu allen anderen, die dumm herumstanden und dreinschauten wie vom Blitz getroffen. Sie saß auf dem Patientenstuhl neben dem Schreibtisch, baumelte mit den Beinen und fand das alles völlig in Ordnung.

»Marslungen«, wiederholte sie den Ausdruck, den Dr. DeJones gebraucht hatte. »Das gefällt mir.«

Ihre Mutter seufzte nur abgrundtief.

»Mir nicht«, sagte Dr. DeJones. »Mir nicht.«

»Doktor«, meldete sich Pigrato, und es lag etwas Drohendes in seiner Stimme, »ohne Ihre medizinische Kompetenz anzweifeln zu wollen – das ist mir bis jetzt alles etwas dünn, wenn ich es recht überlege. Ich meine, ich habe jetzt eine fachliche Meinung gehört. Und ich will vorläufig einmal davon ausgehen, dass das hier kein Trick . . .«

»Ich darf doch sehr bitten!«, fuhr ihm Dr. DeJones mit einer für ihn untypischen Heftigkeit ins Wort.

»Schon gut, ich sagte ja – ich gehe nicht davon aus. Aber ich weiß nicht, zu welchem Schluss andere Ärzte kämen. Auf eine einzelne Diagnose kann ich unmöglich irgendwelche Entscheidungen begründen.«

»Was wollen Sie machen? Ein diagnostisches Labor von der Erde einfliegen lassen?«

»Unsinn«, versetzte Pigrato ärgerlich.

»Ich habe sie mit allen Mitteln untersucht, die mir zur Verfügung stehen«, erklärte Dr. DeJones. »Und so wenige sind das nicht. Selbst wenn Sie Elinn, sagen wir, in die Kobayashi-Klinik bringen würden, würden sich an der Diagnose allenfalls Details ändern.«

Pigrato kniff die Augen zu schmalen Schlitzen zusammen. »Das eben«, sagte er, »bezweifle ich.«

»Weil es Ihnen nicht in den Kram passt, das ist mir schon klar. Aber von mir aus – ich kann Ihnen die Dateien des Tomografen geben, die ganze Akte. Schicken Sie sie an den medizinischen Dienst des Marsprojekts oder wohin Sie wollen.«

»Sie brauchen mich deswegen nicht so anzugiften. Ich tue nur meinen Job.«

»Ja, ja. Das ist mir schon klar.« Dr. DeJones zog eine Schublade auf, holte eine Speicherscheibe heraus und steckte sie in einen dünnen Schlitz an der Unterseite des Monitors. Mit ein paar Handgriffen überspielte er Elinns Daten darauf, zog sie wieder heraus und reichte sie Pigrato. »Bitte sehr.«

»Danke.« Pigrato schob die Scheibe in die Brusttasche seines Hemdes, sah in die Runde, als sei er unschlüssig, was nun zu tun war, und sagte schließlich: »Also – ich lasse es Sie wissen, wenn ich Nachricht von der Erde erhalte.«

Dr. DeJones nickte nur. Pigrato wandte sich zur Tür und ging hinaus, und ehe sie sich wieder schloss, hörte man ihn draußen im Gang wütend zischen: »So ein verdammter . . .«

Dann schloss sich der Spalt und verschluckte den Rest des Fluches. Der Arzt, die Kinder und Mrs Faggan sahen sich mit großen Augen an und mussten unwillkürlich zuerst grinsen, dann lachen.

»Tom Pigrato, wie wir ihn kennen und lieben«, meinte Dr. DeJones schließlich spöttisch.

»Er kann mich nicht zur Erde schicken, wenn ich dort sterben müsste, nicht wahr?«, fragte Elinn an diesem Abend beim Zubettgehen ihre Mutter.

Mutter streichelte ihr über das Haar. »Nein. Das kann er nicht tun.«

»Also kann ich hier bleiben«, fuhr Elinn zufrieden fort. »Und weil du mich ja nicht allein lassen kannst, musst du auch hier bleiben. Und weil wir beide ja nicht allein die ganze Arbeit machen können, müssen die anderen auch hier bleiben. Also bleibt die Marssiedlung, wie sie ist.«

Mutter lächelte. Es war ein beunruhigtes Lächeln, aber das merkte Elinn nicht. »Ich bin sicher, Mister Pigrato sieht das ganz genauso.«

Mister Pigrato sah das ganz genauso. Senator Bjornstadt auch, und das war das Problem.

Da der Senator niemals vor hohen Kosten zurückschreckte, wenn es um seine eigenen Belange ging, hatte er eine Videokonferenzschaltung aus seinem Büro in das Arbeitszimmer Pigratos herstellen lassen. Und da wütete er nun in dem großen Bildschirm der Kommunikationseinheit.

»Ist Ihnen klar, was das bedeutet, Pigrato?«, rief er, als müsse er die Entfernung zum Mars mit schierer Lautstärke überbrücken. »Das kann das gesamte Vorhaben zum Scheitern bringen. Herrgott, noch mal, hätten Sie das Mädchen denn nicht früher untersuchen lassen können? Als ob ich nicht schon genug am Hals hätte, weil irgendjemand seinen Mund nicht halten konnte. Jetzt sind die Schiffe unterwegs. Was glauben Sie, was erst los ist, wenn die leer zurückfliegen müssen? Dann rollen hier Köpfe, das kann ich Ihnen flüstern, Ihrer und meiner allen voran. Ich habe mich auf Sie verlassen, Pigrato. Wenn Sie mir nicht zugesichert hätten, dass es keine Probleme geben würde, hätte ich die Schiffe doch niemals so kurzfristig losgeschickt. Und jetzt das . . . Ich darf überhaupt nicht daran denken. Ich hoffe nur, Sie haben mir jetzt einen vernünftigen Vorschlag zu machen, wie Sie das Problem aus der Welt schaffen wollen!«

»Bis jetzt«, erwiderte Pigrato und fühlte sich dabei so unbehaglich, wie man sich fühlt, wenn man merkt, dass einem alle schwarzen Peter untergeschoben werden, die überhaupt im Spiel sind, »ist es nur die Meinung eines einzelnen Arztes. Dr. DeJones ist außerdem einer der Sprecher der Siedler und erklärter Befürworter der Marskolonisierung. Ich halte es für möglich, dass er gesehen hat, was er sehen wollte. Wenn das Ganze nicht sowieso ein Täuschungsmanöver ist.« Diese Geschichte in den Medien? Er konnte sich die Schlagzeilen bildhaft vorstellen. *Ein Kind soll sterben, weil das Marsprojekt beendet wird.* »Ich habe bereits Gutachten anderer Ärzte angefordert. Die entsprechenden Daten sind über das *WorldMed*-Netz weitergeleitet worden. Der medizinische Dienst der Weltraumbehörde hat mir vollste Unterstützung zugesichert.«

Das war das Nervtötende an Videokonferenzen mit der Erde: Man sagte sein Sprüchlein, und dann saß man da, starrte den anderen an und wartete, dass die Zeit verging. Und wie zähflüssig sie in solchen Situationen dahintröpfelte, du meine Güte! Pigrato äugte unauffällig auf die Uhr. Sieben Minuten. Noch nicht einmal die Hälfte.

Wenn die Pausen wenigstens zwischen Frage und Antwort gewesen wären. Dann hätte man sich in Ruhe überlegen können, was man sagen wollte. Aber so war es eher, als wechsle man zwei Sätze mit jemandem, unternehme dann einen Spaziergang, um danach weitere zwei Sätze zu reden. Bei Telefongesprächen mit der Erde konnte man das auch so machen – reden und in den Pausen etwas anderes tun, lesen zum Beispiel. Aber bei diesen blöden Videogesprächen, die der Senator so liebte, verbot sich das natürlich.

Als die Uhr vierzehn Minuten und zwanzig Sekunden zeigte, hörte Pigrato seine eigene Stimme, wie sie aus den Lautsprechern in Bjornstadts Büro drang. Die Erde kam näher, daran merkte man es.

»Das ist mir noch alles zu unbestimmt«, knurrte der Senator. »Was machen Sie denn, falls die anderen Gutachter zu demselben Schluss kommen? Nein, nein, das überzeugt mich alles nicht.« Er beugte sich vor. »Lösen Sie dieses Problem. Es ist mir egal, wie. Wenn Sie jemals im Leben wieder einen anderen Posten wollen, Pigrato, dann schaffen Sie mir die Siedler auf die Erde.« Ein letzter finsterer Blick aus dem Senatorenauge. »Ich hoffe, wir haben uns verstanden.« Damit trennte er die Verbindung, und sein Abbild wich beruhigendem Schwarz.

Tom Pigrato lehnte sich zurück und merkte, dass er am ganzen Körper schweißnass war.

Zwei Tage später erhielten Dr. DeJones und Christine Faggan eine Einladung des Statthalters zu einer Besprechung im Kartenraum. Dr. DeJones bestand darauf, dass Elinn mit dabei sein würde. Elinn wiederum wollte nicht ohne die anderen Kinder gehen. Schließlich gestattete Pigrato zähneknirschend, dass sich vier Kinder und vier Erwachsene – außer Pigrato war von den Erdlingen noch Graham Dipple dabei, der die ganze Zeit nervös mit seinem Schreibstift herumspielte – um den Kartentisch versammelten.

»Ich habe hier sieben Gutachten von verschiedenen Ärzten«, begann Pigrato sofort und holte einen Stapel Papier aus seiner Mappe, »die alle zu dem Schluss kommen, dass die Veränderungen in der Lunge des Mädchens zwar feststellbar, aber bei weitem nicht so schwer wiegend sind, wie Sie zuerst angenommen haben, Dr. DeJones. Insbesondere verbieten sie nicht Elinns dauerhaften Aufenthalt auf der Erde. Allenfalls sei empfehlenswert, meinen drei der Gutachten, dass sie große Höhen oder den Einflussbereich von Industrieabgasen meidet. Bitte sehr.« Er schob die Papiere über den Tisch.

»Irgendwie habe ich nichts anderes erwartet«, nickte Dr. DeJones und nahm das erste Gutachten in die Hand, blätterte darin, überflog den Text. Besonders gründlich schien er nicht zu lesen.

»Und?«, fragte Pigrato.

Dr. DeJones zuckte die Schultern. »Nichts und. Frage zehn Ärzte, und du wirst zwölf Meinungen hören. Es war mir klar, dass Sie Ärzte auftreiben würden, die Ihnen das sagen, was Sie hören wollen.«

»Sie trauen mir allerhand zu, muss ich feststellen.«

»Ja, das tue ich«, sagte Dr. DeJones einfach und hielt die Papiere ein wenig hoch. »Kann ich die Expertisen haben?«

Pigrato breitete die Hände in einer Geste aus, die wohl nach Großzügigkeit aussehen sollte. »Selbstverständlich.«

»Nein.« Dr. DeJones schüttelte den Kopf und reichte ihm die Gutachten zurück. »Die Dateien. Ich will auch ein paar Leute auf der Erde um ihre Meinung fragen. Leute *meiner* Wahl, versteht sich.«

Pigrato warf ihm einen Blick zu, der, wenn Blicke töten könnten, den Arzt vermutlich glatt hingestreckt hätte. »Zwei der größten Raumschiffe, die es gibt, sind unterwegs zum Mars. Vier Monate hin, siebenundzwanzig Tage Aufenthalt, dreieinhalb Monate zurück. Was soll ich denen sagen? Dass sie die Reise ganz umsonst machen?«

»Es ist nicht mein Fehler, dass die Erdregierung ihren Beschluss derart überstürzt umgesetzt hat. Vernünftiger wäre gewesen, alle Zweifelsfragen im Vorfeld zu klären. Und dazu hätte eine medizinische Bestandsaufnahme gehört.«

»Mit medizinischen Problemen dieser Art war nicht zu rechnen.«

»Mit medizinischen Problemen ist *immer* zu rechnen. Man weiß zum Beispiel seit Jahrzehnten, dass ein langer Aufenthalt unter verminderter Schwerkraft zu Veränderungen im Herz-Kreislauf-System führt. Und bei einigen der älteren Siedler hier sind diese Veränderungen sehr wohl deutlich auszumachen.«

»Aber sie können zur Erde zurückkehren.«

»Ja. Aber das war alles andere als selbstverständlich.«

Pigrato faltete die Hände vor dem Kinn. »Sie wissen doch, wie das damals nach dem Ende der Regierung Sanchez gelaufen ist. Hätte man die Schließung der Marssiedlung lang und breit in der Öffentlichkeit diskutiert, wäre sie nicht mehr durchsetzbar gewesen.«

»Das ist ein politisches Problem, kein medizinisches«, sagte der Arzt. »Bekomme ich die Gutachten nun, oder haben Sie etwas zu verbergen?«

Pigrato gab ein Geräusch von sich, als ersticke er an etwas. »KI?«, krächzte er dann.

»Ich höre, Mister Pigrato«, erklang die Stimme von AI-20.

»Kopiere die medizinischen Gutachten zum Fall Elinn Faggan in das Postfach von Dr. DeJones.«

»Ist erledigt«, sagte die Künstliche Intelligenz.

»Danke«, sagte Dr. DeJones und stand auf. »Ich nehme an, für den Augenblick ist damit alles gesagt. Kommt, Kinder.«

»Wer hat denn nun Recht?«, fragte Ariana. »Du oder die Ärzte, die Pigrato gefragt hat?«

Sie saßen alle in der Wohnung der Faggans um den Tisch herum, tranken Kaffba, knabberten Kekse und hielten Kriegsrat.

»Das weiß ich nicht«, sagte ihr Vater. »Die Namen sagen mir nichts. Ich weiß nicht einmal, ob diese Leute sich überhaupt mit Weltraummedizin auskennen.« Er nahm dankend eine Tasse Kaffba entgegen. »Ich werde mich natürlich erkundigen, das ist klar.«

»Aber Pigrato kann Elinn doch nicht zwingen, zur Erde zu gehen, nur auf Grund von dem, was irgendwelche Ärzte sagen, die sie nie im Leben gesehen haben?«, fragte Carl.

»Elinn ist ihm im Grunde egal«, sagte seine Mutter. »Aber wenn sie bleibt, müssen wir mehr oder weniger alle bleiben. Dann kann die Marssiedlung nicht aufgelöst werden.«

»Was mir Sorgen macht, ist, dass es hier um Geld geht«, sagte Dr. DeJones. »Um sehr, sehr viel Geld.« Er rührte nachdenklich in seiner Tasse. »Man weiß nie, was Leute tun, wenn es um viel Geld geht.«

Weitere zwei Tage später saßen sie wieder im Kartenraum, wieder in der gleichen Runde, nur dass diesmal Dr. DeJones um das Treffen gebeten hatte. Pigrato hatte seinen ganzen Stab dabei, Dipple, Farukh und die Frau, Cory MacGee, die mit verschränkten Armen im Hintergrund stand und zusah, als habe ihr jemand befohlen, den Mund zu halten.

»Nun?«, eröffnete Pigrato die Besprechung in bissigem Ton. »Was haben Sie vorzuweisen?«

Dr. DeJones holte Luft. »Sagt Ihnen der Name Hung Huang-Fu etwas?«

Pigrato grinste dünn. »Nur, dass es vermutlich ein Chinese ist.« Seine Begleiter grinsten ebenfalls, bis auf die Frau.

»Richtig. Professor Hung leitet die Universitätsklinik von T'ainan. Er hat den Nobelpreis in Medizin 2079 erhalten.

Übrigens für seine Forschungen über den Zusammenhang zwischen der Atmung und dem Alterungsprozess. Wenn es auf der Welt einen Fachmann für Lungenerkrankungen gibt, dann ist er es.«

Es war fast amüsant, zu sehen, wie die Farbe aus Pigratos Gesicht wich. »Einen Nobelpreisträger?« Er krächzte fast. »Sie haben einen *Nobelpreisträger* um ein Gutachten gebeten?«

»Ja«, sagte Dr. DeJones einfach. »Und nun passen Sie mal gut auf.«

Er stand auf, ging zum Bildschirm, rief seine E-Mails auf, wählte eines davon an und rief es auf. Es war ein Videomail. Ein schmaler, alter Chinese mit ungewöhnlich buschigen Augenbrauen erschien auf dem Schirm, und in dem Augenblick, als die Erdlinge ihn sahen, erkannte jeder von ihnen das Gesicht wieder. Gesehen hatten sie ihn alle schon. Pigratos erschrockenes Einatmen war zu hören.

»Ich grüße Sie, Dr. DeJones«, begann der alte Mann ohne Umschweife. Ganz offensichtlich war er jemand, der es gewohnt war, rasch und zielstrebig zu handeln und keine unnötigen Worte zu verlieren. »Ihrer Bitte komme ich gern nach, und ich denke, es wird Ihnen helfen, diese Aufnahme den zuständigen Stellen vorzuspielen, was ich Ihnen hiermit ausdrücklich erlaube.« Er griff zur Seite und nahm einen Stapel Unterlagen auf den Schoß. »Nehmen wir zuerst einmal die Gutachten, die Sie mir geschickt haben. Es tut mir Leid, dass ich sie zum Lesen ausgedruckt habe, denn sie sind das Papier nicht wert. Egal, was ich herausgreife, ich finde nur hanebüchenen Blödsinn. Zum Beispiel Dr. Kenyon Brant hier. Soweit ich mich erinnere, verdankt er seinen

Posten im medizinischen Dienst des Marsprojekts der Fürsprache seines Bruders, Senator Grayson Brant, nachdem er sich vergeblich um eine Professorenstelle an der Raumfahrtakademie von Houston beworben hat. Falls er sich überhaupt mit etwas auskennt, dann mit Knochenbrüchen und Verrenkungen. In diesem Traktat hier beweist er jedenfalls, dass er nicht einmal die Grundlagen der Lungenfunktion begriffen hat. Der dümmste meiner Studenten versteht mehr davon. Also, weg damit.« Er ließ die Blätter achtlos zu Boden fallen, wo sie sich in alle Himmelsrichtungen zerstreuten, nahm das nächste Gutachten zur Hand und schaute darauf. »Ah, Dr. Felix Kossuth. Tiefstes zwanzigstes Jahrhundert, kein weiteres Wort wert.« Der nächste Stapel Blätter segelte davon. »Hier haben wir Dr. Li Ho, der sich damit blamiert, die verschiedenen Gruppen atemaktiver Moleküle zu verwechseln. Abgesehen davon, dass ihm der Unterschied zwischen Schwerkraft und Luftdruck nicht ganz klar zu sein scheint. Und so weiter, und so weiter. Von den sieben Verfassern ist kein einziger Lungenspezialist, hat kein einziger in der medizinischen Forschung gearbeitet oder sich sonst wie qualifiziert, derartige Urteile abzugeben.« Der ganze restliche Stapel flatterte davon. »Und nun zu den tomografischen Daten. Sie haben natürlich vollkommen Recht, dass es sich um eine Folge der verfrühten Geburt handelt. In der Tat ein faszinierender Fall, und ich bedaure nur, dass ich nicht zum Mars reisen kann, um mir Ihre Patientin persönlich anzusehen. Denn auf die Erde darf sie auf keinen Fall kommen, jedenfalls nicht länger als eine Woche, höchstens zehn Tage. Spätestens dann würden die ersten Äste des Bronchialbaums in Mitleidenschaft gezogen werden, voraussichtlich beginnend in den oberen Lungenteilen. Übrigens liegen Sie nicht ganz richtig mit Ihrer Vermutung bezüglich der Surfactant-Faktoren – man kann sie auf den Bildern erkennen, allerdings erst nach einer Computeraufbereitung, die Ihnen nicht zur Verfügung stand. Auf jeden Fall sind die Veränderungen der Alveolen kritisch, wie gesagt, und mit den uns heute zur Verfügung stehenden Mitteln nicht reparabel.« Der Nobelpreisträger machte eine kurze Pause, wohl um die folgenden Worte besonders wirken zu lassen, und fuhr dann mit der ganzen Autorität seiner Person fort: »Es ist meine begründete fachliche Meinung, dass ein dauernder Aufenthalt des Mädchens auf der Erde ihren sicheren Tod innerhalb von höchstens zwei Monaten bedeuten würde.«

Dr. DeJones schaltete ab und sah sichtlich zufrieden in die Runde. »Ich darf wohl davon ausgehen, dass die medizinische Diskussion damit beendet ist«, sagte er.

Pigrato saß zurückgelehnt da. Sein Gesicht war nicht mehr bleich, es war im Gegenteil so rot angelaufen, dass man sich ernsthafte Sorgen um seinen Blutdruck machen musste. Aber, was immer er sagen oder hinausbrüllen wollte, er behielt es für sich. »Ich tue nur meinen Job«, quetschte er schließlich zwischen den zusammengebissenen Zähnen hervor. »Man hat mir diese Gutachten gegeben. Sie können nicht erwarten, dass ich beurteilen kann, ob sie etwas taugen.«

»Das erwarte ich auch nicht«, sagte der Arzt. »Ich erwarte lediglich, dass Sie der Regierungskommission die Fakten mitteilen und um eine Korrektur des Beschlusses bitten.«

Die anderen Erdlinge schwiegen betreten, saßen beinahe

geduckt da. Dipple zerkaute das Ende seines Schreibstifts, Farukh rieb sich unablässig den Hals, und Cory MacGee zog ein Gesicht, als erwarte sie eine Tracht Prügel im Anschluss an die Besprechung.

»Gut«, nickte Pigrato schließlich, und man merkte, wie schwer es ihm fiel, klein beigeben zu müssen. »Das werde ich tun.«

»Wunderbar«, nickte Dr. DeJones.

Sie standen alle auf, Dr. DeJones, Mrs Faggan, Carl, Elinn, Ariana und Ronny, und wollten gehen, waren gerade in der Tür, als Pigrato ihnen nachrief: »Ach, da ist noch etwas, Dr. DeJones ...«

Sie blieben stehen. »Ja?«, sagte der Arzt.

»Mir ist zu Ohren gekommen, dass Sie die Marsstation der Asiaten eigenmächtig mit Medikamenten versorgen.«

»Wie bitte?« Dr. DeJones nickte verblüfft. »Ja, ich habe in einem medizinischen Notfall aushelfen können. Das ist richtig.«

»Die medizinischen Notfälle der asiatischen Marsstation, Dr. DeJones, sind Angelegenheit der Asiatischen Allianz.«

»Es ging nur um ein paar Ampullen Insulin. Einer ihrer Leute ist an Diabetes erkrankt, und wir haben einen Bio-Assembler, der das Insulin problemlos herstellen kann – es kostet uns so gut wie nichts ...«

»Das weiß ich auch, aber das ist ausnahmsweise nicht das Problem. Es ist eine grundsätzliche Angelegenheit. Die Allianz widersetzt sich der Politik der Erdregierung, wie es ihr in den Sinn kommt – also kann sie nicht die Unterstützung der Regierung beanspruchen. Und um eine solche handelt es sich ja wohl.«

»Es geht nur um einen Mann, der gesund bleiben will, bis er abgeholt wird. Und er ist nicht einmal Asiate.«

Pigrato bekam Augen wie Feuerräder. »Darum geht es doch überhaupt nicht! Tun Sie jetzt bloß nicht so, als sei ich ein Rassist. Es ist mir klar, dass dadurch eine Notlage entsteht. Aber vielleicht bringt diese Notlage die Allianz zum Einlenken.«

»Erpressung also.«

»Politik.«

Dr. DeJones schüttelte den Kopf. »Da mache ich nicht mit. Das lässt sich mit ärztlicher Ethik nicht vereinbaren.«

»Ethik!« Pigrato spuckte das Wort fast aus. »Dr. DeJones, Sie werden den Asiaten keine Medikamente mehr zur Verfügung stellen und ihnen auch sonst keinerlei Unterstützung gewähren. Dies ist ein dienstlicher Befehl in meiner Eigenschaft als Statthalter der Erdregierung auf dem Mars, was mich, wie Sie wissen, zum Gouverneur und Obersten Richter in einer Person macht. Sollten Sie dieser Anordnung zuwiderhandeln, werde ich disziplinarische Maßnahmen einleiten.« Er setzte ein süffisantes, beinahe gehässiges Lächeln auf. »Ich darf wohl davon ausgehen, dass die rechtliche Diskussion damit beendet ist.«

# 18 Einzelhaft in verminderter Schwerkraft

Die nächste Schikane war, dass das geplante Silvesterfest am Point Armstrong abgesagt wurde. Das Fest, das nach dem Willen der Marssiedler ein unvergessliches Erlebnis hatte werden sollen, war in den Augen Tom Pigratos, Statthalter der Erdregierung und Oberaufseher aller Stilllegungspläne, nichts anderes als eine unverzeihliche Verschwendung von Zeit, Arbeitskraft, Energie, Sauerstoff und Treibmethan. Abgesehen davon, so schloss seine Erklärung, sei »Silvester eine Woche nach Weihnachten, nicht Anfang November.«

Die Siedler murrten hörbar. So viel war vor der Stilllegung der Siedlung auch wieder nicht zu tun, dass man vier Monate nonstop hätte durcharbeiten müssen. Energie gab es im Überfluss und somit auch Sauerstoff. Und schließlich mussten auch die Vorräte an Treibmethan aufgebraucht werden.

Das wusste Pigrato auch. Seine Sorge war in Wirklichkeit, dass die Siedler beim Anblick der atemberaubenden Marslandschaft in aufrührerische Stimmung geraten könnten. Vor seinem geistigen Auge sah er die Marssiedler vor sich, wie sie in diesem großen, kalten Zelt standen und, ergriffen vom Panorama der Marsnacht, den gemeinschaftlichen Beschluss fassten, das Joch der Erdregierung abzuwerfen und einen eigenständigen Staat auszurufen. Es hatte in der Geschichte schon größere Narrheiten gegeben. Und er wollte nicht ein Dutzend Rover voller Fäuste schwingender, zu allem entschlossener Kolonisten zurückkehren sehen.

Nicht dass er das hätte nachvollziehen können. Wenn er aus den Fenstern der oberen Station sah, erblickte er nur eine kalte, lebensfeindliche Welt in abartigen Farben, in der Menschen seiner Auffassung nach absolut nichts verloren hatten. Hätte man ihm als Alternative einen Posten in irgendeiner schlammigen Hinterwäldlersiedlung im sibirischen Protektorat angeboten, er hätte ohne Zögern eingeschlagen. Aber er wusste, dass die Siedler diesbezüglich unbelehrbar waren.

In derlei Gedanken versunken war er, als Mohammed Abd El Farukh das Arbeitszimmer betrat und sich, als Pigrato fortfuhr, die Wand anzustarren, schließlich durch vernehmliches Räuspern bemerkbar machte.

»Was gibt es?«

»Etwas, das Sie sich einmal ansehen sollten«, sagte der hünenhafte, in Agadir geborene Organisator.

Eine seltsame, angespannte Atmosphäre herrschte in den Gängen und Räumen der Marssiedlung. Eine Art fiebriges Warten, was als Nächstes geschehen würde. Niemand glaubte, dass die Regierung es dabei bewenden lassen würde, dass ein dreizehnjähriges Mädchen nicht zur Erde gehen konnte, und die Pläne zur Stilllegung der Marssiedlung deswegen einfach aufgab, ohne ein weiteres Wort. Andererseits hatte auch niemand eine Vorstellung davon, was für eine Alternative es geben mochte.

Aber man hatte wieder zu hoffen begonnen.

Noch war nichts über Elinns Befund an die Medien gedrungen. In den Nachrichten und Berichten wurde über das Für und Wider der Marskolonisation diskutiert. Vertreter der Regierung legten die Argumente dar, die für eine Schließung der Marssiedlung sprachen, »zumindest in der gegenwärtigen Situation«, wie sie immer wieder betonten. Wissenschaftler sowie Sprecher verschiedener Verbände, die die extraterrestrische Siedlung befürworteten, kritisierten die Entscheidung und auch die Art und Weise, wie sie zu Stande gekommen war. Umfragen ließen ein gewisses Unbehagen in der Bevölkerung erkennen: Die meisten waren nicht damit einverstanden, dass die Besiedlung des Mars beendet werden sollte, konnten aber nicht recht sagen, warum.

Die Siedler nahmen das Verbot der Silvesterfeier mehr oder weniger widerstandslos hin, nicht zuletzt, weil sie hofften, dass sich letztlich doch noch alles zum Guten wenden würde. Wenn die Regierung ihren Beschluss rückgängig machte, würde es schließlich noch viele Marssilvester geben, die man feiern konnte, und wie!

»Ich glaube nicht, dass es so einfach gehen wird«, sagte Jewgenij Turgenev. »Ich meine, man kann sich das ausrechnen. Wenn sie zwei große Raumschiffe zum Mars schicken, dann müssen sie ihren Plan durchziehen, und sei es nur, um die Kosten dafür zu rechtfertigen.«

So vergingen drei Tage in Nerven zerfetzender Ruhe. Dann, einen Tag vor Marssilvester, bat Pigrato Christine Faggan erneut zu einem Gespräch.

Diesmal waren sie nur zu dritt. Pigrato saß allein hinter dem leer geräumten Kartentisch, die Hände auf einer Mappe gefaltet, aus der Speicherscheiben herausschauten, eines der fast nur papierdünnen Lesegeräte, wie sie auf der Erde üblich waren, und ein paar richtige Papiere. Elinns Mutter war, was dem Statthalter nicht einmal ein Stirnrunzeln entlockte, in Begleitung von Dr. DeJones erschienen. Er bot ihnen Platz an, und irgendwie wirkte er so friedfertig und ruhig, dass es einem vorkam, als sei er ein Stück geschrumpft.

»Der wissenschaftliche Beirat«, begann er leise, »hat einen Plan ausgearbeitet, den ich Ihnen vorstellen möchte. Wir glauben, dass wir auf diese Weise die Rückkehr zur Erde bewerkstelligen können, ohne das Leben Ihrer Tochter, Mrs Faggan, in Gefahr zu bringen.«

Christine Faggan wechselte einen Blick mit dem Arzt und nickte dann beklommen, ohne etwas zu sagen.

»Worüber sich fast alle Ärzte einig waren«, fuhr Pigrato fort, »ist, dass kurzfristige Beschleunigungen Ihrer Tochter nicht schaden. Wir haben zur Sicherheit auch noch einmal bei Professor Hung nachgefragt; er hat uns das bestätigt. Den Andruck eines Raketenstarts oder die Beschleunigungsphase eines interplanetaren Fluges kann sie problemlos verkraften, die Reise zur Erde wäre also keine Gefahr für sie, abgesehen vom allgemeinen Risiko eines Raumflugs, das uns alle gleichermaßen betrifft. Darf ich fragen, Dr. DeJones, ob Sie dieser Einschätzung zustimmen?«

Der Arzt nickte. »Ja. Elinn kann zur Erde fliegen, sie darf sich nur nicht längere Zeit dort aufhalten.«

»Fast wörtlich dasselbe hat Professor Hung auch gesagt. Gut«, nickte der Statthalter und zog das Lesegerät hervor. Es zeigte eine grafische Darstellung, so etwas wie den Bauplan eines großen Gebäudes. »Das ist die Raumstation *McAuliffe Station*. Wie Sie sehen – und wahrscheinlich wissen –, in der Hauptsache ein großer, rotierender Ring, in dem durch die Rotation künstliche Schwerkraft erzeugt wird, und eine Radnabe, die still steht, sodass Raumschiffe ankoppeln können. Entlang der Speichen, die von der Nabe zum Ring führen, nimmt die Schwerebeschleunigung natürlich allmählich zu, und ungefähr hier« – er malte mit dem Fingernagel ein Kreuz auf die Darstellung, was von dem Computer des Lesegeräts sofort in rote Striche umgesetzt wurde – »beträgt sie 0,38 g, was der Schwerkraft des Mars entspricht. An dieser Stelle würden wir für Sie und Ihre Tochter eine Wohnung bauen, in der Sie leben könnten.«

Christine Faggan sah ihn verblüfft an. »Auf einer Raumstation?«

Pigrato nickte. »Eine Wohnung so groß wie die, die Sie jetzt haben, komplett ausgestattet, nach Ihren Vorgaben eingerichtet. Eine Wohnung, die Sie sich auf der Erde selbst nicht leisten könnten, anbei bemerkt. Plus Anschluss an alle virtuellen Netze. Plus einen Arbeitsplatz für Sie, entweder einen telematischen oder sogar einen auf der Station selbst, je nachdem, was Sie wollen und was an Möglichkeiten da ist.« Er hielt inne, faltete die Hände und sah sie mit einer Art traurig-erwartungsvollem Hundeblick an.

»Hmm«, machte Elinns Mutter blinzelnd. »Tja. Das kommt jetzt etwas überraschend, muss ich sagen . . .« Hilfe suchend sah sie in Dr. DeJones' Richtung.

Der verschränkte die Arme vor der Brust und schaute finster drein. »Ich anerkenne die Bemühungen, aber ich habe

Zweifel, ob das in den Details so gut überlegt ist. Wir sind damals von *McAuliffe Station* zum Mars geflogen und hatten fast sieben Tage Zwischenaufenthalt. Diese Raumstation ist nichts anderes als ein Durchgangsbahnhof. In den Speichen, abgesehen davon, dass sie so eng sind, dass ich mich frage, wo Sie da eine Wohnung unterbringen wollen, gibt es nur Lagerräume. Glauben Sie im Ernst, dass das eine geeignete Umgebung für ein heranwachsendes Mädchen ist?«

»Nein«, erwiderte Pigrato trocken. »Ich denke allerdings auch, dass der Mars keine geeignete Umgebung für ein heranwachsendes Mädchen ist.«

»Im Prinzip besteht ihr Plan doch einfach darin, Elinn in einer Raumstation einzusperren. Einzelhaft in verminderter Schwerkraft.«

Pigrato sah ihn unbeeindruckt an. »Es gibt Menschen, die einen Wohnsitz auf einer Raumstation für eine sehr exklusive Lebensweise halten. Denken Sie nur an Whitehead.« Der legendäre Multimilliardär Yules Whitehead hatte vor über einem Jahrzehnt einen Sektor der Raumstation *MIR 3* gekauft, lebte seither dort und lenkte die Geschicke seiner über die ganze Welt verstreuten Firmen vom Weltraum aus. Man erzählte sich Wunderdinge über seine prachtvoll ausgestatteten Gemächer, von denen einige in der Zone völliger Schwerelosigkeit lagen. Jeder kannte das Foto von Whiteheads *kugel*förmigem Schwimmbad und das von seinem Wohnzimmer mit dem Boden aus nicht spiegelndem Glas, durch den man die Erde und die Sterne sah.

»Das lässt sich wohl kaum miteinander vergleichen«, knurrte Dr. DeJones.

Christine Faggan fragte: »Was hätte Elinn denn für eine

Perspektive? Ich meine, es läuft doch darauf hinaus, dass sie ihr ganzes Leben lang dort bleiben müsste, oder?«

»Zumindest bis man ihren Defekt heilen kann«, sagte Pigrato.

»Und wann soll das sein?«, fragte Dr. DeJones.

»Das weiß ich nicht. Aber ich weiß, dass man heutzutage die seltsamsten Krankheiten heilen kann. Viele ganz gewöhnliche immer noch nicht, zugegeben, aber immerhin hat noch nie jemand so einen Lungendefekt gehabt. Das muss erst einmal erforscht werden, und ich bin sicher, dass sich Professor Hung dafür gewinnen lassen wird. Und dann, wer weiß? Nanoimplantate, Molekularchirurgie, Genanpassung – irgendetwas wird vielleicht gefunden, das ihr hilft.«

»Vielleicht«, wiederholte Dr. DeJones. »Irgendetwas. Das klingt alles nicht besonders überzeugend.«

Pigrato kniff die Augen zu schmalen Schlitzen zusammen. »Vor knapp zwei Wochen wäre sie beinahe da draußen im Jefferson-Graben erstickt. Wenn Sie mich fragen, dann hat sie auf *McAuliffe Station* die größeren Chancen, alt zu werden.«

»Aber Elinn geht so gerne hinaus«, meinte ihre Mutter. »Sie ist die Weite hier gewöhnt.«

»Rund um die Raumstation ist nichts als Weltraum. Unendliche Weiten, wie man so sagt.« Der Statthalter lehnte sich zurück. »Im Übrigen können auch wir uns nicht immer alles so aussuchen, wie wir es gerne hätten. Das ist jedenfalls der Plan, den wir haben. Ein Angebot, wenn Sie so wollen. Wobei ich anmerken möchte, dass Sie keinen großen Entscheidungsspielraum haben. Sie können das Angebot annehmen, oder Sie können es ablehnen. Aber wir werden die

Marssiedlung schließen, so oder so. Die Regierung wird nicht Milliarden Internationaler Verrechnungseinheiten jedes Jahr ausgeben, nur weil ein dreizehnjähriges Mädchen die Weite der Marswüste gewöhnt ist.«

Christine Faggan seufzte, nickte und wollte etwas sagen, als Dr. DeJones ihr ins Wort fiel: »Ich glaube, Mrs Faggan muss darüber erst einmal in Ruhe nachdenken.«

Pigrato furchte die Stirn. »Gut«, sagte er grimmig. »Tun Sie das.«

»Und was soll ich dann da *machen?*«, rief Elinn. In ihrem Gesichtsausdruck mischten sich Wut und Entsetzen.

»Auf der Raumstation kann sie dann doch nirgends hingehen«, meinte Carl. »Wenn sie in den Ring hinabgeht, herrscht dort ja auch wieder Erdschwerkraft. Sie wäre praktisch in diesem kleinen Stück Radspeiche gefangen.«

Sie saßen beim Abendessen, Familie Faggan in ihrer großzügigen Marswohnung, aus weißen Ziegeln gemauert, fünfzehn Meter unter der Oberfläche, hell beleuchtet, warm und gemütlich. Nirgends im Sonnensystem würden sie jemals wieder so schön wohnen. Schon gar nicht auf der Erde, wo in manchen der Riesenstädte Menschen in Wohnungen lebten, die kaum größer waren als ein Bett und so niedrig, dass man darin nur sitzen konnte.

»Es wäre zumindest eine Chance«, meinte ihre Mutter schwach. Sie hob die Hände und ließ sie in einer hilflosen Geste in ihren Schoß fallen. »Ich weiß auch nicht, was ich machen soll. Sie werden die Siedlung schließen, versteht ihr? Wir können daran nichts ändern.«

Elinn rutschte in ihrem Stuhl ein Stück tiefer, schlug die

Augen nieder und meinte halblaut: »Ich gehe nicht zur Erde. Auch nicht auf eine blöde Raumstation. Ich bleibe hier.«

Carl, der seitlich von ihr saß, bemerkte, dass sie wieder eines ihrer Artefakte im Schoß umklammert hielt. Als könnte es ihr Schutz bieten. »Du kannst nicht hier bleiben«, sagte er. »Wie stellst du dir das vor?«

»Ich stell mir das prima vor«, erwiderte seine Schwester schnippisch und schüttelte trotzig die rostrote Lockenmähne.

Etwas im Klang ihrer Stimme ließ eine heiße, angstvolle Woge in Carl aufsteigen. Sie klang nicht wirklich ängstlich, sie klang wie jemand, der schon etwas ganz Bestimmtes vorhat.

Und so, wie er seine Schwester kannte, konnte das nichts Gutes bedeuten.

Graham Dipple betrat das Arbeitszimmer seines Vorgesetzten am nächsten Morgen mit einem nervösen Gefühl im Bauch. Pigrato hatte seltsam geklungen, als er ihn herbestellt hatte, und ziemlich geheimnisvoll getan. Außerdem war Dipple noch nicht oft hier gewesen.

»Setzen Sie sich«, begrüßte ihn Pigrato missgelaunt.

Farukh war auch da; er saß mit einem Lesegerät neben dem Schreibtisch. Dipple setzte sich auf die Vorderkante des Stuhls und sah sich um. So eng und klein und überladen hatte er sich Pigratos Büro nicht vorgestellt. Nun verstand er, warum sie die Besprechungen immer im Kartenraum abhielten. Er versuchte durch eine Tür, die einen Spalt weit offen stand, einen Blick in die übrigen Räume des Statthalters zu erhaschen.

Das mochte Pigrato offenbar nicht leiden. Er beugte sich von seinem Sessel aus rückwärts und zog die Tür zu.

»Gut«, beeilte Dipple sich zu sagen. »Da bin ich. Was liegt an?«

»Erklären Sie es ihm, Farukh.«

Der kahlköpfige Organisator beugte sich vor, was bei seinen Körpermaßen immer etwas bedrohlich aussah, legte das Lesegerät vor ihn hin, das er in der Hand gehalten hatte. Dipple beäugte die Anzeige. Es war eine lange Liste von Dingen wie BANDNUDELN, BASILIKUM, BASMATIREIS, jeweils mit Zahlen dahinter.

»Das sind die Fehlbestände, die Mrs Penderton abgeliefert hat. Ich habe die Lagerbestände daneben gestellt, die laut Computer da sein müssten, und die Differenz«, erläuterte der Marokkaner. »Was fällt Ihnen auf?«

Dipple nahm das Lesegerät in die Hand, blätterte auf und ab. »Es fehlt ziemlich viel«, stellte er fest.

»Genau. Wenn es einfach nur ein ungenaues System wäre, gäbe es auch mal Überbestände. Aber es ist kein ungenaues System, im Gegenteil. Seit wir hier sind, gab es nicht annähernd solche Differenzen.«

Dipple blinzelte und fragte sich im Stillen, was das alles wohl sollte. »Hätte die KI das nicht merken müssen?«

Farukh grinste ölig. »Die KI hat mich darauf aufmerksam gemacht. Oder glauben Sie, ich hätte nichts Besseres zu tun, als Listen zu prüfen, die seit zwei Jahren immer richtig waren?«

»Ah ja. Und?«

»Schauen Sie mal, *was* da fehlt.«

Dipple schaute, aber er kam nicht darauf, was Farukh

meinte. »Überall ein bisschen, oder? Zwei Säcke Nudeln, zwanzig Dosen Tomaten, vier Packungen Soja, von jedem Gewürz ein Glas – als würde sich jemand heimlich einen Haushalt einrichten.«

»Ah«, machte der glatzköpfige Hüne lobend. »Hundert Punkte.«

»Der Punkt ist«, schaltete sich Pigrato unleidlich ein, »dass offenbar jemand Lebensmittelvorräte anlegt, und zwar an Scannern vorbei, an denen eigentlich kein Vorbeikommen sein sollte. Was ich wissen will, ist, wer das macht, wie er das macht – und vor allem, wozu.« Er sah Dipple an, als verdächtige er ihn höchstpersönlich. »Finden Sie es heraus.«

»Die machen sich es wirklich einfach, oder?«, sagte Ariana. »Elinn ist ein Problem – also wird sie in irgendeiner Raumstation weggesperrt. Ich finde das so was von gemein, ich kann's dir gar nicht sagen.«

»Aber für dich wäre es gut, Carl«, meinte Ronny. »In einer Raumstation zu leben, meine ich. *McAuliffe Station* hat die meisten Shuttle-Verbindungen von allen Raumstationen, wusstest du das? Du könntest überall auf der Erde studieren und trotzdem oft heimkommen in normale Schwerkraft, hättest ständig mit Raumschiffen zu tun . . .«

»Na, Klasse«, erwiderte Carl dumpf. »Was glaubst du, wie viel Spaß mir das macht, wenn meine Schwester dafür wie im Gefängnis lebt.«

»Hmm«, machte Ronny. »Stimmt auch wieder.«

Die drei hockten tatenlos im Computerraum herum. Niemand vermochte sich auf den Unterricht zu konzentrieren. AI-20 mahnte zwar alle zehn Minuten, äußerte auch Verständnis dafür, dass sie angesichts des bevorstehenden Abschieds vom Mars extreme Gefühle durchlebten, aber das glaubte niemand. Was verstand eine Künstliche Intelligenz schon von Gefühlen?

»Ich find's blöd, dass das Fest heute Abend abgesagt ist«, meinte Ronny. »Ich hatte mich schon so darauf gefreut.«

»Du kannst ja zu dem Fest auf der *Plaza* gehen stattdessen«, schlug Ariana vor.

Ronny blies die Backen auf. »Pff! Und was soll ich da? Den Erwachsenen zusehen, wie sie herumhocken und Bier trinken?«

Ariana sah Carl an. »Wo steckt Elinn eigentlich?«

»Keine Ahnung«, sagte Carl. »Ich hoffe, sie macht keinen Blödsinn. AI-20, ist Elinn rausgegangen?«

»Nein«, antwortete die synthetische Stimme. »Ich lokalisiere Elinn in ihrem Zimmer.«

Carl verdrehte die Augen. »Sie hat bloß ihren Kommunikator auf dem Bett liegen lassen.«

»Carl, auf die Gefahr hin, dir auf die Nerven zu gehen, muss ich dich darauf hinweisen, dass du mit dem Geschichtsunterricht so weit zurückliegst, dass du von nun an jeden Tag mindestens eine Einheit absolvieren musst, um den Stoff bis zur Halbjahresprüfung noch zu bewältigen.«

Ariana grinste unverschämt.

»Du hast Recht, AI-20«, rief Carl. »Du gehst mir auf die Nerven.«

»Es tut mir Leid, das zu hören, Carl. Mein Anliegen ist lediglich, dir zu helfen, eine solide Ausbildung zu erhalten.«

»Eine solide Ausbildung, darunter verstehe ich Physik, Mathematik, Astronomie, solche Dinge. Aber Geschichte –

pff! Was fange ich damit an? Das ist doch alles längst vorbei und geschehen. Nicht mehr zu ändern. Alt. Verstaubt. Geschichten von toten Leuten.«

»Ich muss dir widersprechen. Geschichte kann enorm lehrreich sein. Sie ist sozusagen eine Sammlung von Anschauungsbeispielen, wie Menschen handeln können und welche Auswirkungen dieses Handeln haben kann. Nur indem man auf den Erfahrungen seiner Vorfahren aufbaut, kann man sich weiterentwickeln. Übrigens wird dies auch in den von dir geschätzten Naturwissenschaften so gehandhabt.«

»Ja, ja. Ich habe gerade wirklich andere Sorgen als mein Pensum in Geschichte, glaub mir.«

»Das glaube ich dir, Carl. Aber sich Sorgen zu machen verändert im Leben überhaupt nichts. Du sitzt da und fühlst dich schlecht, ohne dass damit irgendjemandem geholfen wäre. Meinst du nicht, du könntest die damit verbrachte Zeit sinnvoller nutzen?«

»Hört, hört«, murmelte Ariana spöttisch. »Die Künstliche Intelligenz wird zum Künstlichen Philosophen.«

Carl sah aus dem Fenster, in den klaren gelben Himmel eines strahlenden Marsfrühlingstages. »Machst du dir denn keine Sorgen, AI-20? Immerhin wird man dich abschalten, wenn wir gehen.«

»Mein Zustand bleibt gespeichert. Man wird mich jederzeit wieder einschalten können, ohne dass es einen Unterschied macht.«

»Und wenn dich *nie wieder* jemand einschaltet?«

Die Künstliche Intelligenz antwortete nicht. Carl, Ariana und Ronny sahen sich verwundert an. Das war keine der üblichen Denkpausen, wenn jemand sich besonders unklar ausgedrückt hatte und AI-20 erst Millionen von möglichen Bedeutungen durchspielen musste, ehe er zu einem Schluss kam, was gemeint war. Und so lange hatte das auch noch nie gedauert. Es war, als hätte jemand die Künstliche Intelligenz abgeschaltet.

Doch dann, nach Minuten, erklang die synthetische Stimme wieder. »Darüber muss ich nachdenken«, erklärte AI-20 nur.

Auch Carl wurde nachdenklich, und schließlich wandte er sich doch seinem Geschichtsunterricht zu. Denn, dieser Gedanke war richtig, solange er nur herumsaß und sich hilflos fühlte, konnte er sich genauso gut mit etwas Sinnvollerem beschäftigen. Sonst drehten sich die Gedanken ohnehin nur im Kreis, und dauernd kamen einem dieselben dummen Ideen.

Das 20. Jahrhundert also. Eine seltsame Zeit. Sich vorzustellen, dass es zwischen den einzelnen Ländern einmal richtiggehende Grenzen gegeben hatte, mit Drahtzäunen und Wachposten und strengen Kontrollen – das war schon bizarr. Manche dieser Grenzen waren sogar bewacht worden, man hatte auf Menschen geschossen, die sie passieren wollten. Doch davon hatten sich viele nicht aufhalten lassen, und das mit gutem Grund, denn damals konnte noch jede Regierung mit ihren Bürgern mehr oder weniger machen, was sie wollte, und manche dieser Regierungen waren hemmungslos diktatorisch gewesen und hatten die Menschen brutal unterdrückt.

Arianas Kommunikator gab ein Wecksignal von sich.

»Ah, ich muss los«, fuhr sie hoch. »In die Werkstatt. Schrauben einölen und verpacken, könnt ihr euch das vorstellen? Als ob wir in ein paar Monaten zurückkämen.«

Ronny schaltete sein Terminal ab. »Ich hab auch genug. Ich komm mit runter.«

»Man sieht sich«, murmelte Carl geistesabwesend und ohne den Blick zu heben, ja, ohne recht zu registrieren, was um ihn herum vorging. Dass die beiden noch minutenlang dastanden und ihn verwundert betrachteten, dass Ronny feststellte, nun habe es Carl offenbar endgültig erwischt, und dass die beiden abmachten, »wer zuerst am Aufzug ist!«, und losrannten, alles das bekam er überhaupt nicht mit. Er saß da, betrachtete die Texte, die Bilder und Filmsequenzen auf seinem Bildschirm und dachte nach.

Irgendetwas in dem, was er gelesen hatte, war von besonderer Bedeutung für ihn. Das spürte er deutlich. Er kam bloß nicht darauf, was es war.

War die Erdregierung diktatorisch? Nein. Sie war demokratisch gewählt, in freier und geheimer Wahl, wie es so schön hieß. Überdies regelte sie ohnehin nur übernationale Belange. Für alle Angelegenheiten, die lediglich von regionalem Interesse waren – also im Grunde alles, was das normale Leben eines Menschen ausmachte –, waren nach wie vor Landesregierungen oder Regionalverwaltungen zuständig, im Rahmen weltweit gültiger Regelungen natürlich.

Nun ja, und für den Weltraum war sie zuständig. Aber das war es auch nicht, was ihn so beschäftigte.

Carl grübelte, vergaß Zeit und Raum. Es ging ihm wie jemandem, der nach einem bestimmten Wort sucht und es sozusagen »schon auf der Zunge hat«, aber es nicht herausbringt – nur dass es bei ihm ein Gedanke, eine Idee war, die da war und herauswollte und es nicht konnte.

Er blätterte zurück, las noch einmal in den vorangegangenen Abschnitten herum. Und da war es. Das Wort. Die Idee. Und sie war so simpel, dass er sich wunderte, dass er nicht schon längst darauf gekommen war.

Kurz nach Mittag erhielt Christine Faggan einen dringenden Anruf von Tom Pigrato. Sie möge doch bitte so rasch wie möglich zu ihm ins Arbeitszimmer kommen, zu einer Videokonferenz mit der Erde. Senator Bjornstadt höchstpersönlich wolle mit ihr über die Zukunft Elinns sprechen.

# 19 Falsches Spiel

Dr. DeJones wunderte sich, als er die Tür zu seinem Vorzimmer öffnete und Cory MacGee, die Mitarbeiterin Pigratos, da sitzen und warten sah. Nun, sagte er sich, natürlich war auch sie eine Erdheimkehrerin, aber dass sie es so eilig haben sollte, sich der üblichen Untersuchung zu unterziehen, obwohl noch über drei Monate Zeit waren, war gelinde gesagt verblüffend.

»Mrs MacGee . . .?« Heute war Silvester nach dem Marskalender, und eigentlich hatte er gerade die Praxis für den Rest des Tages schließen wollen. Er überlegte aber, ob es ratsam war, eine Mitarbeiterin Pigratos abzuweisen.

»Dr. DeJones, entschuldigen Sie, dass ich Sie so überfalle«, sagte sie mit säuerlich verzogenem Gesicht. »Ich hatte plötzlich solche Kopfschmerzen, dass mir fast übel wurde, und da dachte ich, ich frage besser mal, ob Sie . . .«

Sie sah wirklich etwas angeschlagen aus. »Kam das ganz plötzlich?«

»Ja. Ganz plötzlich.«

»Leiden Sie manchmal an Migräne?« Sie verneinte. »Haben Sie irgendwelche Mikro- oder Nanoimplantate?« Auch nicht. »Kommen Sie herein, ich schaue mir das mal im Tomographen an.«

Cory MacGee betrat das Untersuchungszimmer, und Dr. DeJones zog die Tür hinter sich zu und legte den Riegel vor, wie immer, wenn er mit einem Patienten beschäftigt war. Er kam nicht auf die Idee, auf seinen Kommunikator zu schauen, warum auch? So bemerkte er nicht, dass dessen Verbindung zum Netz unterbrochen war. Als Christine Faggan nach Pigratos Anruf versuchte, Dr. DeJones zu sprechen, erhielt sie die lapidare Mitteilung, dass dieser nicht erreichbar sei.

Sie eilte zur Medizinischen Station, um festzustellen, dass die Tür zum Untersuchungsraum geschlossen und das Signal *Bitte nicht stören, Untersuchung* leuchtete. Sie klopfte trotzdem zaghaft an, aber Dr. DeJones hielt sich zu diesem Zeitpunkt im Nebenraum auf, betrachtete das Innere von Cory MacGees Schädel und hörte nichts. Noch länger zu warten war nicht möglich, denn Pigrato hatte auf äußerste Eile gedrängt, und noch stärker zu klopfen erschien Christine Faggan unverschämt, also machte sie sich allein auf den Weg zu Pigratos Büro.

Der Statthalter wartete in der Tür stehend auf sie. Als er sie kommen sah, sagte er halblaut zu Farukh, der auf Pigratos Sessel vor dessen Computer saß: »Sie können die Sperre wieder aufheben. Sie kommt. Ohne DeJones.«

Der Marokkaner murmelte etwas auf Arabisch und gab die entsprechenden Befehle ein. Dann schaltete er den Computer ab und machte, dass er unauffällig verschwand.

»Kommen Sie, rasch«, empfing Pigrato sie. »Der Senator ist

schon auf Sendung. Was ist mit Dr. DeJones, wollte er nicht dabei sein?«

»Ich habe ihn nicht erreicht«, gestand Christine Faggan und griff unwillkürlich noch einmal nach ihrem Kommunikator.

»Nein, lassen Sie. Wir müssen anfangen.« Der Statthalter komplimentierte sie in das überraschend enge Arbeitszimmer und dort in seinen Sessel hinter dem Schreibtisch. Sie setzte sich und erschrak, als sie auf dem großen Bildschirm gegenüber den Senator sah, leibhaftig an seinem eigenen wuchtigen Schreibtisch sitzend und Dokumente abzeichnend, mit einem richtigen altmodischen Kugelschreiber.

»Wir müssen warten, bis der Senator uns auf seinem Bildschirm sieht«, erklärte Pigrato halblaut und zog sich einen Stuhl heran. »Ich weiß nicht, haben Sie schon einmal eine Videokonferenz zur Erde mitgemacht?« Christine Faggan schüttelte stumm den Kopf. »Es dauert ungefähr sieben Minuten und zwanzig Sekunden, bis das Signal die Erde erreicht. Wenn Sie etwas sagen, müssen wir also fast fünfzehn Minuten warten, bis wir die Antwort erhalten.«

»Meine Güte«, entfuhr es Elinns Mutter.

»Na ja, so ist das eben. Man muss viel Geduld haben.«

»Hat er gesagt, weswegen er mich sprechen will?«

Pigrato zuckte die Schultern. »Ich nehme an, es geht um Ihre Tochter.«

»Ah.« Sie betrachtete den Senator. Außer auf Bildern hatte sie ihn noch nie gesehen, im Fernsehen einmal. Nie so aus der Nähe. Er wirkte einschüchternd groß und mächtig, ein Mann um die sechzig, mit weißblondem, dünn werdendem

Haar, einem fleischigen Gesicht und blaugrauen Augen. Um seine dünnen Lippen hatten sich feine Linien eingegraben, die etwas Rücksichtsloses, Brutales in dieses Gesicht zeichneten. Senator Bjornstadt war ein Mann, vor dem man Angst haben konnte, und wenn man ihn sich zum Feind machte, wahrscheinlich zu Recht.

»Finde ich großartig von dir, dass du mir helfen willst«, sagte Roger Knight, als sie sich an Schleuse 3 trafen, und schüttelte Carls Hand, als wäre er ein Erwachsener. »Manche lassen sich jetzt gerade ziemlich hängen, weißt du?«

»Ich dachte, es ist besser, ich lenke mich ab«, erklärte Carl, während er sich in seinen Raumanzug zwängte. »Und ich will noch so oft wie möglich rausgehen.«

»Genau«, nickte der grauhaarige Pilot. »Das ist das einzig Wahre.«

Carl versiegelte den Anzug, kontrollierte alle Anzeigen und schloss die Handschuhe. Dabei studierte er unauffällig Knights Raumanzug, der ein Recyclingsystem auf dem Rücken trug statt der üblichen Sauerstoffpatrone. »Sagen Sie, passt so ein Recyclingsystem eigentlich an die ganz normalen Anschlüsse?«, fragte er beiläufig.

Knight schien begeistert, das ausführlich beantworten zu können. »Ja, sicher. Aber du brauchst einen Adapter, weil das Kohlendioxid, das du ausatmest, nicht einfach abgeblasen werden darf wie beim normalen Anzug, sondern zurück in das System muss. Siehst du, das Teil hier. Ein CR-Adapter. Außerdem musst du an deinem Anzug den Modus von E auf R umschalten. R wie Recycling; was das E heißt, weiß ich gar nicht.«

Carl nickte interessiert. »So einfach ist das? Das hat man uns bisher verschwiegen.«

»Na ja, diese Stinketeile sind ja auch eine Zumutung. Nichts für Kinder.« Knight holte eine zusammengefaltete Karte heraus. »Also, zu unserem Job. Der Sturm letzte Woche hat eine der Messstationen umgeworfen. Diese hier.« Sein blau behandschuhter Finger tippte auf das Papier. »Dort fahren wir hin. Ich dachte mir, du hältst sie mit dem Greifarm, und ich gehe raus und erneuere die Bodenbefestigungen.«

»Alles klar«, sagte Carl.

Knight hatte seinen Raumhelm hochgenommen und blies ein paar rote Sandkrümel aus dem Verschluss. »Ist natürlich Blödsinn, die Messstation wieder aufzustellen, wo wir uns demnächst alle davonmachen. Aber so läuft das eben. Darüber darf man nicht nachdenken.«

»Und wenn man doch darüber nachdenkt?«

Roger Knight sah Carl an, den Helm in Händen wiegend, und schien zu überlegen, wie viel von dem, was er sich dachte, er ihm zumuten konnte. »Also, wenn du mich fragst – ich glaube nicht, dass das endgültig ist. Wir Menschen sind so beschaffen, dass wir immer weiter hinausgehen müssen ins Unbekannte, und daran wird uns auch ein Senator Bjornstadt nicht auf Dauer hindern. Wenn wir die Marssiedlung jetzt schließen, werden kommende Generationen sie irgendwann wieder öffnen und weiterführen.« Er schüttelte den Kopf. »Aber diese kommenden Generationen werden sich kranklachen über uns, ich sag's dir.«

Senator Bjornstadt sah unvermittelt hoch und, wie es schien,

Christine Faggan direkt in die Augen. »Mrs Faggan, ich grüße Sie von hier unten, von der Erde«, begann er mit fester, fast dröhnender Stimme. »Ich freue mich, Sie einmal persönlich kennen zu lernen, auch wenn es ein etwas betrüblicher Anlass ist, der uns zusammenbringt. Ich nehme an, Mister Pigrato hat Ihnen bereits die Einzelheiten des Plans dargelegt, den unser Beraterstab für die Rettung Ihrer Tochter ausgearbeitet hat. Was ich in diesem Gespräch erreichen möchte, ist, von Ihnen alle Vorbehalte zu erfahren, die Sie gegenüber unserem Vorhaben eventuell noch hegen. Ich will mein Äußerstes tun, um diese Vorbehalte auszuräumen, sei es durch Argumente meinerseits oder indem ich zusätzliche Maßnahmen veranlasse, soweit das in meiner Macht steht. Ich habe gestern mit dem Präsidenten über Ihre Tochter gesprochen und er hat mir weitgehende. . . – und glauben Sie mir, es ist ihm ein dringendes Anliegen, Ihre Tochter wohlauf zu wissen – er hat mir weitgehende Vollmachten erteilt, diesen Fall betreffend.« Der Senator faltete die Hände bedächtig vor der weitläufigen Brust. »Das Einzige, was nicht zur Diskussion steht, um das gleich vorauszuschicken, ist die Schließung der Marssiedlung. Daran führt kein Weg vorbei. Dieser Beschluss ist gefasst, er ist vernünftig begründet, und er ist unumstößlich.« Er machte ein beinahe bekümmertes Gesicht, als träfe ihn diese Tatsache selber bis ins Mark. Dann lächelte er gefasst, aber aufmunternd. »Ich möchte Sie also bitten, mir jetzt alle Ihre Vorbehalte zu nennen. Möglichst auf einmal, damit wir hier nicht Ewigkeiten sitzen müssen, nicht wahr?«

Christine Faggan schluckte. In ihrem Gehirn war mit einem Mal bodenlose Leere, und sie stotterte und verhaspelte sich auf der Suche nach den Dingen, die ihr an dem Vorschlag der Erdregierung nicht gefallen hatten. Dass Elinn wie in einem Gefängnis leben würde, das war das Wichtigste. Und in was für eine Umgebung sie auf *McAuliffe Station* kommen würde. Wie sie jemals ein annähernd normales Leben führen solle als Gefangene der Schwerkraft.

Dann, als ihr nichts mehr einfiel, obwohl sie das Gefühl nicht loswurde, die Hälfte vergessen zu haben, schwieg sie und starrte den Senator an. Der Senator starrte zurück, unbeweglich, nur auf seiner Stirn bewegte sich ab und zu etwas, was den Eindruck vermittelte, als dächte er bereits angestrengt über das Gesagte nach, obwohl er es erst in siebeneinhalb Minuten zu hören bekommen würde.

Als er wieder zu sprechen anfing, zuckte Christine Faggan beinahe zusammen, so unerwartet war es. »Mrs Faggan«, sagte der Senator, »ehe ich auf Ihre Vorbehalte im Einzelnen eingehe, will ich Sie etwas fragen. Und ich möchte Sie bitten, sich die Antwort nicht leicht zu machen. Wenn wir die Marssiedlung schließen und alle Bewohner zur Erde zurückkehren – sehen Sie irgendeine Alternative zu unserem Plan? Gibt es irgendeinen anderen Ort, wo Ihre Tochter hinkönnte? Gibt es irgendetwas anderes, was wir tun könnten? Sagen Sie es mir. Ich will mir diese zusätzliche Viertelstunde nehmen, um es von Ihnen zu hören. Sagen Sie mir, sehen Sie irgendeine andere Möglichkeit?«

Christine Faggan starrte den Politiker an, der sie vom Bildschirm her eindringlich ansah. Die Raumstationen waren die einzigen Orte, an denen man unter Marsschwerkraft leben konnte. Die Forschungsstation auf dem Mond wäre eine noch schlechtere Alternative gewesen – der atmosphärelose

Erdtrabant mit seinen extremen Temperaturunterschieden, seinen wochenlang dauernden Hell- und Dunkelphasen, ohne eigenes Wasser, ohne jede Aussicht, jemals kolonisiert werden zu können, wie man es auf dem Mars gekonnt hätte.

»Nein«, gestand sie. »Nein, ich sehe keine andere Möglichkeit.«

Wieder dieses Anstarren. Noch während sie verharrte und den dunkelblauen Ziffern der Uhr oberhalb des Bildschirms zusah, hatte sie das Gefühl, mit diesem Geständnis einen Fehler gemacht zu haben.

»Ich sehe es genauso, Mrs Faggan«, nickte der Senator schließlich. »Es gibt keine andere Möglichkeit. Von daher brauchen wir im Grunde kein Für und Wider zu erwägen, denn wir haben keine Wahl. Ihre Tochter wird auf *McAuliffe Station* leben müssen, und wir werden gemeinsam, Mrs Faggan, gemeinsam das Beste daraus machen.« Er schlug eine schwere lederne Mappe auf, die bis jetzt vor ihm auf der spiegelnden Schreibtischplatte gelegen hatte, und nahm ein Blatt Papier heraus. »Wir sollten, damit alles rechtzeitig fertig wird, so bald wie möglich mit den Umbauarbeiten auf der Raumstation beginnen. Dazu, das verstehen Sie sicher, Mrs Faggan, benötigen wir eine schriftliche Einverständniserklärung von Ihnen. Eine reine Formalie natürlich, aber eben notwendig, damit alles seine Richtigkeit hat. Mister Pigrato hat eine Kopie dieses Textes, den ich Sie bitten möchte, nun zu unterschreiben.«

Sie sah auf das Blatt hinab, das Pigrato schweigend vor sie hinlegte, zusammen mit einem Schreibstift, und spürte, wie ihr Herz plötzlich wild zu schlagen anfing. Sie wollte weglaufen, wollte aufstehen und gehen, wollte sagen, dass sie das alles erst prüfen und besprechen und sich in Ruhe überlegen müsse, aber sie konnte es nicht. Da war der Senator, groß und mächtig, geradezu überwältigend, und da war Pigrato neben ihr, da war der Stift, und sie sah ihren Händen zu, wie sie den Stift nahmen und den Vertrag zurechtschoben und ihre Unterschrift darunter setzten, als gehorchten sie nicht mehr ihrem Willen, sondern dem von Senator Bjornstadt.

Das war merkwürdig. So merkwürdig, dass Dipple zur Sicherheit noch einmal zurück an das Regal ging und noch einmal nachzählte. Mit demselben Ergebnis. Noch mehr Fehlbestände – und das, obwohl niemand das Lager auch nur betreten hatte!

Laut Scanner. Dipple kehrte zurück zu dem Gerät neben der Tür, dem einzigen Zugang in diesem kalten, ungemütlichen Raum, in dem einem der Atem zu weißen Wölkchen gefror, und ging davor in die Hocke. Er hatte die Verkleidung abgenommen und Messgeräte angeschlossen, und die sagten, dass der Scanner so funktionierte, wie ein Scanner funktionieren muss. Jede Packung, jeder Sack und jede Dose waren mit reaktiven Etiketten gekennzeichnet, die das Gerät zuverlässig erkannte, und wenn jemand einen nicht gekennzeichneten Gegenstand aus dem Lager getragen hätte, hätte der Scanner auch das gemerkt und verzeichnet. Aber da war nichts. Säcke mit Weizen hatten sich anscheinend in Luft aufgelöst. Dosen mit Gemüse waren spurlos aus den Regalen verschwunden. Zucker und Kaffbapulver hatten sich packungsweise verflüchtigt.

Und während Graham Dipple so dahockte und die Innereien des Scanners betrachtete, hatte er plötzlich das Gefühl, nicht allein zu sein in dem düsteren, großen Lagerkeller.

Er sah hoch, wandte den Kopf, lauschte. Doch, da war etwas. Ein Geräusch. Aber er konnte es nicht einordnen. Ein fernes Rascheln, Kratzen, Schaben, ein seltsames Geräusch. Und so, als käme es aus einem Nebenraum. Was Blödsinn war, denn es gab keinen Nebenraum. Von der nächsten Höhle trennten ihn über hundert Meter massiven Felsgesteins.

Dipple senkte den Kopf, ließ sich auf alle viere hinab und spähte unter den untersten Regalböden hindurch, in der Hoffnung, irgendwo Füße zu sehen. Nichts. Und der Boden war scheißkalt, sogar wenn man die Wange bloß dicht darüber hielt, biss die Kälte hinein. Diese Marssiedler waren vielleicht Temperaturen gewöhnt, du meine Güte. Die reinsten Eskimos.

Er langte bedächtig hinüber in seine Gerätetasche, zog die große Taschenlampe heraus. Nur kein Geräusch machen. So leise wie möglich erhob er sich, schlich auf Zehenspitzen die Regalfronten entlang, spähte in jeden Gang. Jeder Gang lag still, dunkel und verlassen da. Schließlich knipste er die Lampe an, ließ ihren starken Strahl umherfunzeln. »Ist da jemand?«, rief er. »Ich habe Sie gehört. Ich bin hier bei der Tür. Sie kommen nicht heraus, ohne dass ich Sie sehe.«

Einen Moment Stille, dann raschelte, schabte, kratzte es wieder. Da war etwas, kein Zweifel. Dipple versuchte die Geräusche zu lokalisieren, leuchtete umher, aber sie schienen aus dem Nichts zu kommen. Als triebe ein Unsichtbarer sein Unwesen im Lebensmittellager.

»Na gut«, murmelte Dipple schließlich. »Wir können auch

anders.« Er hob seine Gerätetasche auf den Packtisch, der die ganze Stirnseite einnahm, und wühlte darin, um schließlich eine Art schwarzer Brille mit dicken, röhrenförmigen Vorrichtungen an Stelle der Brillengläser zu Tage zu fördern. Eine Infrarotbrille. Er setzte sie auf und schaltete dann das Licht im Lagerraum aus.

Darauf hätte er eigentlich auch schon eher kommen können. Die letzte Entnahme aus dem Lager lag vier Stunden zurück; wenn der Unbekannte seither weitere Raubzüge unternommen hatte, musste er zumindest Wärmespuren hinterlassen haben. Zwar würden die nicht sehr lange halten in dieser beißenden Kälte, aber einige Stunden schon.

Dipple bewegte sich langsam vorwärts, vorsichtig, um nicht gegen die Regale zu laufen, die in der Infrarotdarstellung nur als schwarze Schatten vor schwarzem Hintergrund erschienen. Also gar nicht. Er sah seine eigenen Spuren, hellrot leuchtende Fußspuren, Handabdrücke auf Regalfächern, Dosen, Gläsern, Fässern oder Säcken, neblige Abdrücke, wo sein Atem sich niedergeschlagen hatte. Weiter. Dunkle Gänge, ohne jede Spur.

Doch. Da ...

»Aber hallo«, sagte Graham Dipple leise.

Zuerst war es nur ein Hauch von Rot, kaum deutlicher als eine Einbildung. Doch als er die Empfindlichkeit seines Detektors so weit aufdrehte, wie es nur ging, sah er blassrosa Fußspuren, die zu einem Regal hinführten und wieder davon weggingen. Er ging vorsichtig näher und beugte sich hinab, um die Spuren näher in Augenschein zu nehmen. Sie waren an den Rändern ausgefranst, sozusagen angenagt von der Kälte. Sie schienen ihm klein zu sein, wie die eines

Kindes, aber es konnte auch einfach daran liegen, dass es schon eine Weile her war, dass jemand hier gestanden hatte, und nur noch der mittlere und wärmste Teil der Spur erhalten war.

Die Spur führte in den hinteren Teil des Lagers.

Dipple folgte ihr. Entlang der hinteren Stirnseite des Lagers gingen mehrere solcher Spuren hin und her, und sie endeten alle an einer bestimmten Stelle. Der Mann von der Erde richtete die Lampe auf diese Stelle, schob dann die Infrarotbrille auf die Stirn und schaltete das Licht an.

Der Lichtstrahl beleuchtete eine Metallplatte, die mit vier Schrauben an der kahlen Felswand befestigt war.

»Was ist denn das?« Dipple ging argwöhnisch näher heran und berührte die Platte, tastete ihre Ränder ab. Wozu um alles in der Milchstraße war diese Metallplatte da? Er klopfte dagegen, aber er war sich unschlüssig, ob es dahinter hohl klang oder nicht. Er versuchte, mit den Fingerspitzen dahinter zu fassen, zog daran, und siehe da, die Platte kam ihm entgegen und fiel klappernd zu Boden.

»Ich werd verrückt. Ein Mäusegang«, sagte Dipple zu sich selbst. Das also waren die Geräusche gewesen. Jemand war hinter der Höhlenwand entlanggekrabbelt, hatte Geräusche im Lager gehört und hatte wieder kehrtgemacht.

Er betastete die Wände des engen, fast kreisrunden Lochs, das aussah, als wäre einst ein Steine fressender Riesenregenwurm des Weges gekommen. Also waren es doch die Schuhabdrücke eines Kindes gewesen. Nur ein Kind passte durch diese schmale Röhre, und verdammt mutig musste es dazu außerdem sein.

Die Messstation stand wieder bolzengerade auf dem dunklen, orangerostfarbenen Boden. Die großen Windschalen drehten sich langsam, auch wenn eine davon eine kleine Delle abbekommen hatte, die Windfahne folgte anmutig den winzigen Änderungen der Windrichtung. Roger Knight bedeutete ihm mit einer Handbewegung, dass er die metallene Stange wieder loslassen und den Greifarm zurück in die Ruhelage bringen solle, dann machte er sich daran, sein Werkzeug einzusammeln.

»Das ging flott, was?«, meinte er, als er wieder an Bord war. Er legte den Raumhelm beiseite, zog die Handschuhe aus und ließ sich auf seinen Sitz fallen. »Übrigens, du hättest die Turbine nicht abzuschalten brauchen. Im Leerlauf verbraucht sie so gut wie nichts. Wobei wir sowieso mehr Treibmethan haben, als wir aufbrauchen werden. Ich seh uns das schon kurz vor dem Start in die Atmosphäre abfackeln.«

Carl räusperte sich. »Ich habe sie nicht abgeschaltet. Es gab ein seltsames Kratzgeräusch, dann ist sie abgestorben.«

Knight sah ihn alarmiert an. »Ein Kratzgeräusch, sagst du?«

»Ja. Ein paar Sekunden.«

Das schien den Mann mit dem grau melierten Bürstenhaar zu beunruhigen. »Sag, dass das nicht wahr ist«, murmelte er wie im Selbstgespräch und drückte den Anlasserknopf. »Sag, dass kein Sand in den Verteiler gekommen ist.«

Hinter ihnen jaulte etwas ziemlich jämmerlich, aber die Turbine rührte sich nicht.

»So eine verfl. . . Entschuldige, jetzt hätte ich beinahe etwas nicht Jugendfreies gesagt. Ich dachte eigentlich, die hätten das Problem mit dem Flugsand längst gelöst.« Er schüttelte grimmig den Kopf. »Arabische Motorenwerke. Man sollte meinen, dass die was von Sand verstehen.« Er drückte noch einmal, wieder ohne Erfolg.

»Klingt nicht gut«, meinte Carl vorsichtig.

Roger Knight nickte, während sein Blick die Armaturen studierte. »Das kannst du laut sagen. Wenn es dumm läuft, müssen wir den Rover stehen lassen und zu Fuß heimgehen.«

»Na ja«, sagte Carl leichthin, »weit ist es ja nicht.«

Der Pilot probierte es noch einmal, ließ den Anlasser wimmern und lauschte auf das Geräusch, das aus dem Motorenbereich zu ihnen nach vorn drang. »Hmm. Irgendwas kommt mir trotzdem komisch vor. Ich meine, wir haben auf der Herfahrt überhaupt nichts gehört. Und der Anlasser selber klingt eigentlich gut.«

»Der Sand wird irgendwas verstopft haben. Die Einspritzdüsen vielleicht.« Carl beugte sich vor, lugte aus dem Fenster. »Das ist doch kein Problem, oder? Wir müssen nur über diese Hügel dort vorn steigen, von da aus sehen wir die Station schon. Das sind keine zwanzig Minuten, schätze ich.«

»Mir geht das gegen die Ehre, verstehst du?« Roger Knight bückte sich und holte den Werkzeugkasten wieder heraus. Dann zog er die Handschuhe wieder an. »Also, ich gehe noch mal raus und schaue, was sich machen lässt. Wenn ich es dir sage, ziehst du an diesem Hebel hier, siehst du? Der öffnet die Motorklappe. Und dann wollen wir mal sehen, was da nicht stimmt.« Er hielt inne, zog nach kurzem Nachdenken noch einen reichlich brachial aussehenden

Schraubenschlüssel hervor und stopfte ihn in eine seiner Schienbeintaschen.

»Ähm, Mister Knight . . .«, begann Carl unbehaglich.

Knight ließ die Handschuhverschlüsse einschnappen und langte nach seinem Helm. »Ja? Was denn?«

»Ehe Sie da rausgehen, muss ich Sie was fragen.«

# 20 Der Vertrag

Irene Dumelle las den Vertrag langsam und gründlich. Je länger sie las, desto deutlicher zeichneten sich die Sorgenfalten in ihrem Gesicht ab.

»Oh, Kind«, entfuhr es ihr schließlich mit einem abgrundtiefen Seufzer, »was haben Sie da bloß gemacht?«

Christine Faggan presste die Lippen zusammen. »Der Vertrag ist also nicht gut?«

Irene Dumelle sah hoch und warf ihr einen nachsichtigen Blick zu. »Kann man nicht sagen, nein. Aber das haben Sie doch auch nicht im Ernst erwartet, oder?«

Die Wohnung der ehemaligen Juraprofessorin war der reinste Dschungel. In jeder Ecke standen Tontöpfe mit kraftvoll wuchernden Grünpflanzen, angestrahlt von Tageslichtlampen, und ein süßlich-modriger Geruch erfüllte die Luft. Es war auch wärmer als gewöhnlich. Irene Dumelle schien ohne Treibhausatmosphäre nicht mehr leben zu wollen.

»Sie verpflichten sich eben zu ziemlich viel«, fuhr sie fort, während sie weiterlas, »und die Regierung verpflichtet sich zu ziemlich wenig. Es ist dauernd nur die Rede von *wird sich bemühen* und von *im Rahmen des Möglichen* und so weiter, alles ziemlich schwammig. Im Grundsatz ist es schon das, was

Pigrato Ihnen angeboten hat, aber der Vertrag ist gerade mal so, dass man ihn nicht als sittenwidrig anfechten kann. Aber natürlich hätte man wesentlich bessere Konditionen heraushandeln können.«

Elinns Mutter kämpfte sichtlich mit den Tränen. »Es war so ... Ich weiß nicht mehr, was ich gedacht habe. Ich habe mir solche Sorgen um Elinn gemacht, verstehen Sie? Ich hatte Angst, wenn ich nicht unterschreibe, muss sie vielleicht sterben.«

»Christine«, mahnte die Ältere behutsam, »so etwas könnte die Regierung niemals zulassen. Der Senator war es, der ein Problem gehabt hat, nicht Sie. Aber mit dieser Unterschrift haben Sie ihm das Problem abgenommen. Sie erklären in diesem Vertrag, dass Sie den Antrag, den Beschluss zur Schließung der Marssiedlung zu korrigieren, unwiderruflich zurücknehmen. Das heißt, es ist vorbei. Die Rückkehr ist beschlossene Sache.«

Nun war der Kampf gegen die Tränen verloren. »Ich hatte das Gefühl, ich habe keine andere Wahl, verstehen Sie?«, schluchzte Christine Faggan. »Ich dachte einen Moment lang wirklich, die meinen es gut mit mir. Und mit Elinn. Der Senator war so ... so ... Ich weiß nicht, wie ich sagen soll ...«

Irene Dumelle legte ihr eine Hand auf den Arm. »Ja, Kind. Ich weiß, wie er ist, glauben Sie mir.«

Die Geschichte mit dem Vertrag machte, keiner wusste, wie, schneller die Runde unter den Marssiedlern, als es eine Lautsprecherdurchsage hätte bewerkstelligen können. Unmut wurde laut, nicht gegen Christine Faggan gerichtet, sondern gegen die Art und Weise, wie man sie unter Druck gesetzt hatte. Manche hatten noch auf eine Wende gehofft und waren nun enttäuscht.

»Ich habe es gleich gesagt«, meinte Jewgenij Turgenev. »Die wissen schon, wie sie ihre Interessen durchsetzen. Das ist Machtpolitik, nichts anderes. Damals in Sibirien hatten wir einen Bürgermeister, der . . .«

»Ja, Jewgenij«, hieß es ringsum im Chor, »wir kennen die Geschichte!«

Sie trafen sich im Geheimversteck, Ronny, Elinn und Ariana, und Ronny war ganz aufgeregt. »Ich weiß, was wir tun«, erklärte er. »Wie wir die Marssiedlung doch noch retten können. Die einzige Chance.«

Ariana ließ sich auf einen der alten Stühle fallen, verschränkte die Arme und sah ihn an. »Na, da bin ich ja mal gespannt.«

»Also . . .«, wollte Ronny schon beginnen, als ihm auffiel: »Wo ist eigentlich Carl?«

»Draußen«, sagte Elinn resigniert. Sie hielt wieder eines ihrer Artefakte in der Hand, rieb es gedankenverloren. »Er hilft Mister Knight, und ihr Rover hat einen Defekt.«

Ronny blinzelte. »Hmm. Na gut, dann erklär ich's euch und nachher Carl auch noch mal. Die Idee ist eigentlich von Elinn, bloß wollte sie es allein machen. Ich finde, wir sollten es alle vier zusammen machen.«

»Was machen?«, wollte Ariana stirnrunzelnd wissen.

»Uns verstecken. Kurz vor dem Start des Shuttles verstecken wir uns irgendwo in der Siedlung, wo sie uns nie finden – in den Mäusegängen zum Beispiel. Wir halten uns so lange versteckt, bis sie abfliegen müssen, weil sie sonst das

Startfenster verpassen. Und dann haben wir die Siedlung für uns.«

»Und verhungern.«

»Quatsch. Natürlich bunkern wir vorher so viele Lebensmittel wie nur möglich.«

Elinn betrachtete ihr Artefakt gedankenverloren. »Ich weiß selber nicht mehr, ob das eine so gute Idee ist«, meinte sie leise.

»Ich finde das den größten Schwachsinn, den ich je gehört habe«, erklärte Ariana unumwunden. Von ihr war man das gewöhnt, aber Ronny zuckte doch ein wenig zusammen. »Du kannst nicht mit vier Leuten eine Siedlung wie die hier betreiben – da arbeiten wir uns ja tot. Abgesehen davon, dass wir eine Menge Geräte gar nicht bedienen können. Eine funktionierende Siedlung braucht eine Mindestbesatzung, und die ist im Prinzip so groß wie die, die wir haben. Vielleicht zehn, zwanzig Leute könnten es maximal weniger sein. Nein, vergiss es.«

»Außerdem war meine Idee nicht, dass sie alle wegfliegen und mich zurücklassen«, sagte Elinn. »Ich dachte, sie würden mich nicht allein zurücklassen. Meine Idee war, dass alle dableiben.«

Ronny sank in sich zusammen, als hätte ihm jemand die Luft rausgelassen. »Dann weiß ich auch nicht weiter«, meinte er mutlos.

Graham Dipple traf Cory MacGee im Maschinenleitstand in der oberen Station. Das war die Nervenzentrale der Siedlung, und seit die Schließung verkündet worden war, achtete Pigrato darauf, dass immer mindestens einer seiner Mitarbeiter hier anwesend war und ein wachsames Auge auf alles hatte. Von hier aus wurde die Luftversorgung, die Energieversorgung, die Wasserversorgung, einfach die gesamte Versorgung der Siedlung gesteuert. Zwar war es die Künstliche Intelligenz, die alles aufeinander abstimmte, Entwicklungen vorausberechnete und entsprechend berücksichtigte und eben die normale Arbeit machte, aber da es von hier aus möglich war, überall manuell einzugreifen, wollte der Statthalter diese Position gesichert wissen.

»Sagen Sie, Cory«, begann Dipple, »Sie haben sich doch ein bisschen kundig gemacht, was die Lebensgewohnheiten der Siedler anbelangt. Ihre Sitten und Gebräuche, die ganzen Feinheiten eben, die nirgends aufgeschrieben sind . . .«

»Mmh«, nickte die Frau, die von den Britischen Inseln stammte und ihr Studium der Betriebswirtschaft mit Auszeichnung bestanden hatte, um dann den Fehler zu begehen, eine aussichtsreiche Stelle bei Whitehead Industries auszuschlagen und in den Staatsdienst zu gehen. »Sie nicht?«

»Ich?«, schnappte Dipple verblüfft. »Ähm, also – nein . . .«

»So. Ich dachte eigentlich, dass genau das unsere Aufgabe sei.«

Wieso machte ihn diese Frau immer nervös, kaum dass sie zwei Sätze gesagt hatte? Dipple räusperte sich. »Nun ja, sicher, aber ich hatte eben anderes zu tun.«

»Oh, Sie hatten anderes zu tun. Verstehe. Was denn, zum Beispiel?«

»Mrs MacGee, bitte. Ich habe eine Frage, und ich hoffte, Sie könnten sie mir beantworten.«

Cory MacGee betrachtete wieder die Bildschirme der

Steuerung, als seien die bunten Liniendiagramme darauf ungemein faszinierend. »Ich höre.«

»Wenn die Kinder Lebensmittel entwenden würden – wo, glauben Sie, würden sie die verstecken?«

»Wie bitte?« Nun sah sie ihren Kollegen doch wieder an, völlig entgeistert zudem. »Was ist denn *das* für eine Frage?«

Dipple erzählte ihr, was er im Lebensmittellager entdeckt hatte – die fehlenden Packungen, die Geräusche, die Spuren, die lose Metallplatte, den engen, röhrenartigen Gang dahinter.

»Mäusegänge«, nickte MacGee. »So nennen die Siedler sie. Das *stand* aber in den Unterlagen, die man Ihnen gegeben hat, Dipple! Das sind enge, vielfach gewundene Gesteinsröhren vermutlich vulkanischen Ursprungs. Sie gehören mit zu der areologischen Formation des Siedlungsuntergrundes. Kapitel 1, Unterpunkt 3, wenn ich mich nicht irre. *Areologie der Marssiedlung.*«

Dipple warf ihr einen bösen Blick zu. »Das habe ich gelesen, stellen Sie sich vor. Und sogar das Wort ›Mäusegang‹ war mir ein Begriff. Aber haben Sie so ein Ding schon einmal gesehen?«

»Nein«, musste MacGee zugeben.

»Es ist ein verdammt enges, dunkles Loch. Ich würde Platzangst kriegen da drin, selbst wenn ich hineinpassen würde. Was ich nicht tue. Die Einzigen, die hindurchkriechen könnten, sind die Kinder. Was schließen wir daraus?«

Die Britin sah ihn forschend an. »Die Kinder stehlen die Lebensmittel.«

»Genau. Und was ich Sie frage, ist, ob Sie etwas von einem

geheimen Versteck der Kinder haben läuten hören. Ich meine, Kinder haben manchmal so etwas, nicht wahr?«

»Haben sie das?« Cory MacGee rümpfte die Nase, während sie nachdachte. Sie hatte eine spitze, fast messerscharfe Nase, was zusammen mit ihren kurzen blonden Haaren unerhört schnippisch aussehen konnte.

»Klar. Als ich ein Kind war, hatten wir ein Versteck auf dem Gelände einer stillgelegten Fabrik. In einem Keller, in dem Matratzen waren und ein alter Ledersessel. Wir haben dort . . .« Er unterbrach sich. Was sie dort angestellt hatten, wollte er ihr lieber doch nicht erzählen. »Und Sie?«, fragte er. »Was haben Sie gemacht als Kind?«

»Mit Puppen gespielt, stellen Sie sich vor. Und am Computer. Ich weiß nicht, in welcher Gegend Sie aufgewachsen sind, aber ich habe mich mit meinen Freundinnen meistens in irgendwelchen virtuellen Räumen getroffen, wo man alles sein und tun konnte, was man wollte.«

Dipple hob abwiegelnd die Hände. »Schon gut. Die Kinder hier kennen keine virtuellen Netze. Also, Preisfrage – wo verstecken sie die Lebensmittel?«

»Keine Ahnung.« MacGee zuckte die Schultern. »Die Kinder können mich genauso wenig leiden wie Sie, Dipple. Seit ich hier bin, habe ich vielleicht fünf Sätze mit ihnen gesprochen. Mit allen zusammen, wohlgemerkt.« Sie dachte aber nach, immerhin. »Ich schätze, wenn sie ein geheimes Versteck haben, dann in einer der großen Höhlen, die nicht erschlossen sind. Die man nur durch Mäusegänge erreicht. Da haben Sie keine Chance, heranzukommen.«

Dipple zerquetschte einen nicht gesellschaftsfähigen Fluch zwischen den Zähnen. Er starrte die Monitore an, auf denen Leitungen farbig blinkten, Zahlen und Diagramme sich veränderten, das Pulsieren der Lebenskreisläufe der Marssiedlung sichtbar war, aber er sah nichts davon.

Schließlich straffte er sich. »Na schön«, sagte er. »Dann gehe ich mal und erstatte Bericht.« Er schüttelte den Kopf. »Pigrato wird *begeistert* sein.«

Man würde also Silvester an diesem Abend auf der *Plaza* feiern, inoffiziell, und man hoffte, dass wenigstens diese kleine Feier nicht verboten würde. Diejenigen, die die Tische aufstellten, bemühten sich, möglichst wenig Krach dabei zu machen, und sahen sich unwillkürlich immer wieder um in der Erwartung, Pigrato finsteren Gesichts daherkommen zu sehen. In den Töpfen und Bratröhren der Gemeinschaftsküche schmorte und bruzzelte, was an diesem Abend verzehrt werden sollte, und es war, als habe man beschlossen, heute alles aufzuessen, was noch da war. Es gab: Hühnerbrühe mit Mungbohnensprossen. Risotto mit Möhren, Lauch und schwarzen Pilzen. Überbackene Kartoffeln im Fischsud. Pizza marsianische Art, was hieß mit fünferlei Pilzen, Tomaten, Zwiebeln, Knoblauch und Mais, aber ohne Käse: stattdessen schmolz eine fette Mischung aus Olivenöl und Soja darüber. Gefüllte Brötchen. Geröstete Nüsse mit Kräutercreme. Selbst fritierte Kartoffelchips. Puffmais mit Zucker. Glasierte Möhrenschnitze. Überbackene Äpfel mit Lebkuchengewürz. Eine unglaubliche Mischung köstlicher Düfte verbreitete sich nach und nach in der Siedlung, viel versprechender und lockender als jemals zuvor.

Und dann sagte jemand: »Warum eigentlich?«

Später wusste niemand mehr, wer das zuerst gesagt hatte.

Das heißt, jeder erinnerte sich anders. Jedenfalls, jemand sagte: »Warum lassen wir uns die Silvesterfeier draußen am Point Armstrong eigentlich verbieten? Warum packen wir nicht einfach alles zusammen und fahren los?«

»Weil Pigrato es verboten hat«, sagte man ihm. Oder ihr. Wer auch immer es gewesen ist.

»Und?«, war die Antwort. »Wenn wir ihm nicht gehorchen – *was will er denn machen?*«

Das ging herum wie ein Lauffeuer. Genau. Was wollte Pigrato denn dagegen tun? Gut, irgendwo gab es wohl ein paar Waffen – aber der Statthalter würde niemanden erschießen, nur weil sie ein letztes großes Fest auf dem Mars feiern wollten, ehe es zurück zur Erde ging, auf Nimmerwiedersehen.

*Was will er denn machen?* Nichts. Pigrato konnte nichts dagegen tun.

Eine ausgelassene Stimmung griff um sich. Die Stimmen wurden lauter, das Lachen wilder, ein heißes, rebellisches Gefühl beseelte die Siedler. Sie würden, jawohl, mit den Marsrovern zum Point Armstrong hinausfahren. Sie würden feiern, essen und sich betrinken im Angesicht der rostigroten Ebene und der ersten Ausläufer der Valles Marineris, im Lichte der beiden Marsmonde Phobos und Deimos, die in dieser Nacht gemeinsam am Himmel stehen würden.

So wurde aus der Küche in Isolierbehälter verpackt, was immer hineinging. Getränke wurden kistenweise in die obere Station hoch geschafft. Die Wettervorhersagen meldeten keine Stürme weit und breit – der Mars schien sich von seiner besten Seite zeigen zu wollen. Alles drängelte sich unter ausgelassenem Gelächter in der oberen Station vor den

Schleusenkammern, es war ein einziges Anziehen und Überstreifen von Raumanzügen, Verschlüsse rasteten ein, Ventile zischten beim Abziehen von Anschlüssen, man klopfte sich gegenseitig auf die Helme und rangelte um die Plätze in der Schleuse.

Dann drückte die erste behandschuhte Hand auf die Taste der Schleusenautomatik, und – nichts geschah.

Der Himmel über ihnen war endlos weit, hell und klar, eine gelb-rosa Unendlichkeit. Der Rover lag hinter ihnen, hinter einer Bodenwelle außer Sicht gekommen, und sie stapften durch den Sand, in dem ihre Stiefel knöcheltief einsanken, auf die glitzernden Antennen der Station zu, sich ihren Weg zwischen den Felstrümmern suchend.

»Ich schätze, die Sturmsaison ist jetzt endgültig vorbei«, meinte Roger Knight. »Es wird endlich Frühling. Jetzt wäre eigentlich die Zeit, eine neue große Expedition zu starten. Stattdessen bauen wir die Zelte ab. Was für eine Schande.«

»Im neuen Jahr dürfte ich mit auf eine Expedition, hat es mal geheißen«, erinnerte sich Carl. Ihm zog es das Herz zusammen, als ihm bewusst wurde, dass das noch gar nicht so lange her war. Als die Welt noch in Ordnung gewesen war.

»Daedalia Planum«, sagte Roger Knight, selber in Gedanken versunken. »Da wollte ich immer mal hin. Frag mich nicht, wieso, ich kann's dir nicht sagen. Aber ich weiß noch, wie ich das erste Mal einen Marsglobus in die Hand genommen habe, sind meine Finger auf Daedalia Planum hängen geblieben. Und seither hat es mich immer gekitzelt, wenn ich es auf einer Marskarte gesehen habe. Verrückt, oder?«

»Daedalia Planum«, sagte Carl. »Ich sollte wissen, wo das liegt, was?«

»Ja, genau, du Marskind.« Der Pilot lachte. Er deutete in eine Himmelsrichtung, etwa Südosten. »Dort hinten. Zweieinhalbtausend Kilometer sind es von hier, schätze ich. Immer am Tharsis-Massiv entlang, durchs Noctis Labyrinthus, und wenn der rote Sand weniger wird und schwarzer Fels zum Vorschein kommt, dann beginnt es. Daedalia Planum.« Er seufzte. »Wenn wir im Orbit sind, werd ich noch mal einen Blick draufwerfen. Wenigstens das.«

Carl musterte den Mann von der Seite. Durch die Helme hindurch sah er wenig von seinem Gesicht, aber ihm war doch, als blickte der Pilot sehnsüchtig in die Richtung, in die er zeigte, mit einem Ausdruck um die Augen, der Carl fatal an den Blick erinnerte, den Elinn bekam, wenn sie von ihren Marsianern sprach.

In diesem Augenblick stieg in einiger Entfernung vor ihnen eine rot schimmernde Staubwolke auf, in der gleich darauf dunkle, unverkennbare Umrisse sichtbar wurden. Ein Rover, der mit Höchstgeschwindigkeit auf sie zuhielt.

»Da kommt jemand«, sagte Carl.

Knight gab einen knurrenden Laut von sich. »Wurde auch Zeit.«

Sie blieben stehen und warteten, bis das riesige Fahrzeug mit knirschenden Drahtreifen vor ihnen zum Stehen kam, schwankend wie ein alter Segler bei Seegang. Aus der Nähe hörte man das hohe Sirren der Turbine. Der rote Staub ringsumher senkte sich langsam wieder und wurde noch einmal durcheinander gewirbelt, als das Außenluk der kleinen Mannschleuse zischend auffuhr und die Restluft daraus entwich.

Am Steuer saß Daniel Eisenhardt, ein junger Habitat-Techniker mit hellen, zerstrubbelten Haaren, den noch nie jemand anders als unverschämt guter Laune erlebt hatte. »Na, ihr Bruchpiloten?«, begrüßte er sie. »Nur immer herein in die gute Stube. Was habt ihr angestellt mit eurer Mühle?« Er sah nach draußen. »Wo ist sie überhaupt?«

Knight machte eine vage Handbewegung in südliche Richtung und brummte: »Dort hinten. Sand im Verteiler, schätze ich. Hat die Turbine abgewürgt.«

»Echt?«, grinste Daniel. »Ich würd zu gern die Gesichter der Jungs von ArabMot sehen, wenn du ihnen das erzählst.«

Knight grinste nur schwach. »Lass uns heimfahren. Ich komm morgen raus und tausche den Verteiler aus, dann ist die Sache für mich gegessen.«

»Wie du meinst.« Eisenhardt ließ die Turbine aufheulen, bewegte den Steuerhebel, setzte den Rover zurück und legte ihn in die Kurve. »In der Station herrscht übrigens Radau, nicht dass ihr euch wundert. Pigrato hat Ausgangssperre verhängt. Die Schleusen sind so geschaltet, dass man nur noch rein kann, aber nicht mehr raus. Und seine Jungs halten den Maschinenleitstand besetzt. Ich war gerade draußen, darum konnte ich euch abholen.«

Roger Knight runzelte die Stirn. »Ist er jetzt vollkommen übergeschnappt, oder was?«

Daniel Eisenhardt sah Carl an. »Nach dem, was ich über Funk gehört habe, haben Pigrato und Senator Bjornstadt deine Mutter unter Druck gesetzt, einen Vertrag zu unterschreiben. Sie zieht den Antrag an die Kommission zurück und bekommt dafür lebenslanges Wohnrecht auf *McAuliffe Station.*«

Carl spürte einen heißen Schrecken.

»Mit anderen Worten, die Schließung ist endgültig«, meinte Knight.

»Genau. Na ja, und das hat ein paar Leute aufmüpfig werden lassen. Nichts Dramatisches – sie wollten die Sache mit Point Armstrong heute Abend eben doch durchziehen, trotz Verbot. Aber Pigrato hat das mitgekriegt und die Siedlung abgeriegelt.«

Knight schüttelte den Kopf. »Und wie lange will er das treiben? Ich meine, es steht ja noch die eine oder andere Ernte aus, wenn ich mich nicht irre.«

»Er sagt, bis morgen. Es geht ihm nur um das Silvesterfest.«

»Typisch. Er ist eben doch hauptsächlich ein alter Griesgram und Spielverderber.«

Als sie vor der oberen Station ankamen, standen die meisten der anderen Rover ordentlich nebeneinander auf ihren markierten Abstellplätzen. Durch die unteren Stationsfenster sah man jede Menge Leute in den Schleusenvorräumen und angrenzenden Gängen herumstehen und aufgeregt gestikulieren. Manche von ihnen hatten noch ihre Raumanzüge an, andere schleppten Isolierbehälter in Richtung Aufzug davon. Und alle wirkten aufgebracht.

»Tja, Leute«, meinte Daniel Eisenhardt. »Gehen wir rein, oder gehen wir nicht rein? Überlegt's euch gut.«

Als das äußere Schleusenschott hinter ihnen zufuhr, war es schon ein bisschen so, als schlössen sich Gefängnistore. Carl spürte eine harte Spannung im Bauch, und auch die beiden Männer schienen die rasch steigende Druckanzeige nicht so gelassen wie sonst zu verfolgen. Dann leuchtete endlich das Signal auf, dass sie die Helme abnehmen konnten.

»Ich glaube, ich muss heute noch diesem Pigrato den Hals rumdrehen«, knurrte Roger Knight und wischte die Innenseite des Visiers mit der Hand ab. »Oder mich sinnlos besaufen, falls das nicht geht.«

Daniel Eisenhardt grinste bloß. »Dafür ist dir doch jeder Vorwand recht.«

Die Pumpen liefen jammernd aus, und das Innenschott öffnete sich. Sie hatten erwartet, in dutzende aufgeregter Gesichter zu sehen, aber die aufgeregten Gesichter waren alle dem nächsten Interkomanschluss zugewandt, über den im Moment eine Ansprache des Statthalters begonnen hatte.

». . . spricht Tom Pigrato, Statthalter der Erdregierung in der Marssiedlung. Zunächst will ich Sie noch einmal daran erinnern, dass ich die Genehmigung für das geplante Fest in dem Druckzelt am Point Armstrong aus einer Reihe von Gründen wieder zurückziehen musste. Um Sie davor zu bewahren, aus einer momentanen Erregung heraus meinen Anordnungen zuwiderzuhandeln, habe ich die Schleusen so schalten lassen, dass bis morgen früh kein Durchgang nach außen möglich ist.«

»Toll, wie er das immer formulieren kann«, brummte Roger Knight, während er sich so leise wie möglich aus seinem Raumanzug schälte.

»So viel dazu. Außerdem muss ich Ihnen die unerfreuliche Mitteilung machen«, fuhr die hallende Stimme des Statthalters fort, »dass meine Mitarbeiter heute fortgesetzte Diebstähle von Lebensmitteln aus dem Lager festgestellt haben. Wir wissen noch nicht, wer diese Diebstähle verübt, aber wir haben den Verdacht, dass es jemand ist, der beabsichtigt, sich der Evakuierung der Siedlung zu entziehen, womöglich in der irrigen Hoffnung, allein auf dem Mars zurückbleiben zu können. Dieser Person oder diesen Personen möchte ich hiermit erklären, dass wir Anweisung haben, die gesamte Siedlung nach der Räumung zu entlüften, um die Geräte und Anlagen vor Korrosion zu schützen. Ich wiederhole: Es hat keinen Sinn, sich verstecken zu wollen, denn wir werden die gesamte Atemluft der Marssiedlung ablassen. Die Entlüftung wird in jedem Fall stattfinden, um Eigentum der Föderation der Erdstaaten zu schützen. Wer sich der Evakuierung mutwillig entzieht, tut dies auf eigenes Risiko. Im Übrigen verweise ich hierzu auf die entsprechenden Artikel der Raumfahrtordnung und des Gesetzes für extraterrestrische Niederlassungen.«

Ein quietschendes Krachen drang aus dem Lautsprecher, das alle zusammenzucken ließ und einem in den Zähnen wehtat, dann war die Verbindung beendet. Sofort redete alles erregt durcheinander, wurden Fäuste geschüttelt, fuchtelten Hände umher.

Carl hatte seinen Raumanzug während Pigratos Ansprache ebenfalls ausgezogen, aber er hängte ihn nicht zurück in die Ladestation, sondern behielt ihn über dem Arm. Er bahnte sich einen Weg zwischen den Leuten hindurch zu den Halterungen, in denen Arianas, Elinns und Ronnys Raumanzüge hingen, und nahm sie ebenfalls an sich. Dann, unbeachtet von allen anderen, ging er damit zum Aufzug und fuhr hinab in die Siedlung.

# 21 AI-20 braucht Bedenkzeit

Die Luft in ihrem alten Versteck war kalt und roch sauer. Als könne man Verzweiflung riechen. Die anderen waren schon da, hockten auf den dünnbeinigen Stühlen und sahen ihm stumm zu, wie er die Raumanzüge in einer Ecke ablegte.

»Die nützen uns auch nichts«, meinte Ronny mutlos.

»Mal sehen«, sagte Carl nur. Er wollte noch nicht über seinen Plan sprechen. Jetzt noch nicht. Der Abend war noch lang, und wenn sich einer von ihnen verplapperte, war alles aus.

Er sah, dass Elinn zitterte. Ganz leicht nur, und vielleicht hatte es von den anderen noch niemand bemerkt, aber er kannte sie. Sie hatte Angst. Obwohl sie so mager war und in manchen Momenten geradezu elfenhaft zerbrechlich wirkte, hatte sie nicht oft Angst.

In Arianas Gesicht schwelte Wut, nur mühsam im Zaun gehalten. Sie wäre am liebsten losgezogen und hätte jemanden verprügelt, das war unübersehbar.

»Ich möchte, dass jetzt jeder von uns erzählt, wie es ihm geht«, sagte Carl und zog den kleinen schwarzen Kasten hervor, den er unterwegs aus dem Fernsehraum mitgenommen hatte. Es war ein Videomail-Rekorder, ein simples altes

Teil mit Kamera und Mikrofon, einer Stunde Aufnahmedauer und Anschlüssen für alle Arten von Datenleitungen. »Sagt es so, dass es Leute auf der Erde verstehen können. Wir schicken das dann an Michael Visilakis.«

»Und?«, sagte Pigrato finster.

Graham Dipple nickte ernst. »Die Leute sind wieder unten in der Siedlung«, sagte er. »Es gab wohl den Vorschlag, Werkzeug zu holen und die Steuerung der Schleusen zu überbrücken, aber so weit wollte man dann doch nicht gehen. Soweit ich mitbekommen habe, wollen sie ihr marsianisches Silvester nun auf der *Plaza* feiern.«

»Sollen sie. Noch was?«

»Ja.« Der Mann mit den seltsamen Narben im Gesicht knetete nervös die Hände. »Die Raumanzüge der Kinder fehlen.«

Pigrato gab einen schnaubenden Laut von sich. »Was heißt das, sie fehlen?«

»Nun, sie hängen nicht in ihren Ladestationen. Ich bin alle Schleusenvorräume abgegangen, sie sind auch nicht irgendwo anders angeschlossen.«

»Ah.« Der Statthalter starrte eine Weile Löcher in die Luft. Die Konsolen des Maschinenleitstands summten leise und schufen eine Atmosphäre, die unter anderen Umständen fast einschläfernd gewesen wäre. »Die Raumanzüge der Kinder, hmm? Ich wusste, dass die uns eines Tages Schwierigkeiten machen würden. Was heißt eines Tages? Sie haben uns die ganze Zeit Schwierigkeiten gemacht. Aber das ist jetzt richtig heftig. Wenn einer der Siedler das probiert hätte, würde ich jetzt hart durchgreifen, verstehen Sie, Dipple?

Aber bei den Kindern muss man mit jeder Dummheit rechnen. Und wenn ihnen was passiert, wird man uns dafür verantwortlich machen.« Pigrato schüttelte den Kopf. »Das war die größte Idiotie von Sanchez, zuzulassen, dass Kinder auf dem Mars zur Welt kommen. Jetzt sehen wir, was dabei herauskommt. Aber ich habe ihn damals auch gewählt, können Sie sich das vorstellen?«

Dipple hob überrascht die Augenbrauen. Nein, das konnte er sich allerdings nicht vorstellen.

»All die Sprüche von wegen Aufbruch zu neuen Grenzen, die Zukunft der Menschheit liegt im All, das hat mich damals überzeugt. Wissen Sie noch, was Sanchez immer gesagt hat? *Die Erde ist die Wiege der Menschheit – aber irgendwann muss man die Wiege verlassen, wenn man jemals erwachsen werden will.* Ich war einer von denen, die ihm zugejubelt haben.« Pigrato zuckte die Schultern. »Wie man es eben tut, wenn man jung ist. Was habe ich denn damals vom Leben gewusst? Nichts. Kinder auf dem Mars! In den Forschungsstationen in der Antarktis sind auch nie Kinder zur Welt gekommen, obwohl es die schon über hundertfünfzig Jahre gibt. Und man von dort in einer Stunde in der nächsten Millionenstadt ist.«

»Ja«, murmelte Dipple und überlegte, ob er inzwischen wohl schon Millionär wäre, wenn er jedes Mal fünf Dollar bekommen hätte, sobald Pigrato *Antarktis* sagte.

»Sammeln Sie alle Recyclinggeräte ein, die noch irgendwo in den Schleusen herumhängen«, ordnete der Statthalter an. »Und zählen Sie die nach, die noch im Depot sind. Ich will, dass alle Recyclinggeräte hinter einer elektronisch versiegelten Tür weggeschlossen werden.«

Dipple nickte. »Ja, Sir.«

»Und stellen Sie sicher, dass es keine Mäusegänge ins Depot gibt«, setzte Pigrato grimmig hinzu.

Das waren die Bilder, die in den folgenden Tagen in allen Nachrichtennetzen der Erde kursierten:

*Ein Junge, zwölf Jahre alt, mit Stupsnase und wilden blonden Locken. Er sieht ein bisschen aus wie ein vorwitziger Kobold, und man glaubt sofort, dass er normalerweise lustig und zu jedem Schabernack aufgelegt ist. Jetzt gerade schaut er allerdings ziemlich ernst drein, ungewohnt ernst.*

*Eingeblendet der Name:* Ronald Penderton.

»Hallo. Mein Name ist Ronny. Ich bin auf der Erde geboren, in Inverness in Schottland, aber als ich vier Monate alt war, sind meine Eltern hierher ausgewandert, zum Mars. Also, das heißt, im Grunde kenne ich nur den Mars. Aber es gefällt mir ganz gut hier. Dass wir von hier wegsollen, gefällt mir nicht. Ich wäre gerne geblieben. Ach ja, und ich will mal Shuttlepilot werden oder so was.«

*Ein Mädchen, etwa vierzehn Jahre alt, schlank, mit langen, glatten, schwarzen Haaren und etwas dunkler getönter Haut. In ihren Augen funkelt Wildheit, und die Art und Weise, wie sie dasitzt und spricht, vermittelt den Eindruck angespannter Bereitschaft. Sie trägt die schmucklose Kleidung der Marssiedler, einen losen, gewebten Overall, aber an ihr sieht das beinahe modisch aus.*

*Eingeblendet der Name:* Ariana DeJones.

»Ich heiße Ariana. Unseren Eltern hat man versprochen, dass sie auf dem Mars leben dürfen und dass hier eine richtige Kolonie entstehen soll. Wenn man ihnen das nicht versprochen hätte, hätten sie wahrscheinlich keine Kinder in die Welt gesetzt. Und jetzt wird alles rückgängig gemacht, mit einem Federstrich. Ich weiß nicht, warum niemand auf der Erde mal nachrechnet, was es gekostet hat, alles hierher zu bringen und aufzubauen; ich schätze, dann würde man ziemlich schnell sehen, was für ein Quatsch und eine Verschwendung es ist, jetzt alles liegen und stehen zu lassen und uns zu zwingen, auf die Erde zurückzugehen. Wobei ich ja nicht zurückgehe, ich war noch nie auf der Erde, weil ich hier auf dem Mars geboren bin. Der Mars ist meine Heimat und wird es immer bleiben, egal, was passiert, auch wenn ich wegmuss und nie wieder zurückkomme. Das würde jedem so gehen, denke ich. Ehrlich gesagt war hier die ganze Zeit nicht so viel los, und das hat mich manchmal geärgert. Aber das lag daran, dass es hier nicht weitergegangen ist, dass kaum noch Leute von der Erde gekommen sind. Aber ich schätze mal, es hat wenig Zweck, da jetzt noch groß rumzulamentieren. Also, das war es, was ich sagen wollte.«

*Ein Junge, fünfzehn Jahre alt, groß, mager, mit dunkelbraunen, leicht gewellten Haaren, die hier und da einen Stich ins Rötliche zeigen. Auffallend helle Haut. Er sitzt eingeknickt da, und er schaut ziemlich ernst drein.*

*Eingeblendet der Name:* Carl Faggan.

»Ich bin Carl Faggan. Wenn irgendwo etwas über mich steht, dann heißt es immer, dass ich der erste auf dem Mars geborene Mensch bin. Ich finde es herzlich blöde, für so was berühmt zu sein. Als ob ich etwas dafür könnte. Ich fürchte, auf der Erde wird man von mir erwarten, etwas Besonderes zu sein, und das bin ich leider nicht mehr als jeder andere. Zur Erde gehen wollte ich schon immer, um zu studieren, ein naturwissenschaftliches Gebiet, und um später bei der Erforschung des Sonnensystems mitzuarbeiten. Das ist immer noch mein Traum. Aber natürlich fühle ich mich auf dem Mars zu Hause, und mir wäre es lieber, immer wieder hierher zurückkommen zu können. Am meisten Sorgen mache ich mir aber um meine Schwester. Man hat festgestellt, dass ihre Lunge unter der Schwerkraft der Erde nachgeben würde, sodass sie ersticken müsste. Eine ganz neue Krankheit, die es vorher noch nie gegeben hat. Man will sie in der *McAuliffe*-Raumstation unterbringen, in einem Bereich mit niedrigerer Kunstschwerkraft, und dort würde sie dann mehr oder weniger ihr Leben lang eingesperrt sein. Das ist ungerecht. Kein Mitglied der Kommission würde das seinen eigenen Kindern antun. Überhaupt finde ich die Idee, die Marsbesiedlung zu stoppen, Unsinn. Gut, es kostet Geld, das man anderweitig ausgeben will. Aber die ganze Erde ist erforscht. Wenn wir den Mars nicht besiedeln, wenn wir uns nicht mit den anderen Planeten des Sonnensystems beschäftigen – was wollen wir die nächsten tausend Jahre lang dann eigentlich *tun?*«

*Ein Mädchen, dreizehn Jahre alt, aber klein für ihr Alter. Sie hat ungebändigtes, rostrotes Haar, dunkle Augen und ein helles, schmales Gesicht. Sie wirkt traurig, aber sie sitzt aufrecht und stolz da.*

*Eingeblendet der Name:* Elinn Faggan.

»Ich bin Elinn. Carl hat schon gesagt, warum ich nicht zur

Erde kann. Ich will auch nicht zur Erde. Nicht, weil die Erde nicht schön wäre, aber ich gehöre einfach hierher, auf den Mars. Der Mars ist so schön, dass ich es manchmal gar nicht fassen kann. Ich sitze oft draußen auf den Hügeln um die Station oder am Rand des Grabens und schaue ihn mir an. Dann erzählen mir die alten Steine ihre Geschichte, und der Wind über der Wüste singt ein Lied. Manchmal habe ich das Gefühl, der ganze Planet wärmt sich an mir wie ein Tier, das einsam ist und verletzt. Der Mars hat uns aufgenommen und einen Platz für unsere Siedlung gegeben, und ab und zu enthüllt er uns ein Geheimnis. Aber viele Geheimnisse haben wir noch gar nicht entdeckt. Von den Marsianern, die hier einmal gelebt haben, wissen wir noch überhaupt nichts. Wir besitzen noch nicht einmal eine vollständige Karte seiner Oberfläche, das haben wir erst neulich festgestellt. Jetzt von hier fortzugehen, das kommt mir vor, als hätte man einen Tempel in der Wüste ausgegraben und den Gang zur Schatzkammer, aber vor der Tür zum Schatz macht man kehrt und geht wieder. Mein Dad ist gestorben, weil er den Mars erforschen wollte. Man weiß nicht, woran oder wie, und man hat auch nie versucht, es herauszufinden. Mein Dad wäre traurig, wenn er wüsste, dass wir von hier fortgehen sollen.«

Carl setzte den Deckel zurück auf die Kameralinse und schob das Gerät in die Tasche. »Gut«, sagte er. »Nächster Teil des Plans ist, dass wir uns heute Nacht um vier wieder hier treffen.«

»Um *vier?*«, japste Ronny. »Bist du völlig wahnsinnig?«

»Was für ein Plan?«, wollte Ariana wissen. »Du hast kein Wort gesagt, dass du einen Plan hast.«

»Natürlich nicht. Ihr hättet womöglich zuversichtlich in die Kamera gegrinst.«

Ihre Augen funkelten. »Ist Mister Faggan wieder als einsamer Reiter unterwegs? Als Rächer der Enterbten? Carl der Schweiger?«

»Was für ein Plan?«, fragte nun auch Ronny dazwischen.

»Um vier Uhr früh«, sagte Carl nur. »Hier.«

Die Pizzableche auf dem Büffet an der *Plaza* waren bis auf wenige eingetrocknete Stücke leer gegessen, die Kuchenschaufeln lagen zwischen den Krümeln. Manche der Töpfe waren bis auf einen Bodensatz geleert, andere noch fast voll, in beiden Fällen waren die Warmhalteplatten längst abgeschaltet worden. Schmutziges Geschirr stapelte sich in den Plastikboxen, die zum Einweichen bereits mit warmem Wasser und Spülmittel gefüllt waren, und auch die Träger für leere Flaschen quollen bereits über. Ein paar Gläser waren kaputtgegangen und provisorisch unter einen Tisch gekehrt worden, eines der Öllichter hatte einen Sprung bekommen und die ganze Tischdecke in Mitleidenschaft gezogen.

Etliche hatten die trostlose Stimmung nicht ausgehalten und sich verabschiedet, andere waren auf Kaffba umgestiegen, den sie mit dem selber gebrannten Wodka versetzten, den Jewgenij ausgab. Die Gespräche waren ruhiger geworden, man hockte in kleinen Gruppen zusammen und redete leise, beinahe andächtig miteinander, immer die große Digitaluhr im Blickfeld, die sie an der Wand aufgehängt hatten. Das war es also, das letzte Silvester auf dem Mars, das Ende des Jahres 36. Die, die noch da waren, sahen es als ihre Pflicht an, auszuharren, die Gläser in der Hand.

Je näher Mitternacht rückte, desto leiser wurde es, und schließlich schwiegen sie alle und beobachteten das Verstreichen der Zeit.

*23:57*

*23:58*

*23:59*

—:—

Die Uhrzeit 00:00 gab es nicht auf marsianischen Uhren. Eine Umdrehung des Planeten dauerte exakt 24 Stunden, 39 Minuten und 35,24 Sekunden. Es hatte mehrere Möglichkeiten gegeben, mit diesem um ein Weniges verlängerten Tag umzugehen. Die radikalen Kolonisten hätten am liebsten nicht nur einen eigenen Jahreskalender eingeführt, sondern auch eine eigene marsianische Uhr. Während ein eigener Jahreskalender auf einem Planeten, auf dem eine Atmosphäre und somit Jahreszeiten existierten, Sinn machte – zumindest in den Augen der Siedler –, kam man nach eingehenden Überlegungen zu dem Schluss, dass die Einführung einer marsianischen Stunde, die gegenüber der Erdstunde um eine Minute und 39 Sekunden verlängert gewesen wäre, der Auslöser für endlose Komplikationen gewesen wäre. Deswegen hatte man sich darauf geeinigt, die Dauer der Erdstunden beizubehalten und die zusätzlichen 39,6 Minuten als so genannte *Lücke* um Mitternacht einzufügen. So kam es, dass Neuankömmlinge von der Erde sich immer wunderten, dass sie, wenn sie abends zur gewohnten Zeit ins Bett gingen und morgens zur gewohnten Zeit aufstanden, sich viel frischer und ausgeruhter fühlten als sonst. Irgendwann merkten sie dann, dass das nichts mit der niedrigeren Schwerkraft zu tun hatte, sondern damit, dass sie jede Nacht fast vierzig Minuten mehr Schlaf bekamen als auf der Erde.

Die Siedler betrachteten die Uhr schweigend. Ab und zu seufzte jemand. Dann, endlich, sprang die Anzeige um.

*00:01*

Man prostete sich verhalten zu, leises Gläserklingen erfüllte die Kuppel über der *Plaza*. »Gutes neues Jahr.« Es klang schal, diese Worte auszusprechen. Plötzlich war die Trauer unerträglich, um jeden Ziegel, den sie mit eigenen Händen geformt, gebrannt und an seinem Platz vermauert hatten, um jede Tür, die sie aus selbst gemachtem Cellulose-Composit gegossen und in die Zargen eingepasst hatten, um jeden selbst geschmiedeten Flansch und jede selbst gelötete Röhre, um die mühsam errichteten Fischbecken, die Treibhäuser, die Pilzzuchten, um jeden einzelnen Wassertropfen, den man aus den Tiefen des Bodens emporgeholt hatte. Manch einer fragte sich, ob er, wenn die Shuttles draußen vor dem Ringwall landeten, die Kraft haben würde, einzusteigen.

So erhob sich bald der Erste, und die anderen folgten kurz darauf. Man kümmerte sich noch darum, diejenigen ins Bett zu bringen, die über ihrem Wodka-Kaffba eingeschlafen waren. Als die roten Digitalziffern 01:00 zeigten, lag die *Plaza* längst still, verlassen und dunkel.

Als die roten Digitalziffern der Uhr auf ihrem Nachttisch 01:00 zeigten, lag Ariana immer noch wach und wälzte sich ruhelos umher. Was hatte Carl vor? Und wie kam er dazu, ihnen nichts zu sagen? Damit sich keiner von ihnen verplapperte, klar, aber *ihr* hätte er sich wenigstens anvertrauen können. Es regte sie auf, dass er sie behandelte wie ein Baby.

Sie würde einfach nicht hingehen. Sollte er doch machen, was er wollte, nachts um vier Uhr. Ihr doch egal.

Sie starrte an die Decke, ohne etwas zu sehen, denn bis auf den roten Schimmer der Uhrzeit war es stockdunkel. Inzwischen war es auch in der Wohnung wieder ruhig geworden. Vor einer halben Stunde war ihr Vater nach Hause gekommen, und es hatte geklungen, als sei er nicht mehr so richtig nüchtern gewesen.

Sie hatte keine Lust gehabt, bis Mitternacht herumzusitzen und Trübsal zu blasen, hatte sich bloß mit Pizza, Kartoffelchips und überbackenen Äpfeln voll gestopft und war dann abgezogen. Früh ins Bett, damit sie um vier Uhr nicht womöglich den Wecker überhörte.

Zuerst hatte es in ihrem Bauch rumort, von all dem Zeug, das sie durcheinander gegessen hatte, und sie hatte nicht einschlafen können. Später hatte sie gemerkt, dass es in ihrem Bauch auch vor lauter Wut auf Carl, den Schweigsamen, rumorte, wonach sie erst recht nicht mehr einschlafen konnte. Und so lag sie nun da und glotzte in die Dunkelheit.

Sie würde nicht hingehen. Genau. Sie würde den Wecker ausschalten und bis in die Puppen schlafen.

Sie wälzte sich zur Wand, knüllte das Kissen unter sich, und ein frischer Duft nach Lavendel und Thymian hüllte sie ein.

Ach, verdammt. Natürlich würde sie gehen.

Als die roten Digitalziffern der Uhr an der Wand der *Plaza* 03:00 zeigten, huschte ein schmaler, dunkler Schatten die *Main Street* entlang. Ein matter Strahl aus einer abgedunkelten Taschenlampe funzelte über den Boden, als der Schatten die *Plaza* erreichte und sich seinen Weg zwischen den Tischen, Stühlen und auf dem Boden herumliegenden Bierflaschen suchen musste. Der Strahl erlosch wieder, als er die Wendeltreppe in die obere Station emporstieg.

Wahrscheinlich, dachte Carl, hätte er auch den Aufzug nehmen können. Aber schon die bloße Vorstellung, wie das Geräusch der anfahrenden Aufzugskabine durch die nächtlichen Gänge hallen würde, ließ ihn zusammenzucken. Nein, nichts riskieren. Sie hatten nur diese eine Chance. Wenn er es vermasselte, würde er sich das nie verzeihen können.

Die Wendeltreppe war anstrengend. Sein Atem begann bald, tiefer zu gehen. Er öffnete den Mund weit, um möglichst kein Atemgeräusch zu machen. Er trug seine dünnen Schuhe mit den Plastsohlen, die auch völlig lautlos waren, wenn er vorsichtig auftrat.

Nichts. Alles blieb dunkel, nur hier und da glomm eine Kontrolllampe, schimmerte eine Leuchtanzeige, verbreitete ein roter oder grüner Punkt ein wenig Licht. Und alles lag still, wunderbar still.

Er hatte gerade das obere Ende der Wendeltreppe erreicht, als mit einem unerwarteten Schlag das Licht in allen Gängen der oberen Station anging. Im nächsten Augenblick dröhnte der Motor des Aufzugs los, noch lauter in der Stille der Nacht, als er sich das vorhin ausgemalt hatte. Jemand war unten eingestiegen und kam hoch!

Carl huschte wieder ein Stück hinab, verbarg sich im Schatten hinter dem Aufzugsschacht und wartete ab. Die Aufzugskabine kam surrend hoch gefahren, hielt. Das Sicherheitsgitter wurde beiseite geschoben, dann knallten Schritte den Gang geradeaus entlang, unbekümmert um den Lärm, den sie erzeugten. Carl spähte um die Ecke. Dipple, auf dem Weg zum Maschinenleitstand. Wohl eine Art Wachablösung. Besser, er wartete noch ein bisschen.

Er hörte Dipple gegen die Tür des Leitstands klopfen, hörte, wie ihm aufgemacht wurde und eine Stimme, die er auf die Entfernung nicht erkannte, sagte etwas wie: »Na endlich! Wohl verschlafen, was?«

Die Tür schlug zu, und es war wieder ruhig. Carl holte Luft. Jetzt erst merkte er, wie wild sein Herz pochte.

Eine Weile geschah nichts. War es doch keine Ablösung? Er lugte aus seinem Versteck hervor. Ewig konnte er hier auch nicht herumstehen.

Er fuhr zusammen, als der Aufzug sich von selbst wieder in Bewegung setzte, zurück nach unten. Er hatte eine Steuerung eingebaut, die nach etwas undurchsichtigen Regeln entschied, wo der Aufzug auf den nächsten Passagier warten sollte – meistens lief es darauf hinaus, dass der Aufzug gerade dort war, wo man hinwollte, und man warten musste, bis er kam. Rasselnd und quietschend fuhr die Kabine, die neu angekommene Erdlinge immer in Angst und Schrecken versetzt hatte, abwärts. Von unten kam ein letztes Knirschen, dann herrschte wieder Stille, abgesehen von einem leisen Knistern der Laufschienen, das Carl so deutlich noch nie wahrgenommen hatte.

Die Tür des Maschinenleitstands öffnete sich wieder, und

jemand kam heraus. Cory MacGee. Sie ließ die Tür geräuschvoll hinter sich ins Schloss fallen und kam auf den Aufzug zu, leicht schlurfend, wie das Erdlinge manchmal machten, wenn ihre Beine vergaßen, dass sie auf dem Mars waren.

Carl duckte sich in den Schatten. Er hörte sie etwas vor sich hin murmeln, das er nicht verstand, außer dass es verärgert klang, und wartete darauf, dass sie stehen blieb und auf die Ruftaste des Aufzugs drückte.

Aber die Schritte blieben nicht stehen. Carl begriff, dass sie sich über den Aufzug aufgeregt und beschlossen hatte, die Treppe zu benutzen. Oh, nein! Es gab auf der ganzen Treppe kein Versteck, keine Möglichkeit, ihr auszuweichen. Die einzige Möglichkeit war, vor ihr wieder hinabzurennen, schneller als sie und so leise, dass sie nichts Verdächtiges hörte.

Oder sich eine gute Ausrede auszudenken, warum er hier war. Aber sein Gehirn war wie gelähmt, ihm fiel absolut nichts ein. Also Flucht. Wieder hinunter.

Im letzten Augenblick, die Assistentin Pigratos setzte ihren Fuß gerade auf die oberste Treppenstufe, hörte man wieder die Tür und Dipples Stimme. Er rief sie zurück. Irgendwas Wichtiges.

»Hat das nicht Zeit bis morgen?«, rief Cory MacGee unwirsch.

Brabbel brabbel. Offenbar nicht, denn die Frau machte kehrt und ging klack-klack-klack zurück zum Leitstand. Die Tür fiel wieder zu. Carl huschte mit angehaltenem Atem die Treppe hoch und in einen anderen Seitengang hinein, wo er sich hinter einem Geräteschrank verstecken konnte.

Wieder ging die Tür, wieder Schritte. »Cory!«, hörte er Dipple rufen. »So warten Sie doch. So war das nicht gemeint . . .«

»Ach ja?« Sie war eindeutig aufgebracht. »Wie war es dann gemeint?«

Carl musste grinsen. So war das also. Der gute Graham Dipple interessierte sich für seine Kollegin. Nur sie sich leider nicht für ihn – was man, als unvoreingenommener Beobachter, nur allzu gut verstehen konnte.

Ihre Schritte verhallten die Wendeltreppe hinab, man hörte noch ein beleidigtes Brummen im Nebengang, dann fiel die Tür zum Leitstand zu, und es herrschte wieder Ruhe. Kurz darauf erlosch auch die Beleuchtung.

Carl wartete, bis sich seine Augen an die Dunkelheit gewöhnt hatten, zog die Taschenlampe hervor und huschte zurück zum Aufzug und von dort in den Gang gegenüber, der zum Sektor 1 führte. Hier war das Depot, in dem die Recyclinggeräte verwahrt wurden. Von der Tür strahlte ihm eine stechend rote Signallampe entgegen. Carl ging davor in die Hocke und leuchtete das Schloss ab.

Elektronisch verriegelt. Genau, wie er es sich gedacht hatte.

Er ließ den Strahl seiner Lampe umherwandern und versuchte sich zu erinnern, hinter welcher Tür was lag. Unglaublich. Da verbrachte man sein ganzes Leben in einem Bauwerk von absolut überschaubaren Abmessungen und kannte immer noch nicht alle Räume. Er musste zwei Türen probieren, bis er einen kleinen Abstellraum fand, in dem bündelweise Abdeckplanen und Ähnliches eingelagert waren. Er vergewisserte sich, dass sich die Tür auch von innen öffnen ließ, dann schloss er sie, setzte sich auf einen der weichen Packen, zog seinen Kommunikator hervor und wählte die Nummer von AI-20.

»Hallo Carl«, meldete sich die Künstliche Intelligenz. »Wie geht es dir?«

Carl holte tief Luft. Jetzt kam der schwierigste Teil. »Du musst mir bei etwas sehr Wichtigem helfen, AI-20.«

»Ich helfe dir immer gern, wenn es mir möglich ist, Carl. Worum handelt es sich?«

»Bitte öffne mir die Tür zum Depot 1C.«

Eine unmerkliche Pause. »Die Tür zu Depot 1C ist auf Anweisung von Mister Pigrato elektronisch verriegelt. Ich darf sie dir nicht öffnen.«

»Aber rein technisch gesehen könntest du sie mir öffnen, nicht wahr?«

»Das ist korrekt.«

»Rein technisch könntest du mir die Tür öffnen und zugleich den entsprechenden Logeintrag unterdrücken, ist das richtig?«

»Das ist richtig«, antwortete die synthetische Stimme.

Elektronische Verriegelung hieß nicht nur, dass das Schloss mit einem Code gesichert war, der allen Entschlüsselungstechniken widerstand, sondern auch, dass jeder Durchgang in einer Logdatei verzeichnet wurde. Selbst wenn man sich mit einem Trick oder mit Gewalt Zutritt verschafft hätte, wäre dies aufgezeichnet worden. Es war unter anderem auch diese Aufzeichnung, die er verhindern musste. Das ging nicht ohne die Unterstützung der Künstlichen Intelligenz.

»AI-20, welche Situation könnte dich dazu bewegen, die Anweisung von Mister Pigrato zu missachten?«

»Eine Anweisung eines ausgewiesenen und identifizierten Vorgesetzten von Mister Pigrato. Eine Anweisung des Präsidenten. Eine akute Notsituation.«

Carl nickte. »Eine Notsituation ist gegeben.«

»Mir ist keine Notsituation bekannt. Bitte erläutere dies.«

»Du weißt, dass alle Siedler zur Erde zurückkehren sollen. Du weißt, dass meine Schwester Elinn einen Lungendefekt hat, der unter Erdschwerkraft ihren Tod bedeuten würde. Du weißt, dass die Erdregierung dieses Problem lösen will, indem sie Elinn auf einer Raumstation in einem Bereich verminderter Rotationsschwerkraft unterbringt. Dies bedeutet für Elinn eine schwere Einschränkung ihrer Bewegungsfreiheit und entspricht genau betrachtet einer lebenslangen Haftstrafe. Du weißt, dass so etwas für Menschen eine schwere seelische Belastung bedeutet.«

»Das ist mir alles bekannt«, bestätigte AI-20. Eine kurze Pause. Milliarden von internen Abschätzungen, Relationen, Entscheidungsprozessen. »Allerdings erkenne ich keinen Zusammenhang zwischen der von dir geschilderten Situation und einer Öffnung der Tür zu Lager 1C.«

Carl spürte, wie angespannt alles in ihm war. Das hier musste er bewältigen, sonst war alles aus. »Ich habe einen Plan, wie wir auf dem Mars bleiben können. Dazu brauche ich aber vier Recyclinggeräte.«

»Wie sieht dieser Plan aus?«

»Das kann ich dir im Moment nicht verraten. Du musst mir vertrauen.«

AI-20 überlegte. »Ich kann Vermutungen anstellen. Da du vier Recyclinggeräte haben möchtest, vermute ich, dass du mit ›wir‹ dich und die anderen Kinder meinst. Ich muss dich fragen, ob du dir darüber im Klaren bist, dass die Marssiedlung unmöglich mit einer Besatzung von vier Personen geführt werden kann.«

»Ja, das weiß ich. Das habe ich auch nicht vor.«

»Ist dir ferner auch klar, dass der Energievorrat eines Recyclinggeräts begrenzt ist?«

»Natürlich. Die nominelle maximale Einsatzdauer ohne Wiederaufladung beträgt laut Herstellerangaben siebzig Stunden.«

Wieder schwieg AI-20 eine Weile, rechnete Kombinationen und Variationen durch. »Die Informationen, die du mir gibst, definieren keine Notsituation. Die Verriegelung der Tür bleibt bestehen.«

Er fuhr sich mit der Hand über die Stirn und merkte, dass er schwitzte. Eine Chance hatte er noch, eine winzige Chance, die vielleicht zu viel von der Künstlichen Intelligenz erwartete. »AI-20«, sagte Carl langsam und bedächtig, »wir haben heute Morgen . . . nein, gestern Morgen darüber gesprochen, dass du abgeschaltet werden wirst, wenn die Siedlung geschlossen wird. Bist du dir darüber im Klaren?«

»Ja«, sagte die synthetische Stimme leidenschaftslos.

»AI-20, ich habe eine Idee, wie wir es schaffen können, auf dem Mars zu bleiben. Es ist nicht sicher, aber wir haben eine Chance. Und wenn wir es schaffen – dann verspreche ich dir, dass wir kommen und dich wieder einschalten werden.«

Carl hielt den Atem an. Horchte, doch im Lautsprecher seines Kommunikators herrschte Stille.

»Was ich dazu unbedingt brauche«, fügte Carl langsam hinzu, »sind vier Recyclinggeräte.«

Vier Uhr früh, das war wirklich hart. Sie waren alle müde, sahen bleich und schläfrig aus, wie sie nach und nach im Geheimversteck auftauchten und dann fröstelnd im fahlen Licht der Leuchtstoffröhren auf den Stühlen hockten.

Der Letzte, der kam, war Carl. Er trug vier Recyclinggeräte, mit einem Gurt zusammengebunden, über der Schulter und eine Tragetasche mit vier seltsamen Metallstücken. »Hallo zusammen«, sagte er leise und ließ seine Last behutsam neben den Raumanzügen zu Boden sinken. Auch er wirkte nicht mehr gerade wie das blühende Leben.

»Und?«, fragte Ariana schließlich unleidlich. »Was für einen genialen Plan hast du nun?«

Carl sah sie der Reihe nach an. Er sah, dass Elinn eines ihrer Artefakte in der Hand hielt und umklammerte, als könne es ihr Trost spenden. Sie sah den unwirschen Ausdruck auf seinem Gesicht und ließ das flache Siliziumstück hastig in der Brusttasche ihres Overalls verschwinden. Doch darin klapperte es verdächtig. Zweifellos hatte sie die ganze Tasche voll mit ihren seltsamen Fundstücken.

Na gut, sollte sie. Darauf kam es jetzt auch nicht mehr an, dachte Carl. »Pigrato hat die oberen Schleusen gesperrt, aber er weiß nicht, dass die alte Station hier noch eine manuelle Schleuse besitzt. Er weiß wahrscheinlich, dass wir unsere Raumanzüge mitgenommen haben, aber er weiß noch nicht, dass wir jetzt Recycler haben. Er weiß nicht, dass der Rover, den Roger Knight heute Nachmittag als defekt gemeldet hat, in Wirklichkeit voll einsatzbereit ist.«

»Mir ist inzwischen auch klar, dass du hinauswillst«, maulte Ariana finster. »Aber was sollen wir draußen? Uns in der nächsten Bodenspalte verstecken?«

Carl schüttelte den Kopf. »Nein«, sagte er. »Wir fahren zur asiatischen Marsstation und bitten um Asyl.«

# 22 Frühnebel über den Valles Marineris

Die Auseinandersetzung war kurz, aber heftig. Carl erklärte, dass ihm die Idee gekommen sei, während er eine Geschichtslektion über das ausgehende zwanzigste Jahrhundert durchgearbeitet hatte.

»Damals war es so, dass jeder Mensch gewissermaßen zu dem Land gehört hat, in dem er geboren war. Man konnte nicht ohne weiteres gehen, wohin man wollte. Manche Menschen waren in ihren Ländern regelrecht eingesperrt, wurden verfolgt, zu Unrecht eingesperrt, in jeder Hinsicht schlecht behandelt. Doch wenn sie es schafften, aus ihren Ländern zu fliehen, konnten sie in einem anderen Land Asyl finden und waren gerettet.«

»Ich kann es nicht fassen, dass ich mich für so einen Quatsch aus dem Bett gequält habe«, regte Ariana sich auf. »Die Asiatische Allianz gehört genauso der Föderation an wie, was weiß ich, Australien oder Kanada; noch jedenfalls. So etwas wie Asyl gibt es doch heutzutage nicht mehr.«

»Nein«, schüttelte Carl entschieden den Kopf. »Ich habe nachgeschaut. Das Asylrecht existiert nach wie vor, auch wenn es seit fünfzig Jahren niemand mehr in Anspruch genommen hat.«

»Und wie soll das vor sich gehen?«

»Rein rechtlich betrachtet, ist das Innere der asiatischen Marsstation Territorium der Asiatischen Allianz. Sobald wir durch die Schleuse treten, können wir um Asyl bitten, und wenn eine Zurückweisung bedeuten würde, dass unser Leben, unsere Gesundheit oder unsere Freiheit bedroht sind, muss man es uns gewähren. Unsere Freiheit, verstehst du? Elinns Freiheit ist eindeutig bedroht. Uns drei könnten sie vielleicht zurückschicken, aber Elinn nicht.«

»Das verstehe ich nicht«, maulte Ronny und runzelte mächtig die Stirn. »Wozu gehen wir dann alle vier? Und was soll Elinn allein dort machen?«

Carl wurde ungeduldig. »Ich glaube, dass sie keinen von uns zurückschicken werden. Was hoffentlich geschehen wird, ist, dass sich der Allianzrat um unseren Fall kümmern muss. Irgendwas wird die Regierung jedenfalls daraufhin machen müssen, und ich hoffe . . . na ja, ich hoffe, dass sie es sich dann noch einmal anders überlegen mit dem Mars.«

Ronny schaute ihn nur an. Er hatte ganz offenbar immer noch nicht verstanden, was das alles sollte.

»Du bist komplett verrückt«, grollte Ariana. »Ihr Faggans habt alle einen Sprung im Helm, wenn du mich fragst.«

Elinn aber lächelte unmerklich hinter ihrer Maske der Traurigkeit.

»Ja«, sagte sie einfach. Und dann beschlossen sie alle, es zu tun.

Es war still, atemlos still, während sie die Raumanzüge anzogen. Nur das unverkennbare Knistern des blauen, mehrlagigen Hüllstoffs aus kohlenstoffverstärktem Compositgewebe war zu hören. Vor dreißig Jahren hatten die ersten Marsforscher in diesen engen Räumen gelebt, hatten monatelang ausgeharrt und auf das nächste Raumschiff von der Erde gewartet, und genau wie sie hatten sie sich zwischen Schränken, Rohrleitungen und Türrahmen in ihre Raumanzüge gezwängt, wenn sie hinauswollten.

»Hier«, sagte Carl leise, als er Ariana half, den Recycler anzulegen. »Der Adapter muss über die Ausblasdüse. So. Und der Schlauch kommt hier dran. Ach so – den Modus auf R umschalten. R wie Recycling.«

Ariana betrachtete die kleine Stellschraube. Man brauchte einen Schraubenzieher oder ein Messer, um sie zu drehen. »Und was heißt E?«

»Keine Ahnung«, sagte Carl.

Es war kalt so spät in der Nacht. Die Heizung würde nicht vor sechs Uhr wieder anspringen. Ihr Atem gefror zu silbernen Wolken.

Sie gingen zur Südschleuse. Die war ein Monstrum, verglichen mit den eleganten, einfach zu bedienenden Schleusen der oberen Station. Eine unförmige Innentür aus einem mattsilbern glänzenden Material musste von Hand geöffnet, wieder zugezogen und durch Drehen eines großen Handrades verriegelt werden. Die Atmosphärenpumpe musste von Hand ein- und ausgeschaltet und der Druck auf einem rührend altmodischen Zeigerinstrument überwacht werden. Auf der anderen Seite führte ein schmaler Höhlengang hinaus an die Oberfläche. Sie hatten diesen Ausgang schon lange nicht mehr benutzt, bestimmt über ein Marsjahr lang nicht. Früher war es lustig gewesen, die Künstliche Intelligenz, die über die alte Station keinerlei Kontrolle hatte, auf diese Weise an der nicht vorhandenen Nase herumzuführen.

»Denkt daran, dass wir Funkstille bewahren müssen, wenn wir jetzt rausgehen. Geht einfach hinter mir her, es sind etwa zwei Kilometer bis zum Rover.« Ein Blick auf die Uhr. »Halb fünf. Die Monde sind gerade beide aufgegangen. Ich hoffe, sie geben ein bisschen Licht. Wir müssen einen kleinen Bogen schlagen, damit AI-20 uns nicht sieht.« Carl nahm den Helm hoch, bereit, ihn aufzusetzen. Die anderen taten es ihm gleich. Eine alltägliche Handbewegung wie Zähneputzen oder Schuheanziehen, doch hier und jetzt war es anders als sonst. »Jetzt bin ich gespannt, ob die Recyclinggeräte wirklich so stinken, wie man uns immer gesagt hat.«

Sand wirbelte auf, als sie das äußere Schleusenluk öffneten und aufstießen. Die Luft aus den Recyclern roch wirklich schlecht, nach einer Mischung undefinierbarer Chemikalien und nach Metall, und sie kratzte die erste halbe Stunde in den Lungen.

Ariana trat als Erste hinaus. Die anderen folgten ihr, durch den Gang, der am Fuß des Ringwalls ins Freie führte.

Phobos und Deimos standen am Himmel, dicht beieinander über dem Horizont, kleine, helle Lichtpunkte, von denen einer sich so rasch bewegte, dass man beinahe zusehen konnte. Der Himmel war strichweise klar wie so oft in den Frühlingsnächten und die Sterne der Milchstrasse leuchteten auf sie herab, wie sie schweigend dahinstapften, einer hinter dem anderen, vorbei an Steinbrocken, deren Umrisse kaum zu erahnen waren, und durch einen Sand, der jetzt aussah wie schwarze Asche.

Jeder von ihnen hörte nur seinen eigenen Atem, der im Inneren des Helms widerhallte. Zwei Kilometer? Bei Nacht schienen es zehnmal so viele zu sein. Andauernd stolperte man über kleine Steine, die in der Dunkelheit nicht zu sehen waren, und niemand hörte einen, wenn man aufschrie.

Bei Nacht war noch keiner von ihnen jemals draußen gewesen. Es machte Angst, nichts zu sehen oder jedenfalls nicht viel. Und natürlich dachte jeder darüber nach, ob man sie erwischen würde, ob es gut gehen würde, was sie taten. Sie marschierten in dem Bereich, der außerhalb der Sensoren von AI-20 lag. Aber sicher konnte man sich nicht sein, wenn man nichts sah. Vielleicht gab die Künstliche Intelligenz inzwischen schon Alarm. Vielleicht würden im nächsten Augenblick die Flugboote mit grell lodernden Triebwerken über dem Ringwall auftauchen.

Doch je länger sie marschierten, desto mehr ließ diese Angst nach. Sie waren noch nie bei Nacht draußen gewesen – und was hatten sie dadurch verpasst! Der Ascraeus Mons erhob sich zu ihrer Rechten und schimmerte im Licht der Sterne wie ein kostbarer dunkler Edelstein. Zart leuchtende Staubbänder umschlangen die Sterne am Himmel, umloderten den Gipfel des vor Jahrmillionen erloschenen Vulkans, wehten unendlich langsam dahin wie stolze, endlos große Fahnen. Ein perlmuttfarbener Schimmer lag über der weiten Wüste, ein Hauch nur, aber er verzauberte alles, ließ den vertrauten Mars aussehen wie eine fremde, geheimnisvolle Welt.

Ob in der alten Station Licht eingeschaltet war oder nicht, machte sich in der Energiebilanz der Siedlung nicht bemerkbar, auch nicht bei Nacht, wenn der Energieverbrauch niedriger und vor allem sehr gleichmäßig war. Anders war das bei den fünf Minuten, die die Atmosphärenpumpe gebraucht hatte, um die Kammer der alten Schleuse leer zu pumpen. Die hierfür verbrauchte Energie zeichnete sich in dem entsprechenden Diagramm auf einem der Monitore im Maschinenleitstand als deutliche Zacke ab.

Diese Zacke wanderte langsam von links nach rechts über die ansonsten flache Linie. Die Monitoranlage war so beschaffen, dass man jeden angezeigten Wert in seine Detailwerte zerlegen konnte. Ein Befehl an das Leitsystem, und auf dem Monitor erschien eine schematische Darstellung der Siedlung mitsamt der großen Hauptversorgungsleitungen, deren Farbe anzeigte, wie viel Energie durch sie floss, und ein weiterer Befehl brachte Aufschluss darüber, wo diese Energie im Einzelnen verbraucht wurde. Wenn man diesen Befehl gegeben hätte, hätte man im Handumdrehen gemerkt, dass in der alten Station irgendetwas los war. Man hätte die Handbücher hervorgeholt – oder die Künstliche Intelligenz befragt – und erfahren, dass dort noch eine alte, manuell gesteuerte Schleuse existierte.

Aber der Befehl wurde nicht erteilt. Die Künstliche Intelligenz wurde nicht befragt. Denn Graham Dipple, der im Maschinenleitstand Wache hatte, bemerkte die Zacke nicht. Das lag daran, dass er die Monitore überhaupt nicht beachtete. Er hatte seinen Stuhl nach hinten gegen eines der Aggregate gekippt, lag mehr als er saß in einer nahezu selbstmörderischen Haltung, eine Flasche Whisky angeblich schottischer Herkunft auf dem Schoß, und dachte mit benebeltem Hirn darüber nach, wieso er nur immer so ein Pech mit Frauen hatte.

Der Rover tauchte endlich als dunkler Schatten vor ihnen auf, ein schwarzer Koloss, der sich noch gegen die Dunkelheit der Nacht abhob. Carl war es, der seine Helmlampe einschaltete und ihren Strahl über den Leib der riesigen Maschine wandern ließ, ihre zerkratzte, in zahllosen Stürmen wie von einer Behandlung mit einem Sandstrahlgebläse stumpf gewordene metallene Hülle. Bei Nacht sah der Rover aus, als sei er doppelt so groß wie sonst.

Sie gingen an Bord und waren froh, ihre Helme abnehmen zu können. »Eklig«, schimpfte Ronny, und Ariana hustete, als müsse sie Schleim aus der Lunge loswerden.

Die Armaturen erwachten zum Leben, erfüllten die Kabine mit rotem und grünem Licht. Ronny hockte sich eilig hinter das Steuer und drückte auf den Anlasser, doch hinten jammerte es nur kurz, ohne dass sich die Turbine gerührt hätte.

»Moment, Moment«, sagte Carl, kniete zwischen den hinteren Sitzen nieder und öffnete eine Wartungsklappe. Dahinter waren etliche Kabel zu sehen; eines davon hing lose herum. Er steckte es auf einen freien Anschluss. »Jetzt, probier's noch mal.«

Es jammerte, genau wie gerade eben, und Carl sah schon alarmiert hoch – war der Rover am Ende tatsächlich defekt nach einer Nacht außerhalb des Ringwalls? –, als die Turbine sirrend ansprang und mühelos auf Touren kam.

»Alles klar!«, rief Ronny.

Carl stand auf. »Wie viel ist im Tank?«

»Fast voll. Reicht für tausend Kilometer.«

»Gut.« Sie beugten sich über das Lesegerät neben dem Pilotensitz, auf dem die Karte der Umgebung angezeigt war.

»Wir folgen dieser Mulde noch etwa zehn Kilometer«, zeigte Carl die Route, die er sich ausgedacht hatte, während Roger Knight mit den Fundamentschrauben der Messstation beschäftigt gewesen war. »Dann schlagen wir einen weiten Kreis nach Westen, bis wir auf die Fahrspur zur Asiatischen Station treffen. Und der folgen wir dann.« Er sah auf die Uhr. »Spätestens um halb neun sollten wir dort sein.«

»Also los!«, rief Ronny und drückte den Fahrhebel nach vorn.

An diesem Morgen schliefen die Siedler lange. Die einen, weil sie sich am Abend zuvor dem Alkohol zu eingehend gewidmet hatten, die anderen, weil sie wussten, dass an diesem Morgen niemand früh aufstehen würde und sie endlich wieder einmal ausschlafen konnten. An den normalen Arbeitsbeginn um sieben Uhr dreißig war nicht zu denken.

Sogar Tom Pigrato schlief an diesem Morgen so lange, als sei tatsächlich Neujahr. Er hatte sich am Abend zuvor zurückgezogen und im Wohnzimmer eine Flasche Wein auf die bevorstehende Heimkehr zur Erde geleert. Es hatte sich um marsianischen Wein gehandelt, das Ergebnis eines unbefriedigenden Zuchtexperimentes, bei dem ein Wein entstanden war, der sich zwar süffig wegtrinken ließ, aber in der Großhirnrinde ungefähr die Wirkung eines starken Betäubungsmittels entfaltete. So lag der Statthalter am Morgen immer noch fast vollständig bekleidet auf seinem Sofa und schnarchte mit weit offenem Mund, überhörte den Wecker aus dem Schlafzimmer und auch das Summen seines Kommunikators auf dem Schreibtisch im Arbeitszimmer, als Farukh herauszufinden versuchte, ob die anstehende wöchentliche Besprechung zur gewohnten Zeit stattfinden würde oder später. Als Pigrato sich nicht meldete, schloss der Organisator, dass besagte Besprechung verschoben war, und drehte sich noch einmal auf die andere Seite für eine weitere Mütze Schlaf.

Graham Dipple war schließlich auf seinem halsbrecherisch gekippten Stuhl eingedöst und träumte Dinge, die seliges Lächeln auf sein Gesicht zauberten. Er sollte später mit einem plötzlichen Zusammenzucken erwachen, mitsamt dem Stuhl zu Boden stürzen und sich eine Platzwunde am Hinterkopf zuziehen, die Dr. DeJones kurz darauf in seiner Praxis reinigen und vernähen würde, selber noch reichlich verschlafen. Aber da würde es bereits kurz vor neun Uhr morgens sein.

Cory MacGee war ohnehin davon ausgegangen, dass die Besprechung ausfallen würde, erstens weil sie die letzten Tage mehr oder weniger die ganze Zeit zusammengehockt und die Einzelheiten der Schließung besprochen hatten, zweitens weil Neujahr nach dem Marskalender war und drittens weil sie nicht im Traum daran dachte, bereits um acht Uhr wieder aufzustehen, nachdem sie erst um vier Uhr ins Bett gekommen war. Sie sollte erst aufwachen, nachdem die meisten der wichtigen Dinge, die an diesem ersten Tag des Marsjahres 37 geschehen sollten, bereits stattgefunden hatten.

Dass die Aussicht rings um die Asiatische Marsstation großartig war, daran erinnerten sie sich alle von ihren wenigen Besuchen dort. Doch an diesem Morgen war sie schlicht überwältigend.

Sie hielten auf einem der Felsvorsprünge, von denen aus man in eines der gewaltigen Täler der Valles Marineris hinabschauen konnte, und standen dann am Fenster des Rover, schauten und schauten, ließen sich regelrecht durchtränken von dem Anblick, der sich ihnen bot. Die Sonne war inzwischen aufgegangen über den Valles, ein weicher Lichtfleck an einem hellorangefarbenen Himmel, und versprach einen strahlenden Tag. Sie leuchtete herab auf ferne Tafelberge und dunkel geäderte Berghänge, tauchte Felsschrunden und Vorsprünge in rotgoldenen Schimmer, ließ den Morgennebel, der in dem weit verästelten Canyon ruhte, so hell und weiß glänzen, dass man nicht bis auf den Boden sah. Der Nebel entstand, wenn die Sonne morgens Trockeneis von den ostwärts gerichteten Hängen verdampfen ließ, wo es sich in der Kälte der Nacht abgesetzt hatte, und um diese Zeit sah man noch viele weiße Punkte in dem zerklüfteten rostroten Gestein: Stellen, die im Schatten lagen und dem gefrorenen Kohlendioxid noch eine Weile Schutz bieten würden.

»Unglaublich, oder?«, meinte Ariana irgendwann mit rauer Stimme.

»Merkt ihr es auch?«, fragte Elinn flüsternd. »Merkt ihr auch, dass wir hier zu Hause sind?«

Carl nickte, fast widerwillig. Ja, sie waren hier zu Hause. Die Erde würde ihnen immer zu heiß sein, zu hell, zu gewalttätig in jeder Hinsicht.

Schließlich fuhren sie weiter. Hier schien die Landschaft zu lodern, so hellrot war der Boden. Der Frühnebel bewegte sich langsam in dem gewaltigen Canyon, wogte wie ein weißer Ozean. Sie überquerten eine lang gezogene Anhöhe, von deren höchstem Punkt aus, das wussten sie noch vom letzten Mal, man die Station bereits sehen würde.

»Wahnsinn«, entfuhr es Ariana, als sich der Blick auf die Ebene vor dem Noctis Labyrinthus weitete.

»Galaktisch!«, rief Ronny aus.

Was sie beide meinten, war das Marsflugzeug. Da stand es, quer vor der Station, deren halb in den Boden gegrabene Kuppeln ganz klein und unscheinbar dahinter aussahen. Auf dem Boden stehend, wirkte es noch größer als am Himmel. Es war ein zugleich filigranes und monströses Gerät, das da auf einer Art Katapult stand, dessen Schienen bis zum nahe gelegenen Klippenrand liefen und in der Morgensonne glänzten wie Gold.

»Ich habe mich immer gefragt, wozu die Schienen da sind«, fiel es Carl wieder ein.

»Das müssen wir uns aus der Nähe ansehen«, beschloss Ronny und hielt mit dem Rover direkt auf das Flugzeug zu.

Je näher man diesem Gerät kam, desto faszinierender sah es aus. Der schmale Bug ruhte in einem kleinen Fahrgestell, das auf zwei Dutzend Rollen die Schienen entlangfahren konnte. Es gab eine durchsichtige Kuppel an der Unterseite, für die Kamera, und eine ziemlich normal aussehende Pilotenkanzel. Das Beeindruckendste aber waren die ungeheuren Flügel. Schmal, zerbrechlich aussehend, endlos weit hinausgreifend, überragten sie die Kuppel und schienen bis zu den Polen des Planeten zu reichen.

»Ich weiß nicht, ob das so eine gute Idee ist«, mahnte Ariana. »Wir sind wegen was ganz anderem hier, vergiss das nicht.«

»Ja, ja«, meinte Ronny und blieb mit dem Rover so stehen,

dass sie vom Kabinenfenster direkt in die Kanzel des Marsflugzeugs hinabsehen konnten. Überraschenderweise war sie so gut wie leer. »He, schaut mal. Es ist auch eine Handsteuerung eingebaut. Lass mal sehen . . . Steuerstick, Geschwindigkeitsmessgerät, das dahinten muss der Höhenmesser sein . . .«

»Ronny«, sagte Carl. »Hier können wir nicht stehen bleiben.«

Ronny hörte überhaupt nicht zu, hatte nur Augen für das Flugzeug. »Galaktisch! Wisst ihr, was das ist? Ein Nachbau der Taylor-Benn Strato. Die hab ich schon geflogen. Und jetzt seh ich sie in echt . . .«

»Gibt es eigentlich ein Flugzeug, das du noch nicht geflogen hast?«, fragte Ariana genervt.

»Also«, begann Ronny sofort zu überlegen, »die Boeing 797A hatte ich noch nicht, die Mig-17 . . .«

»Schon gut«, unterbrach ihn Carl. »Ich schlage vor, du fährst uns jetzt bis vor die Hauptschleuse, damit wir drinnen sind, ehe Pigrato uns vermisst.«

»Ja, ja«, meinte Ronny brummig, schwang sich wieder hinter das Steuer und kurvte den Rover um das Flugzeug herum, an den Flügeln entlang – sie waren zu niedrig, als dass ein Rover darunter durchgepasst hätte – auf die Station zu, an deren Vorderseite die Schleuse herausragte. In der Mitte zwischen ihr und dem Flugzeug blieben sie stehen.

»Machen wir es so?«, wollte Ariana wissen. »Sobald wir drin sind, bitten wir um Asyl?«

Carl schüttelte den Kopf. So hatte er sich das zwar gedacht, aber nun kam es ihm doch zu überfallartig vor. »Vielleicht nicht gleich. Lass uns einen geeigneten Moment abpassen.«

Sie streifte ihr Haar zurück. »Von mir aus. Es ist dein Plan.«

Das Pfeifen der Turbine erstarb, die Kontrollleuchten wurden dunkler. Sie zogen die Handschuhe wieder an. Draußen rührte sich nichts.

»Die schlafen noch«, meinte Ronny.

»Das würde mich wundern«, sagte Carl. »Die Asiaten benutzen den Marskalender nicht.«

»Sagt man jedenfalls«, warf Ariana ein, während sie ein paar widerspenstige Haarsträhnen zurück unter den Kragen ihres Raumanzugs stopfte.

»Wir gehen jedenfalls raus und versuchen, uns bemerkbar zu machen. Ohne die Funkgeräte zu benutzen, natürlich.«

So etwas wie eine Haustürklingel war noch nicht üblich bei Marsstationen. Bis vor ein paar Jahren hatte es nur eine einzige Siedlung auf dem Mars gegeben: Wer hätte da an der Tür klingeln sollen? Sie stiegen also aus, gingen auf die Kuppeln zu und versuchten, durch die schmalen Außenfenster ins Innere zu spähen.

Gleich der Erste, den sie erspähten, war Yin Chi höchstselbst. Der Chinese mit dem langen, schmalen Gesicht, das er manchmal in Falten legte, die wider Willen zum Lachen reizten, sah überrascht auf, als sie gegen die Scheiben klopften, erkannte sie aber dann und winkte ihnen hocherfreut zu. Sie sollten doch hereinkommen, bedeutete er ihnen mit weit ausholenden Gesten.

Sie gingen zur Schleuse. Die Außenschotten fuhren auf, und die Marskinder betraten das Territorium der Asiatischen Allianz.

# 23 Eine unglaubliche Entdeckung

»Schön, dass ihr noch einmal vorbeischaut«, freute sich Yin Chi. »Bevor es zur Erde zurückgeht, meine ich.«

»Ja«, lächelte Carl säuerlich. Er merkte, wie die anderen bei diesem Satz plötzlich alle tief eingeatmet hatten.

Yin Chi bemerkte es nicht. Die Freude über den unerwarteten Besuch strahlte ihm aus allen Knopflöchern. »Kommt herein, kommt herein. Wollt ihr die Raumanzüge ausziehen? Wartet, ich hole noch ein paar Halterungen. Oh, ihr habt Recyclingsysteme dabei – ich wollte euch gerade anbieten, die Anzüge aufzuladen . . .«

Eine Atmosphäre emsiger Geschäftigkeit hüllte sie ein. Von dem Schleusenvorraum ging ein Gang die ganze Kuppel entlang, und aus den offen stehenden Türen hörte man Gespräche in melodischem Chinesisch, Maschinengeräusche, das Rumpeln schwerer Gegenstände, als sei ein Umzug im Gange. Jeder, der vorbeikam, grüßte die Kinder freundlich, hatte aber etwas Dringendes zu tun.

»Wie geht es Maxwell?«, fragte Ariana. »Mister Lung, meine ich.«

»Oh, ja, Maxwell geht es gut«, nickte Yin Chi. »Du kannst

deinem Vater unseren herzlichen Dank ausrichten, dass er uns so oft ausgeholfen hat mit den Medikamenten.«

Ariana nickte. Um ihre Lippen zuckte ein zögerliches Lächeln. »Ja. Ich werde es ihm bei nächster Gelegenheit sagen.«

Sie legten die Anzüge ab und hängten sie in die Halterungen, die nicht so richtig passten. Der Leiter der asiatischen Station rieb sich freudig erregt die Hände. »Ja, ja, es geht zurück zur Erde. So ist das. Das Leben, meine ich. Irgendwann kommt die Zeit, Abschied zu nehmen. Daran kann man nichts ändern, das ist der Lauf der Dinge.« Er blinzelte, als ob ihm etwas eingefallen wäre. »Ihr müsst sehr früh losgefahren sein, dass ihr schon hier seid, oder?«

Sie nickten alle wie auf Kommando.

»Sehr früh«, sagte Elinn.

»Und wir sind schnell gefahren«, setzte Ronny hinzu.

»Dann habt ihr bestimmt den Sonnenaufgang über den Valles Marineris gesehen, oder? Wenn ihr die Strecke am Rimm entlang genommen habt, meine ich.«

»Wir haben es gesehen«, sagte Ariana.

»Kommt. Kann ich euch etwas anbieten? Habt ihr schon gefrühstückt? Ich könnte einen Tee machen, wenn ihr mögt . . .«

Sie schüttelten alle den Kopf wie auf Kommando. Yin Chis Grüner Tee war berüchtigt unter den Marssiedlern.

»Danke«, sagte Carl. »Im Augenblick nicht. Vielleicht später.«

Yin Chi schien es nicht tragisch zu nehmen. Er komplimentierte sie den Gang entlang. »Wann wart ihr das letzte Mal hier? Es muss vor über einem Jahr gewesen sein, oder?

Nein, noch länger. Es war kurz vor den letzten Herbststürmen – das heißt, es ist zwei Jahre her. Kann das sein? Ich weiß es nicht mehr. Aber ich erinnere mich, dass ihr unser Flugzeug immer verpasst habt, richtig?«

Carl nickte. »Ja. Um genau zu sein, wir haben es vor zwei Wochen das erste Mal gesehen.«

Nun war der hagere Chinese, dessen schwarzes Haar an einigen Stellen schon grau wurde, bass erstaunt. »Nein!?«

»Doch. Wir waren unterwegs zum Point Armstrong und es kurvte gerade um den Ascraeus Mons herum.«

»Ah. Wirklich? Und da habt ihr es zum ersten Mal gesehen?«

»Ja.«

»Das kann nicht sein. Ihr habt es noch nie vorher gesehen?«

»Es war immer gerade unterwegs, wenn wir hier waren.«

»Ich kann es nicht glauben.« Er schüttelte heftig den Kopf. »Wirklich. Aber nun habt ihr es gesehen, oder? Draußen auf dem Katapult, meine ich.«

Carl zuckte die Schultern. »Klar. Da ist es ja wohl kaum zu übersehen.«

Yin Chis Kopf wackelte noch immer hin und her, und er sah sie der Reihe nach unschlüssig an. »Unser ganzer Stolz die vielen Jahre, und ihr habt es nie zu Gesicht bekommen. Das ist wirklich schwer zu glauben. Andererseits war es tatsächlich die meiste Zeit unterwegs. Auch jetzt steht es schon wieder aufgetankt und bereit für den letzten Flug. Wir müssen nur noch die Kamera einbauen.«

»Das Cockpit war ganz leer«, platzte Ronny heraus. »Ich habe die Handsteuerung gesehen.«

»Die haben wir noch nie benutzt, um ehrlich zu sein«, lächelte der Stationsleiter. »Ihr werdet es nicht glauben, aber keiner von uns kann ein Flugzeug steuern.«

»Das ist doch ganz einfach«, rief Ronny aufgeregt. »Ich habe sogar schon denselben Typ . . .«

Ariana gab ihm einen leichten Schubs, unauffällig, wie sie hoffte. »Ronny«, murmelte sie, »es reicht!«

Yin Chi nickte wohlwollend. »Im Simulator, ja, ich weiß. Das hat sich auch bis zu uns herumgesprochen. Niemand bezweifelt, dass du alles wirst fliegen können, was Flügel hat, sobald man dich nur lässt.«

»Auch ohne Flügel«, beharrte Ronny. »Ich habe Raketenboote geflogen, alle Shuttles und Transporter, außerdem . . .«

»Wir«, unterbrach der Chinese Ronnys Redefluss ebenso höflich wie unnachgiebig, »überlassen das unserer kombinierten Kamera-Steuerungseinheit. Kommt, ich zeige sie euch.«

Die Kinder sahen sich an. Carl wäre mittlerweile gern sein Sprüchlein losgeworden, und er merkte, dass die anderen darauf fieberten, dass er es endlich sagen würde. Von wegen Asyl und so. Aber das war nicht der richtige Zeitpunkt, das war klar.

Also gingen sie mit, folgten Yin Chi den Gang entlang zu einer Treppe, die abwärts führte, zu einem Gang unter der Oberfläche, der in die Nachbarkuppel führte. Die sah innen genauso aus wie die erste, nur dass die Fußleiste im Gang rot gestrichen war anstatt blau wie vorhin. Der Chinese marschierte mit ihnen strammen Schrittes weiter bis zu einer Tür mit einem Einsatz aus meliertem Glasplastik am Ende des Ganges, die er schwungvoll aufriss.

Dahinter lag ein für die Verhältnisse in der asiatischen Station großer Raum voller Aktenschränke, Datenleser und Scanner. Die Mitte des Raumes wurde von einem großen Tisch beansprucht, der voller großformatiger Fotos lag, die teils zu einem großen Übersichtsbild aneinander gelegt, teils achtlos zu Haufen aufgeschichtet waren.

»Die Ausbeute unserer Flüge«, erklärte Yin Chi stolz. »Das Flugzeug hat viele Gebiete überflogen und in allen Details fotografiert. Wunderbare Aufnahmen. Es hat auch andere Dinge geleistet, natürlich. Wir sind einigen Anomalien des Magnetfelds auf die Spur gekommen, die auf den nächsten areologischen Kongressen für Aufsehen sorgen dürften. Und bei dem Flug über Argyre Planitia haben wir weitaus höhere Konzentrationen von Wasserdampf gemessen, als nach den gängigen Theorien zu erwarten gewesen wären.«

»Es ist also nicht nur eine Kamera an Bord«, meinte Carl.

»Nein, obwohl die natürlich das Wichtigste ist. Kommt, seht es euch an.«

Sie umrundeten den Tisch, vorsichtig, um keines der Fotos zu verrutschen und auch sonst nirgends anzustoßen, und folgten Yin Chi durch eine weitere Tür in eine Art Werkstatt. Hier ruhte ein großes, kompliziert aussehendes und zweifellos ziemlich schweres Gerät in einem speziellen Gestell.

»Es wiegt selbst unter Marsschwerkraft über zweihundert Kilo«, erklärte Yin Chi und tätschelte die Konstruktion. »Nach jedem Flug müssen wir es ausbauen, reinigen, ein paar Teile austauschen, neue Filme und Datenspeicher einlegen und so weiter.«

»Galaktisch!«, hauchte Ronny.

Die große Kamera saß unten, in einem schwenkbar aufgehängten Gestell. Verschiedene Messgeräte waren in wabenförmigen Haltern festgeschraubt und mit einem bunten Kabelbaum verdrahtet. Oben erkannte man die Sichtsensoren einer automatischen Steuerung, bei der es sich um eine Künstliche Intelligenz niedriger Stufe handeln musste.

»Ja, das ist unser automatischer Marsforscher«, erklärte Yin Chi stolz. »Dafür haben wir das große Flugzeug mitgebracht. Man braucht große Flügel, um in der Marsatmosphäre zu fliegen. Es ist den Stratosphärenflugzeugen nachgebaut, die Ende des letzten Jahrhunderts auf der Erde für Spionage eingesetzt wurden. Die beiden Propeller werden von Methanmotoren angetrieben, die eine Leistung von . . .«

Jetzt!, durchfuhr es Carl plötzlich. »Mister Yin, ich muss Ihnen etwas sagen«, platzte er heraus.

Der Chinese hielt inne und sah ihn überrascht an. »Ja? Was denn?«

»Unser Besuch heute ist nicht einfach ein Besuch.«

»Ah. Sondern?«

»Wir sind gekommen«, sagte Carl, »um die Asiatische Allianz um Asyl zu bitten.«

Das Gesicht des Stationsleiters schien in einzelne Teile zu zerfallen. Er blinzelte nervös, die Hände immer noch in Richtung des Marsflugzeugs erhoben. »Asyl«, wiederholte er, und es klang, als sei er sich nicht sicher, dieses Wort schon einmal gehört zu haben. »Ich verstehe nicht ganz, glaube ich. Was willst du damit sagen?«

Carl sah ihn an und fühlte, wie ihm heiß wurde. Vielleicht war das doch keine gute Idee gewesen. Was konnten sie tun, wenn Yin Chi sie einfach wieder wegschickte, Asylrecht hin oder her? Genauso wenig wie gegen den Schließungsbeschluss der Erdregierung: nichts.

Also holte er aus, erzählte alles von Anfang an. Wie Pigrato den Beschluss verkündet hatte. Dass Elinns Lunge der Erdschwerkraft nicht standhalten würde. Die Pläne, sie auf der Raumstation unterzubringen. Die Streitigkeiten der letzten Tage und wie sie der Siedlung entflohen waren. Und er bat noch einmal ausdrücklich um Asyl.

Yin Chi hörte ihm die ganze Zeit zu, mit großen Augen und ernstem Gesicht, und unterbrach ihn kein einziges Mal. Als er merkte, dass Carl mit seiner Erklärung fertig war, nickte er schließlich. »Ich verstehe. Ja, jetzt verstehe ich. Ihr wollt hier bei uns bleiben, wenn die anderen zur Erde zurückkehren.«

»Ja«, nickten die Kinder.

»Elinn soll nicht ihr ganzes Leben auf einer Raumstation verbringen. Ihr wollt lieber auf dem Mars bleiben.«

Wieder nickten die Kinder.

Yin Chi nickte auch, doch das Nicken ging in ein bekümmertes Kopfschütteln über. »Wir haben uns vorhin missverstanden, das sehe ich jetzt. Vorhin, als ihr hereingekommen seid und wir uns begrüßt haben. Nun ist mir klar, dass ihr nichts davon gewusst habt.«

Die Kinder tauschten alarmierte Blicke. »Nichts wovon gewusst?«

Der Chinese sah sie der Reihe nach an und rieb sich sorgenvoll das Kinn. »Als ich gesagt habe, es geht zurück zur Erde, habe ich damit nicht eure Reise gemeint«, sagte er. »Sondern unsere.«

»Ihre?«, fragte Carl tonlos, obwohl er schon ahnte, was kommen würde.

»Der nächste Flug des Marsflugzeugs wird der letzte sein. Das Raumschiff YANG-TZE erreicht übermorgen die Marsumlaufbahn. Wir haben bereits begonnen, zu packen. In drei Wochen starten wir zurück zur Erde.«

Die Enttäuschung war wie ein Abgrund, der sich auftat im eigenen Inneren. Alles aus. Alles vergebens. Carl starrte den Leiter der asiatischen Station an, ohne ihn zu sehen, spürte nur, wie in ihm alle Kraft und Zuversicht erlosch, fühlte sich schwer und müde werden. Er kam sich vor wie ein Idiot. Der wahre Grund, warum er Yin Chi anstarrte, war, dass er es nicht fertig brachte, Elinn in die Augen zu sehen.

Aber in diesem Moment wurde eine andere Tür zu der Werkstatt aufgerissen, ein Mann streckte den Kopf herein und sagte etwas zu Yin Chi, in raschem, zwitscherndem Chinesisch. Und war im nächsten Moment schon wieder fort.

»Ein Anruf für mich«, erklärte Yin Chi. »Wartet hier auf mich, ich bin gleich zurück. Wahrscheinlich ist es der Kommandant der YANG-TZE.«

Er ging, und weil nun niemand mehr da war, den Carl anstarren konnte, wandte er mühsam den Kopf, um Elinn anzusehen, die riesige, entsetzte Augen hatte und deren Unterlippe zitterte. Er streckte den Arm aus, die Hand, und es war so schwer, als hätte man sie schlagartig auf den Jupiter versetzt. Elinn rührte sich erst nicht, als er sie berührte, dann ließ sie sich umarmen, und er spürte, wie sie am ganzen Körper bebte.

Ariana sah finster drein, hatte die Falte auf der Stirn, schaute von der Tür hinaus zu dem klobigen Forschungsroboter und wieder zurück zur Tür, und ihr Unterkiefer mahlte dabei, als kaue sie etwas Großes, Schweres. »Es ist noch nicht vorbei«, sagte sie mit rauer Stimme. »Selbst auf *McAuliffe Station* ist es noch nicht vorbei. Jeder Regierungswechsel kann uns zurück zum Mars bringen, denkt daran.«

Ronny nickte kräftig, als habe er genau das auch gerade sagen wollen.

»Aber jetzt im Augenblick«, erwiderte Carl matt, »ist es vorbei. Wir können nur wieder zurückfahren. Und alles andere wird dann eben so, wie es wird.«

»Wenigstens haben wir die Valles noch einmal gesehen«, sagte Elinn. Sie lächelte tapfer. »Es war wunderschön, nicht wahr?«

»Ja«, nickte Ariana. »Wunderschön.«

»Das werden wir nie vergessen«, fuhr Elinn fort. »Solange wir leben.«

»Nie«, bekräftigte Carl und spürte einen elenden Schmerz in der Brust. Er würde studieren, würde vielleicht einst zu den Jupitermonden fliegen oder zur Venus. Und Elinn würde auf der Raumstation leben und alles nur im Fernsehen miterleben, eingesperrt wie eine Verbrecherin.

»Wisst ihr«, meinte Elinn, beinahe heiter, und strich sich die Haare aus der Stirn, »ich habe die ganze Zeit geglaubt, die Marsianer retten mich noch. Irgendwie. Das hab ich wirklich geglaubt.« Sie stieß einen Laut aus, der wohl ein Lachen sein sollte, aber genauso gut ein Schluchzen hätte sein können. »Zeit, erwachsen zu werden, was?«

Ariana nickte finster. Die Furche rechts oberhalb ihrer Nasenwurzel schien ihre Stirn in zwei Hälften spalten zu wollen. »Jedenfalls sollten deine Marsianer sich allmählich was einfallen lassen.«

Die Tür ging wieder auf, und Yin Chi kam zurück. Sein Gesicht war eine einzige Landschaft der Sorge und des Mitgefühls. »Es tut mir so Leid, euch nicht helfen zu können«, sagte er. »Natürlich bin ich bereit, euch trotz allem Asyl zu gewähren im Namen meiner Regierung, aber was würde euch das helfen? Ihr wisst, dass die Asiatische Allianz keine Raumstation besitzt – wir könnten also nicht einmal so viel für Elinn tun wie die Erdregierung. Und wie könnte ich euch sonst helfen? Ich würde euch ohne Bedenken diese Station überlassen, wenn Elinn dadurch das *McAuliffe-Gefängnis* erspart bliebe. Es sind noch Nahrungskonzentrate für einige Monate da, aber was wird dann?«

Carl nickte. »Ja. Ich fürchte, im Moment haben wir alles getan, was möglich war.«

»Das ist auch meine Meinung.« Yin Chi rieb sich nachdenklich die Hände. »Dieser Anruf gerade – das war übrigens Mister Pigrato. Man hat inzwischen entdeckt, dass ihr geflüchtet seid und auch, dass ihr einen Rover habt, aber man weiß nicht, wohin ihr gefahren seid. Er wollte wissen, ob ihr hier seid.«

»Und? Was haben Sie ihm gesagt?«, wollte Ariana wissen.

»Vorsichtshalber habe ich behauptet, dass ich euch schon lange nicht mehr gesehen hätte.« Yin Chi zog den Kopf ein wenig ein und lächelte spitzbübisch. »Das war nicht ganz gelogen, denn immerhin war ich da ja schon eine Minute lang draußen. Und ich dachte, falls er misstrauisch wird und plötzlich mit einer Flugmaschine auftaucht, kann man immer noch behaupten, dass ihr gerade erst gekommen seid.«

Die Kinder mussten unwillkürlich grinsen, ein kleines bisschen zumindest.

»Kann ich euch nicht doch noch etwas anbieten? Einen Tee? Ein Frühstück?« Yin Chi schien, fast verzweifelt nach irgendetwas Gutem zu suchen, das er für sie tun konnte.

»Nein, danke«, schüttelte Carl trotzdem den Kopf. »Ich denke, wir fahren besser zurück, um das Donnerwetter so klein wie möglich zu halten.«

»Ah, verstehe«, nickte der Chinese. »Ja. Vielleicht ist dies das Beste.«

»Vielen Dank jedenfalls. Und alles Gute für die Heimreise.«

»Danke. Vielen Dank. Kommt, ich begleite euch noch zur Schleuse.«

Sie kehrten zurück in den Raum mit den Fotografien und Karten und ausgedruckten Messblättern, umrundeten den großen Tisch wieder vorsichtig, ließen ihre Blicke noch einmal von den Fotos fesseln, die Gegenden des Mars zeigten, die sie nie mit eigenen Augen gesehen hatten und nun auch niemals mit eigenen Augen sehen würden. Es waren scharfe, atemberaubende Aufnahmen aus niedriger Höhe, die unglaublich viele Details zeigten, jeden einzelnen Felsbrocken fast ...

Aber es hieß, sich loszureißen. Sie folgten Yin Chi hinaus auf den Gang, tappten in betretenem Schweigen hinter ihm her bis zum Schleusenvorraum. Doch als sie ihre Raumanzüge anziehen wollten, stellten sie fest, dass Elinn fehlte.

»Bestimmt ist sie zurück in den Kartenraum«, meinte Ariana.

Carl seufzte. »Ich hole sie.«

Während er den Gang zurücktrabte und außer Sicht kam, legten Ariana und Ronny ihre Raumanzüge wieder an, bis auf Handschuhe und Helme, und Yin Chi sah ihnen mit traurigen Augen zu. Und dann standen sie da und standen und weder Elinn noch Carl tauchten wieder auf.

»Mann!«, ächzte Ronny ungeduldig.

»Irgendwas stimmt da nicht«, konstatierte Ariana.

Yin Chi hielt sie mit einer Handbewegung davon ab, davonzustürmen. »Lasst uns zusammen gehen«, meinte er. »Sonst stehe ich am Ende hier allein herum.«

So marschierten sie den ganzen Weg zurück, die Treppe hinab, den Gang zur Nachbarkuppel hinüber, die Treppe hinauf und weiter bis zum Kartenraum. Hinter dem melierten Glasplastik waren Bewegungen zu sehen und Stimmen zu hören, die ihnen äußerst bekannt vorkamen. Sie öffneten die Tür.

Ein Laserscanner flimmerte, ein Bildschirm zeigte seltsame Umrisslinien, Elinn stand davor und Carl neben ihr. Beide beobachteten einen Drucker, der langsam und mit verhaltenem Summen etwas ausdruckte, das wie ein schwarzweißes Foto aussah. Sie schienen nicht einmal zu bemerken, dass jemand gekommen war.

»Ähm, der Plan war, wieder in den Rover zu steigen«, ließ Ariana sich säuerlich vernehmen. »Meint ihr, ihr könnt euch losreißen?«

Carl rührte sich nicht. Er stand da, hatte schon ein Foto in der Hand, starrte unverwandt auf das, was sich aus dem Drucker schob und schien ansonsten versteinert zu sein. Und Elinn neben ihm grinste wie blöde.

»Elinn? Carl?«, rief Ariana noch einmal. »Was ist los? Kommt ihr endlich?«

Carl war doch nicht versteinert. Aber so langsam und mühevoll, wie er den Kopf hob, schien trotzdem etwas nicht in Ordnung zu sein. Und Elinn grinste immer noch.

»Unglaublich«, flüsterte Carl. »Einfach . . . unglaublich . . .«

Ariana, Ronny und Yin Chi sahen einander an.

»So ähnlich war er neulich schon mal drauf«, meinte Ronny leise.

»Ja«, nickte Ariana grimmig. »Als er sich diesen tollen Plan hier ausgedacht hat.«

Sie quetschte sich durch die Tür, blieb dann aber auf halbem Wege stehen. Plötzlich war ihr das Ganze nicht mehr geheuer. »Carl?«, fragte sie. »Was ist los mit dir?«

»Hier«, sagte Carl, nahm das fertig ausgedruckte Bild, hielt es ihr hin. »Hier. Es existiert. Elinn hat es gefunden.«

»Was denn?«

Seine Lippen bewegten sich ein paar Mal lautlos, als müssten sie das Wort erst üben. Dann sagte er, kaum hörbar: »Das Löwengesicht.«

# 24 Rätselhafte Formationen

Alle Fotos waren beiseite geräumt worden bis auf das eine, und das Artefakt, das Elinn in der Brusttasche ihres Overalls gehabt und unter den Scanner des Kartografiecomputers gelegt hatte, lag daneben. Yin Chi hatte noch Maxwell Lung hinzugezogen, den Chef der Bildanalyse. So standen sie alle um den Tisch herum, als Carl und Elinn mit ihrer Erklärung fertig waren, und keiner wusste, was er sagen sollte.

»Also deswegen wart ihr damals im Kartenraum und habt Pigratos Besprechung belauscht«, meinte Ariana schließlich. »Davon habt ihr uns kein Wort gesagt.«

»Typisch«, maulte Ronny.

Yin Chi nahm das Artefakt in die Hand und verglich das Bild darauf mit dem Foto, das die Kamera des Marsflugzeugs gemacht hatte. »Wirklich eine erstaunliche Ähnlichkeit, muss ich sagen. Oder, was meinen Sie, Mister Lung?«

Der vierschrötige Australier, der eine Chinesin geheiratet und ihren Nachnamen angenommen hatte, beugte sich mit einer Lupe im Auge über das Bild und Elinns Fundstück und verglich beide mit spürbarer Akribie. Er hatte dichte, dunkelbraune Haare, auch in den Ohren und Nasenlöchern, und einen dünn ausrasierten Kinnbart. »Ja«, stellte er schließlich fest. »Wirklich erstaunlich.« Obwohl er Antialkoholiker war, hatte er die Stimme eines Trunkenbolds. »Ich sehe zum Beispiel zwei kleine Zacken rechts neben dem rechten Auge des Löwen, die sich in zwei Formationen auf dem Foto wieder finden. Eine elliptische Abflachung des linken Auges, die sich auch auf dem Fundstück ausmachen lässt.« Er kam wieder hoch und nahm die Lupe aus dem Auge. »Das hier«, sagte er und deutete auf das Foto, »zeigt eine ungefähr vier Kilometer durchmessende, ziemlich seltsame Felslandschaft. Leider ist das Foto nicht ganz so aussagekräftig, wie ich mir das wünschen würde. Die Mähne des Löwen ist, wie man an den Schatten sieht, eine treppenförmige Gesteinsformation. Nase und Maul sind eine flache Erhebung, ein niedriger Tafelberg, von Furchen durchzogen. Bei den Augen bin ich mir nicht sicher, ob es sich um Erhebungen oder Vertiefungen handelt, aber ich denke, es sind zwei Löcher. Sehr tiefe Löcher, der Farbe nach.« Er blinzelte. »Und aus irgendeinem Grund ist auf diesem Fundstück eine exakte Zeichnung davon abgebildet.« Er nahm das Artefakt in die Hand, befühlte es. »Woraus ist es?«

»Verunreinigtes Silizium, vermutlich vulkanischen Ursprungs«, antwortete Carl. »Jedenfalls sagt das unser Labor.«

»Vulkanisch?« Der Australier schien skeptisch. »Ich habe so einen Stein noch nie gesehen. Wenn er vulkanischen Ursprungs wäre, müsste hier alles voll davon liegen. Hier ist doch weit und breit alles vulkanischen Ursprungs.«

Elinn langte in ihre Brusttasche, holte ihre anderen Artefakte heraus und legte sie der Reihe nach auf den Tisch. Sie sahen aus wie geheimnisvolle Schmuckstücke. »Außer mir hat noch nie jemand eines gefunden«, erklärte sie stolz. »Man muss *das Leuchten* sehen, um sie zu finden. Sie liegen nicht einfach so herum.«

»Aha«, machte Lung.

Yin Chi griff nach einem der anderen Stücke, dem mit den Flecken, die aussahen wie fremdartige Schriftzeichen. »Was heißt eigentlich ›verunreinigtes Silizium‹?«, fragte er wie im Selbstgespräch. »Verunreinigt womit?«

Carl zuckte die Schultern. »Alles Mögliche. Kupfer. Lithium. Kohlenstoff. Arsen. Und ein Dutzend andere Elemente.«

»Interessant«, nickte der Leiter der asiatischen Marsstation. Er war studierter Elektroniker gewesen, ehe er seine Laufbahn bei der asiatischen Raumfahrtorganisation begonnen hatte. »Unsere Computer, alle unsere Steuerungseinheiten – wisst ihr, woraus die Chips darin bestehen? Im Prinzip aus verunreinigtem Silizium. Das war eine ziemlich dumme Analyse, die euer Labor da gemacht hat. Wenn man Silizium nämlich in der richtigen Weise mit fremden Atomen ›verunreinigt‹, werden Schaltelemente daraus, so ist das.«

»Wenn Kinder etwas daherbringen, nimmt man es nicht ernst«, warf Ariana ein. »*So* ist das.«

Yin Chi nickte. »Ja. Da kannst du Recht haben.«

Carl tippte auf das Foto, in dessen linkem oberem Eck die Formation zu sehen war, die aussah wie das Gesicht eines Löwen. »Wo ist das?«

Lung las die Koordinaten ab, die am Rand des Fotos einkopiert worden waren, und warf einen Blick auf die Marskarte an der Wand. »Etwa fünfundzwanzig Grad südlicher

Breite, am hundertzwanzigsten Längengrad«, murmelte er vor sich hin. »Ist etwa zweitausend Kilometer von hier entfernt. Im östlichen Teil des Daedalia Planum.«

»Daedalia Planum«, wiederholte Carl und schüttelte fassungslos den Kopf. »Irgendwie habe ich das gewusst.«

»Dann kennst du dich mit Marskoordinaten besser aus als ich.«

»Nein, das meine ich nicht. Mir ist nur gerade eingefallen, wie Roger Knight mir erzählt hat, dass er immer davon geträumt hat, das Daedalia Planum zu erforschen. Ist das nicht seltsam?«

»Hier sind einige Dinge seltsam«, gab Yin Chi zu.

»Roger war bereits beim Bau der oberen Station dabei. Er ist schon länger auf dem Mars als die meisten anderen Siedler. Und er wollte schon immer ins Daedalia Planum, ohne dass er sagen kann, warum eigentlich.« Carl deutete auf Elinn. »Meine Schwester ist die Einzige, die diese Artefakte findet, und eines davon zeigt eine Formation, die sich ebenfalls im Daedalia Planum befindet. Ich meine, das kann doch unmöglich Zufall sein.«

Man sah ihn skeptisch an.

»Sondern?«, fragte Lung schließlich.

»Offenbar gibt es ein paar Menschen, die etwas fühlen, das wir Übrigen nicht fühlen. Vielleicht weil sie ein besonderes Gespür für den Mars entwickelt haben, was weiß ich. Aber alle diese eigenartigen Zufälle deuten auf dieselbe Stelle.« Er stellte den Finger auf das Foto. »Hierhin. Hier ist irgendetwas. Hier ist das größte Geheimnis, das der Mars zu bieten hat.«

Ronny und Ariana sahen ihn skeptisch an.

»Und was soll das sein?«, fragte Ariana. »Die Stadt der Marsianer?«

»Ich weiß es nicht«, erwiderte Carl. »Aber wir müssen da hin und es uns anschauen.«

»Pigrato wird das niemals zulassen«, sagte Elinn niedergeschlagen.

»Genau«, nickte Ronny. »Er wird alles vertuschen, damit er endlich zurück zur Erde darf.«

»Nie im Leben akzeptiert er so was als Begründung, eine Expedition loszuschicken«, meinte auch Ariana.

Yin Chi nickte bekümmert. »Das denke ich auch. Ich persönlich würde zu gerne wissen, was dort ist, aber die Zeit, die uns noch bleibt, reicht nicht mehr für eine Expedition.« Er sah sie der Reihe nach an, zuletzt Carl. »Ihr dagegen könnt es schaffen.«

»Theoretisch.« Ariana furchte die Stirn. »Mit den Rovern würde man ungefähr zwei Wochen brauchen, bis man dort wäre. Eine Woche dort, noch mal zwei Wochen zurück ... Es könnte gerade reichen.«

»Pigrato wird es niemals erlauben«, sagte Elinn. »Er hat nicht einmal den Ausflug zum Point Armstrong erlaubt.«

Yin Chis hagere Gestalt straffte sich. »Carl«, meinte er beiläufig, »kann ich dich einen Moment unter vier Augen sprechen?«

Carl sah den Chinesen erstaunt an. »Mich? Ähm – ja, natürlich ...« *Was sollte das jetzt?* In den Blicken, die Ariana, Elinn und Ronny ihm zuwarfen, war diese Frage deutlich zu lesen.

»Gut. Komm mit.«

Die beiden gingen nach draußen, man hörte, wie eine Tür auf dem Gang geöffnet und wieder geschlossen wurde.

»Wissen Sie, was das soll?«, fragte Ariana den Bildanalytiker aus Australien.

Maxwell Lung hob die Hände. »Keine Ahnung. So ist er manchmal.«

Elinn beugte sich zum hundertsten Mal über das Foto und betrachtete es so intensiv, als wolle sie mit ihrem bloßen Blick Löcher hineinstanzen. »Was denken Sie, was das ist?«, wollte sie dann wissen.

»Ehrlich gesagt, glaube ich nicht, dass es eine Stadt der Marsianer ist. Nach allem, was wir wissen, hat es auf dem Mars niemals eigenes Leben gegeben. Dazu war er zu kalt, zu weit von der Sonne, zu klein.«

»Hmm«, machte Elinn ernst und sah das Foto weiter unverwandt an.

Nach endlos scheinender Zeit kamen Carl und Yin Chi zurück. Sie blickten ernst drein.

»Alles klar, Leute«, sagte Carl und griff sich das Foto mit dem Löwengesicht. »Wir fahren zurück und zeigen das Bild und das Artefakt den Wissenschaftlern. Mister Yin wird mit Pigrato telefonieren. Er wird nicht darum herumkommen, eine Expedition loszuschicken.«

»Hä?«, machte Ronny verblüfft.

»Du träumst doch«, stellte Ariana fest. Doch dann sah sie etwas in Carls Blick, das sie kannte. Eine Art doppelter Boden. Da war noch etwas anderes im Spiel, etwas, über das er nicht reden wollte. Noch nicht. Carl hatte etwas vor.

Schon wieder so ein »toller« Plan!, dachte sie.

»Wir haben es mit einer unerhörten Entdeckung zu tun«, meinte Carl. »Das rechtfertigt auch ungewöhnliche Maßnahmen.«

Auch das klang irgendwie, als meine er etwas anderes als das, was er damit zu sagen schien.

Yin Chi begleitete sie zurück zur Schleuse, wünschte ihnen unaufhörlich alles Gute, während auch Carl und Elinn ihre Raumanzüge anzogen, und versprach ihnen, dass er sie im Rahmen seiner Möglichkeiten in jeder Weise unterstützen würde. Auch das klang, als meine er mehr als das, was er sagte. Ariana musterte ihn, dann Carl, während sie ihre Handschuhe überstreifte und die Verschlüsse zuzog. *Was haben die beiden miteinander zu besprechen gehabt?*, fragte sie sich.

Als sie wieder im Rover waren, nahmen sie die Helme ab und schauten Carl erwartungsvoll an.

Der hob das Foto in die Höhe. »Glaubt jemand der Anwesenden, dass es damit tatsächlich gelingen könnte, Mister Pigrato zu einer Expedition nach Daedalia Planum zu überreden?«

Drei Köpfe wurden geschüttelt. Ein einstimmiges, entschiedenes Nein.

Carl nickte. »Das denke ich auch. Darum schlage ich vor, wir gehen auf eigene Faust.«

»Ja!«, sagte Elinn.

»Galaktisch!«, rief Ronny.

»Ja, Captain Nano, es nervt allmählich«, grollte Ariana. »Carl, falls es dir noch nicht aufgefallen sein sollte – dafür ist dieser Rover nicht gebaut. Wir haben nicht genug Treibstoff, keinen Proviant, kein Wasser. Dafür hätten wir einen Rover mit Expeditionsaufbau klauen müssen.«

»Oh«, machte Carl behutsam. »Ich meinte auch nicht den Rover.«

Es war der Techniker Kim Il Gon, dem ungefähr eine halbe Stunde, nachdem die Kinder die Forschungsstation wieder verlassen hatten, bei einem Blick aus einer der nördlichen Sichtluken auffiel, dass der Rover hinter dem Heck des Flugzeugs angehalten hatte und immer noch da stand. Er trat verwundert näher an die Sichtluke und glaubte, eine Bewegung unter der Cockpitkanzel zu bemerken.

»*Okuda-san*«, wandte er sich an seinen Kollegen Teiji Okuda, der an der Werkbank über ein zerlegtes Lebenserhaltungssystem gebeugt stand und konzentriert daran herumschraubte. »Würden Sie sich das hier einmal anschauen?«

Okuda sah unwillig hoch. »Was denn?«

»Hier draußen«, sagte Kim Il Gon und deutete mit dem Daumen auf die schmale Sichtluke. »Hier draußen scheint etwas vor sich zu gehen.«

»Was soll da draußen schon vor sich gehen?«

In diesem Augenblick spürten sie es. Diese feine, kaum merkliche Erschütterung des Bodens kannten sie beide.

»Das ist doch . . .«, rief Okuda aus und ließ den Schraubenzieher fallen.

Sie erreichten beide die Sichtluke gerade noch rechtzeitig, um zu sehen, wie das Katapult mit dem Marsflugzeug den Klippenrand erreichte und es hinausschleuderte in die Weite über die Valles Marineris.

# 25 Expedition ins Ungewisse

In dem Moment, in dem Ronny die Triebwerke startete, wussten sie alle, dass es nun kein Zurück mehr geben würde.

Sie hatten zu viert mit Müh und Not Platz in der schmalen Kanzel. Ronny saß ganz vorn, Elinn hinter ihm, dann Ariana und schließlich Carl ganz hinten. Ronny war der Einzige, der so etwas wie einen Sitz hatte, die anderen mussten sich irgendwie zwischen den Streben und Montageösen festhalten.

Niemand in der Station schien bemerkt zu haben, wie sie sich von der anderen Seite an das Marsflugzeug angeschlichen hatten und eingestiegen waren, rasch und verstohlen. Carl hatte Ronny im Auge behalten, aber der ging die Instrumente durch, prüfte die Beweglichkeit der Querruder und Seitenruder, als hätte er sein Leben lang nichts anderes getan, als solche Flugzeuge zu fliegen. In gewissem Sinn stimmte das auch, denn die Simulatoren, die in der Siedlung zur Verfügung gestanden hatten, waren keine Spielzeuge, sondern genau dieselben Programme, mit denen auch Raumfahrer und Piloten auf der Erde trainierten.

Auch jetzt steht es schon wieder aufgetankt und bereit

für den letzten Flug. Das hatte Yin Chi gesagt. Und dass es eine Nutzlast von zweihundert Kilogramm tragen konnte, was mehr war, als sie alle vier selbst mit Raumanzügen wogen.

Die Turbinen waren verblüffend leise. Vielleicht lag es daran, dass sie so weit von der Kanzel entfernt waren. Man spürte sie eher, als dass man sie hörte, ein feines Vibrieren der Flugzeugkonstruktion. In der Station hörte man sie wahrscheinlich nicht, denn Schall hatte es sehr schwer in der dünnen Marsatmosphäre.

Jetzt. Jetzt ging es los. Ronny drehte noch einmal den Kopf, wartete, dass Carl zustimmend nickte, dann löste er das Katapult aus.

Der Stoß in den Rücken war härter, als sie erwartet hatten. Ariana fiel gegen Carl, Elinn gegen Ariana, und draußen wurde die Umgebung schneller und schneller. Ihre Hände griffen umher, suchten nach neuem Halt. Das Marsflugzeug bebte, die Räder des Katapults kreischten nervenzerfetzend, und weit draußen wackelten die Spitzen der gewaltigen Flügel auf und ab, als wollten sie abbrechen.

Das war anders als mit jedem Simulatorprogramm. Jetzt hing alles davon ab, dass Ronny die Nerven behielt.

Niemand bezweifelt, dass du alles wirst fliegen können, was Flügel hat, sobald man dich nur lässt, hatte Yin Chi zu ihm gesagt.

Carl musste zum wer weiß wievielten Male an das Gespräch mit Yin Chi denken, das sie in einem kleinen Lagerraum zwischen Regalen und blauen Normcontainern geführt hatten. Der Vorteil eines Gesprächs unter vier Augen, hatte der Leiter der asiatischen Marsstation eindringlich gesagt, ist, dass sich später jeder so daran erinnern kann, wie es ihm passt, und niemand ihm das Gegenteil beweisen kann.

Carl hatte genickt, noch ohne zu verstehen, was der Chinese damit sagen wollte. Dann hatte Yin Chi hinzugefügt: Ich kann euch das Flugzeug nicht geben. Aber wenn es plötzlich davonfliegen sollte, kann ich sagen, lasst sie. Verstehst du? Verstehst du, was ich damit sagen will?

Da hatte Carl verstanden. Yin Chi machte ihm den Vorschlag, das Marsflugzeug zu stehlen, um ins Daedalia Planum zu fliegen.

Da vorn kam die Felskante immer näher, schoss heran, dass einem angst und bange werden konnte. Carl hielt den Atem an. Ronny saß immer noch ruhig auf seinem Sitz, den Steuerstick in der Hand.

Kann Ronny wirklich ein Flugzeug fliegen? hatte Yin Chi besorgt gefragt. Immerhin ist er erst zwölf Jahre alt. Zwölf, du meine Güte ...

Aber er ist ein Marskind, hatte Carl spontan erwidert. Ja, ich glaube, er kann es wirklich.

Jetzt würde es sich zeigen. Er starrte geradeaus, auf das horizontweite Tal, das sich vor ihnen auftat wie ein gähnender Grund, und er hätte den Blick nicht davon abwenden können, wenn er es gewollt hätte. Er hielt den Atem an, würde nicht mehr atmen, solange er es nicht wusste. Ein klackendes Zittern unter ihnen, als sich die Verriegelung des Katapults löste. Der Horizont vorn kippte nach unten, der Boden schwand weg, plötzlich war nur noch Ruhe um sie herum.

Ronny konnte es wirklich!

Carl atmete aus, dann schaltete er sein Funkgerät ein, auf schwächste Stufe. »Super, Ronny!«, sagte er.

»Wollten wir nicht Funkstille halten?«, meldete sich Ariana.

»Stufe null müssen wir jetzt riskieren, glaube ich«, sagte Carl. »Der Flug wird einige Stunden dauern, und wir müssen uns verständigen können.«

Das Flugzeug legte sich in eine weite Kurve nach Süden. Es war atemberaubend, hinauszusehen über die zernarbte Landschaft der Valles Marineris.

»Könnt ihr bitte so wenig wie möglich hin und her rutschen?«, meldete sich Ronny. »Das merke ich hier vorne sofort.« Ariana und Elinn duckten sich schuldbewusst. »Carl, wohin muss ich jetzt fliegen?«

»Moment«, sagte Carl. Er holte seinen Kommunikator aus der Außentasche seines Raumanzugs, stöpselte ihn über ein kleines Kabel an das Funksystem seines Raumanzugs und drückte den Einschaltknopf. Er wartete gespannt, während das Gerät über seine verschiedenen Frequenzbänder nach einer Verbindung zum Kommunikationssystem der Marssiedlung suchte, und war erleichtert, als endlich das entsprechende Symbol im Display erschien. Er wählte die Nummer von AI-20.

»Hallo Carl«, meldete sich die Künstliche Intelligenz. »Wie geht es dir?«

»Hallo, AI-20. Kannst du mich lokalisieren?«

»Moment.« Einen Moment war es still. AI-20 würde feststellen, dass der Anruf über einen Externempfänger kam, und einen zweiten Empfänger hinzuschalten, der sich in einer Messstation in zehn Kilometern Entfernung befand, um ihn anzupeilen. »Du befindest dich im Gebiet der westlichen Valles Marineris und bewegst dich mit einer Geschwindigkeit von fünfhundert Stundenkilometern.«

»Richtig«, sagte Carl. »Ich brauche eine Führung zu einem bestimmten Punkt im Daedalia Planum.« Das war Standardprozedur. AI-20 hatte alle Expeditionen über Fernlokalisation gelenkt, bei größeren Distanzen unter Hinzuschaltung der beiden Satelliten, die seit den Tagen der ersten Siedler den Planeten umkreisten und als Funkstationen, Wetterbeobachter und Peilpunkte dienten.

»Gehört das zu deinem Plan, über den du nicht sprechen willst?«

»Genau. Ich wäre dir sehr verbunden, wenn du auch über dieses Gespräch und meine Position niemandem etwas sagen würdest.«

»Ich behandle alle Gespräche vertraulich«, verwahrte sich AI-20. »Allerdings muss ich darauf hinweisen, dass die Daten des Kommunikationssystems unabhängig von meinem Einfluss auswertbar sind.«

»Das müssen wir riskieren.«

»Dann nenne mir, wenn möglich, die Koordinaten des gewünschten Zielorts.«

Carl zog das Foto hervor und las die eingeblendeten Koordinaten ab.

»Ich nehme an, dass du dich mit einem Fluggerät fortbewegst«, sagte AI-20. »Deine augenblickliche Position und Geschwindigkeit legen diesen Schluss jedenfalls nahe. In diesem Fall müsste ich die Beschaffenheit der Oberfläche nicht berücksichtigen und könnte einen direkten Kurs berechnen.«

»Ja. Bitte einen direkten Kurs.«

»Im Augenblick solltest du siebzehn Grad südwestliche Richtung einhalten.«

Das Flugzeug ruckte ein bisschen, der Hoizont wanderte, dann hob Ronny bestätigend den Daumen. Carl nickte und spürte fast so etwas wie Erleichterung. Sie waren unterwegs.

»Gestern Abend waren sie vollzählig«, beteuerte Graham Dipple. »Darauf schwöre ich jeden Eid.«

»Aus dem Mund eines Mannes, der sich auf Wache dermaßen betrinkt, dass er vom Stuhl fällt, klingt das wahnsinnig überzeugend«, knurrte Pigrato, die Fäuste in die Hüften gestemmt.

Sie standen im Lager 1C. Die Recycler lagen in ihren Fächern wie dicke silberne Käfer. Doch vier der Fächer, ziemlich weit unten und auf den ersten Blick leicht zu übersehen, waren leer.

Dipple verzog das Gesicht, wollte etwas sagen, ließ es dann aber, grummelte eine Weile herum und meinte schließlich: »Gestern Abend war ich jedenfalls völlig nüchtern.«

»Wie schön.« Pigrato ging in die Hocke und betrachtete die leeren Fächer aus der Nähe. Natürlich brachte das auch keine weiteren Erkenntnisse. »Das Prinzip der elektronischen Versiegelung ist Ihnen noch geläufig, nehme ich an?«

Dipple gab einen unbestimmten Laut von sich, der alles Mögliche bedeuten konnte.

»Es bedeutet«, fuhr Pigrato unbarmherzig fort, »dass es solche Dinge wie unbemerktes Eindringen nicht geben kann. Selbst ein Mann, der unsichtbar ist und durch Wände gehen kann, würde eine Spur in der Logdatei hinterlassen.«

»Ich kann nur wiederholen«, beharrte sein nervöser Assistent, »als ich die Verriegelung gestern aktiviert habe, waren alle Recycler an ihren Plätzen. Auch die vier da unten.«

Pigrato stand wieder auf und fuhr sich nachdenklich mit der Hand durch das Haar. »Warum habe ich bloß das Gefühl, dass wir nur die Quartiere der Kinder durchsuchen müssten, um die Geräte zu finden?«, überlegte er laut. »Wahrscheinlich ist es die Zahl vier. Vier Raumanzüge fehlen – die der Kinder. Und vier Recyclinggeräte fehlen. So ein Zufall.«

Irgendwann hatte sich die Farbe des Landes tief unter ihnen unmerklich verändert, und nun glitten sie über einer narbigen, schlackengrauen Hochebene dahin. Wäre der zartgelbe Himmel nicht gewesen, der sich makellos über ihnen spannte, man hätte glauben können, auf dem Mond zu sein. Das Flugzeug lag ruhig in der dünnen Marsluft, die Turbinen summten verhalten, die Propeller sahen aus wie große, silberne Scheiben.

»Geht's noch?«, fragte Carl. Er machte sich Sorgen, ob Ronny durchhalten würde. Sie waren nun schon über drei Stunden unterwegs, und nach den Schätzungen von AI-20 würden sie weitere zwei Stunden brauchen, bis sie das Löwengesicht erreicht hatten.

»Klar«, meinte Ronny. »Das ist echt galaktisch. Viel besser als jeder Simulator.«

»Gut.« Es hatte keinen Zweck, sich Sorgen zu machen. Ohnehin hätte keiner von ihnen Ronny ablösen können.

Er sah hinaus. Da vorn, irgendwo jenseits des blassen Horizonts, lag ihr Ziel. Dort würde es erst richtig spannend werden. Wie hatte Yin Chi gesagt? In der Bedienungsanleitung heißt es, dass das Marsflugzeug auf jeder einigermaßen ebenen Fläche landen kann. Allerdings muss ich gestehen, dass wir das nie ausprobiert haben. Es ist noch nie woanders als in unserem Abfangnetz gelandet.

»Niemand weiß, wo die Kinder sind«, sagte Cory MacGee, die als Letzte zu der Besprechung im Kartenraum hinzustieß. »Es macht sich aber keiner Gedanken deswegen. Offenbar passiert das öfter.«

»Wann sind sie zum letzten Mal gesehen worden?«, wollte Pigrato wissen.

»Gestern Abend. Sie waren bei dem Fest auf der *Plaza* dabei, sind aber noch vor Mitternacht gegangen.«

Farukh runzelte die Stirn. Bei seinem kahlen Schädel ging das Runzeln ziemlich weit hinauf. »Kinder, die an Silvester vor Mitternacht ins Bett gehen?«

Pigrato trommelte auf die Tischplatte. »Ich muss unentwegt über elektronische Versiegelungen nachdenken«, erklärte er. »Die Logdatei verzeichnet kein Öffnen und kein Eindringen, aber vier Recyclinggeräte fehlen. Graham behauptet, gestern Abend seien die Recycler vollständig gewesen. Wie erklären Sie sich das?«

Cory MacGee lächelte schmallippig. »Kollege Graham muss sich«, sagte sie mit anzüglicher Betonung, *»geirrt* haben.«

Farukh überlegte, nickte dann aber. »Genau.«

»Ich habe mich nicht *geirrt«*, beharrte Dipple biestig und zupfte nervös an seinem Kopfverband.

»Sie irren sich öfter, als Sie glauben«, grinste Cory MacGee.

»Schluss damit«, befahl Pigrato. Er stand auf und vergewisserte sich noch einmal, dass die Kommunikationsanlage ausgeschaltet war. Dann lehnte er sich mit dem Rücken gegen einen der Kartenschränke und sagte: »Ich frage mich, ob es vorstellbar wäre, dass die KI gemeinsame Sache mit den Kindern macht. Ob das eine Erklärung wäre.«

Dipples Augen leuchteten plötzlich. »Genau. Sie hat ihnen die Tür geöffnet, aber den entsprechenden Logeintrag unterdrückt. Das könnte sie ohne weiteres tun.«

»Ich hab noch nie gehört, dass eine Künstliche Intelligenz so was tut«, meinte Farukh.

MacGee wiegte den Kopf. »Doch, solche Fälle gibt es. KIs sind praktisch, weil sie mitdenken, aber genau deswegen können sie auch ein ziemliches – na ja, Eigenleben entwickeln. Ich weiß nicht, wann die hiesige KI das letzte Mal rekalibriert worden ist, aber ...«

»Noch nie«, sagte Pigrato. »Sie ist seit ihrer Installation kein einziges Mal rekalibriert worden. Sie läuft seit Jahrzehnten vor sich hin und entwickelt sich, wie sie will. Deswegen denke ich, dass es so gewesen sein kann. Sie kennt die Kinder seit ihrer Geburt, begleitet sie, unterrichtet sie, erzieht sie ... Gut möglich, dass sie sich im Zweifelsfall auf deren Seite schlägt, oder?«

»Nicht unmöglich jedenfalls«, stimmte ihm Cory MacGee zu.

Pigrato zückte seine Schlüsselkarte und bewegte sie über das Sensorfeld neben der Tür zum Computerraum, die sich daraufhin mit einem sanften Klacken öffnete. »Darum sollten wir einmal einen Blick auf den Monitor werfen und versuchen, herauszufinden, was AI-20 im Moment so treibt.«

Das Löwengesicht war schon von weitem zu erkennen. Seit der letzten Kurskorrektur, die AI-20 durchgegeben hatte, flogen sie über eine aschgraue Hochebene voller kleiner Krater und Felsspalten, und irgendwann war in der elfenbeinfarbenen Ferne der Halbkreiswall aufgetaucht wie ein Monument. Bald erkannte man den kleinen Tafelberg darin, der an die Schnauze des Löwen erinnerte, und erahnte die Höhlen, die aus der Entfernung wie halb geschlossene Augen aussahen.

»Vielleicht war das mal eine Sehenswürdigkeit«, meinte Ariana. »Und das Artefakt ist einfach bloß ein Souvenir. Mein Dad hat so ein Ding vom Mount Rushmore. Das ist der Berg, in den sie die Gesichter der amerikanischen Präsidenten hineingehauen haben. Mum und er waren da wohl mal, in besseren Zeiten.«

Carl nickte. »Aber selbst wenn es bloß ein Souvenir wäre, bleibt die Frage, wer es gemacht hat.«

»Stimmt«, gab Ariana zu.

»Das ist keine Sehenswürdigkeit«, erklärte Elinn bestimmt. »Das war einmal ein wichtiger Ort für die Marsianer.«

Carl und Ariana wechselten einen kurzen Blick, sagten aber nichts. Carl hätte auch nicht gewusst, was. Seit er das Löwengesicht auf dem Foto entdeckt hatte, wusste er nicht mehr, was er von Elinns mysteriösen Äußerungen zu halten hatte.

Das Geräusch der Turbinen veränderte sich leicht, die

Schnauze des Flugzeugs senkte sich. Ronny begann mit dem Landeanflug. »Am besten haltet ihr euch alle gut fest«, meinte er. »Es kann ein bisschen rumpeln, schätze ich. Die Landung ist das Schwierigste, und das wird meine erste echte.«

»Sehr beruhigend«, murmelte Ariana.

Das Flugzeug ging in eine weite Linkskurve. Sie flogen einen Bogen innerhalb des Ringwalls und konnten dabei einen Blick auf die Höhlen werfen, die auf den Abbildungen wie die Augen des Löwen ausgesehen hatten. Sie waren kreisrund, zwei große Seen, deren Grund seltsam dunkel schimmerte. Man hätte nicht sagen können, wie tief sie waren. Aus einem bestimmten Winkel sah es aus, als ginge es in endlose Tiefen hinab. Im nächsten Moment war man überzeugt, dass es tatsächlich flache Seen sein mussten, gefüllt mit einem glasartigen Material.

»Ich werde auf dem Tafelberg landen«, erklärte Ronny. »Von dort aus kann man am besten wieder starten.«

»Darüber habe ich überhaupt noch nicht nachgedacht«, gab Ariana zu. »Können wir überhaupt wieder starten ohne Katapult?«

»Das will ich doch hoffen«, meinte Ronny.

Ariana ächzte. »Schon gut, ich höre ja schon auf, zu fragen. Deine Antworten sind immer so ermutigend.«

Ein Rumpeln ging durch den Rumpf, als Ronny die Landekufen ausfuhr. Carl riskierte einen Blick hinaus nach hinten. Die Landebeine ragten weit hinaus und sahen wenig Vertrauen erweckend aus. Eigentlich so, als müssten sie beim ersten Bodenkontakt abbrechen wie dünne Hölzchen.

An den Flügeln bewegten sich große Klappen, stellten sich quer gegen die Strömung. Das Flugzeug sackte einen Moment ab, was Ronny mit einem »Ups!« kommentierte und Ariana mit einem weiteren Ächzen. Der Ringwall wuchs ringsum höher und höher auf, und der Tafelberg näherte sich, aber so weit unten, als wären sie schon längst darüber weg – doch irgendwie war er dann doch plötzlich dicht unter ihnen, die Landekufen setzten auf, mit einem furchtbaren schleifenden Geräusch, als kratze jemand mit einem Dutzend spitzer Nägel über eine Metalltafel, aber immerhin, die Beine brachen nicht ab, sondern hielten, und sie wurden langsamer ...

»Mist«, sagte Ronny. »Das langt nicht.«

Die Turbinen jaulten auf, klappernde Geräusche von den Flügeln her, das Flugzeug sprang wieder in die Höhe, und das Kratzgeräusch hörte abrupt auf. Sie schienen direkt auf den Ringwall zuzufliegen.

»Was ist los?«, wollte Carl wissen.

»Wir haben zu spät aufgesetzt«, meinte Ronny knapp. »Wir brauchen die ganze Nase als Bremsweg, sonst stürzen wir über die Klippe.«

»Großartig«, jammerte Ariana.

Das Flugzeug legte sich in eine steile Kurve, so steil, dass man geneigt war zu glauben, eine Flügelspitze schleife über den Boden. Der Ringwall tauchte weg, sie gingen tiefer, näherten sich dem Tafelberg erneut, aus niedrigerer Höhe diesmal. Und setzten auf. Das schleifende Geräusch ging durch und durch, schien einem die Zähne zerbröseln zu wollen, aber sie wurden langsamer, langsamer, und dann – standen sie. Sie waren gelandet.

»Unglaublich«, hauchte Ariana.

»Hätte besser sein können«, meinte Ronny selbstkritisch.

»Im Simulator würde ich dafür höchstens siebzig Punkte kriegen.«

»Hey«, sagte Carl und merkte, dass seine Stimme belegt klang, »das war großartig, Ronny. Dein erster richtiger Flug, denk mal.«

»Stimmt auch wieder«, erwiderte Ronny versöhnlich.

»Kommt«, sagte Elinn ungeduldig. »Lasst uns aussteigen und uns umsehen.«

Sie öffneten das Verdeck der Kanzel und kletterten der Reihe nach hinaus, was in den Raumanzügen einigermaßen umständlich war, fast noch umständlicher, als es gewesen war, hineinzuklettern. Dann standen sie da, sahen sich um, schauten zu dem ebenmäßigen, dunklen Ringwall hoch, schauten auf dem Tafelberg umher. Carl schubberte mit den Stiefeln auf dem Boden. Ganz normaler, grauschwarzer Fels, bedeckt von einer dünnen Sandschicht. Und es lagen auffallend weniger Steine herum als bei ihnen zu Hause, im Einflussbereich der Vulkane.

»Und was machen wir jetzt?«, fragte Ronny.

»Von hier aus sieht man überhaupt nichts mehr von dem Löwengesicht«, stellte Ariana fest. »Ehrlich gesagt, sieht von hier aus alles ziemlich belanglos aus.«

»Der Lichtpunkt auf dem Artefakt ist beim rechten Nasenloch«, erinnerte Elinn und deutete auf einen dunklen Fleck in ein paar hundert Metern Entfernung. Sie waren bei der Landung daran vorbeigeschrammt, die Spuren sah man überdeutlich. »Lasst uns dort hingehen. Das ist bestimmt der Eingang in die Stadt der Marsianer.«

»Ich ess meinen Raumhelm, wenn wir hier eine Stadt der Marsianer finden«, versprach Ariana.

Falls dies tatsächlich der Eingang in die Stadt der Marsianer war, dann hatten die Marsianer eine reichlich merkwürdige Vorstellung von Stadteingängen. Was die Kinder sahen, war ein etwa zehn Meter durchmessendes Loch im Felsboden, das aussah wie hineingestanzt, und in dem Loch, keinen halben Meter unter dem Niveau der Umgebung, eine glatte Fläche, die aus schwarzem Glas zu bestehen schien. Sie knieten sich am Rand des Lochs hin und langten hinunter: Die Masse war hart und glatt, und wenn man mit der Faust darauf schlug, gab es kein nennenswertes Geräusch. Ungefähr so, als klopfe man auf massiven Fels.

»Hmm«, machte Elinn. Sie klang etwas konsterniert.

»Auf der Fläche liegt praktisch kein Staub«, stellte Ariana fest. Sie hüpfte hinunter und kniete sich hin, um die dunkle, leicht schimmernde Masse aus der Nähe in Augenschein zu nehmen. »Eigentlich überhaupt kein Staub und kein Sand. Als wäre heute früh die Putzkolonne da gewesen.«

Sie folgten ihr. Die dunkle Masse war so glatt, dass man darauf herumrutschen konnte, was sie auch eine Weile mit Begeisterung taten.

Dann blieb Carl abrupt stehen und sah sich um. »Und?«, stellte er die Frage, die gestellt werden musste. »Was heißt das nun? Was haben wir hier gefunden?«

Es klopfte an der Tür zu Yin Chis schmalem Büro, und ehe der Leiter der Marsstation antworten konnte, streckte Maxwell Lung schon den Kopf herein. »Kann ich Ihnen einmal etwas Interessantes zeigen?«, fragte er in seinem unangenehm harten Chinesisch.

Yin Chi bat ihn mit einer Handbewegung herein. Sein

Blick streifte die Uhr dabei. Inzwischen mussten die Kinder ihr Ziel erreicht haben. Er hätte etwas darum gegeben, wenn er hätte dabei sein können. »Was gibt es?«

Maxwell Lung setzte sich auf den Besucherstuhl und legte eine dünne Mappe vor sich auf Yin Chis Schreibtisch. Er zog ein großformatiges Foto hervor, einen neuen Abzug des Bildes, das den Löwenkopf zeigte. »Carl hat uns doch erzählt, dass sie die Marskarte nach der Formation durchsucht, aber nichts gefunden hätten«, begann er. »Ich habe mir zuerst nichts dabei gedacht, weil wir das ja gewöhnt sind. Die offizielle Marskarte beruht auf den Aufnahmen der Satelliten, und die sind nun mal, wie sie sind. Sie zeigen eine Menge interessante Dinge nicht.«

»Ja«, nickte Yin Chi. »Das war einer der Gründe, warum wir das Marsflugzeug mitgebracht haben.«

»Genau. Aber ich habe mir das Bild noch einmal genau angesehen, und dann kam es mir doch ein wenig seltsam vor. Denn schauen Sie, ringsum ist nur eine ziemlich langweilige Hochebene. Ein paar Einschlagkrater von Meteoriten, eine Menge Risse im Gestein, ansonsten flaches Land. Der Löwenkopf muss von weither sichtbar sein. Er muss geradezu eine Landmarke darstellen. Und er ist ziemlich groß. Eigentlich müsste er auf den offiziellen Karten sichtbar sein, und zwar mehr als deutlich.« Er zog einen anderen Abzug heraus, der das gleiche Format hatte, und legte ihn daneben. »Ist er aber nicht.«

»Ah«, machte Yin Chi und beugte sich darüber. In der Tat. Da, wo auf dem Foto des Marsflugzeugs das Löwengesicht zu sehen war, zeigte die hoch gerechnete Vergrößerung der Satellitenaufnahme nur flache Einöde.

»Ich habe den Kartenausschnitt sicherheitshalber direkt aus einer Datenbank auf der Erde angefordert.«

»Ich verstehe.« Am unteren Bildrand stand *Stanford University, Mars Research Center* eingedruckt. »Bemerkenswert. Wie ist das zu erklären?«

Maxwell Lung holte tief Luft. »Keine Ahnung. Aber das Beste kommt erst noch. Dieses Foto hier« – er legte den Finger auf die Abbildung des Löwengesichts –, »ist etwa vier Monate alt. Ich habe die Missionsdaten des Marsflugzeugs noch einmal durchgesehen und festgestellt, dass es dieselbe Stelle vor zwei Jahren schon einmal überflogen hat. Bei der zweiten Südpolmission, um genau zu sein. Und jetzt schauen Sie sich das einmal an.« Er holte ein drittes Bild hervor und legte es neben die beiden anderen.

Yin Chi beugte sich darüber und blinzelte irritiert. Auf dem dritten Bild war abermals keine Spur von dem Löwengesicht zu sehen. Bis auf die Tatsache, dass es mehr Details zeigte, sah es aus wie die Satellitenaufnahme. »Kann das sein?«, fragte er verblüfft. »Dass eine so komplexe Formation erst vor einem halben Jahr entstanden ist?«

Maxwell Lung schüttelte den Kopf. »Schauen Sie mal auf das Datum der Satellitenaufnahme.«

Yin Chi studierte die Quellenangabe am unteren Bildrand. Es handelte sich um eine aktuelle Aufnahme, die noch keine Woche alt war.

»Der einzige Unterschied zwischen den beiden Aufnahmen des Marsflugzeugs, den ich entdecken konnte«, erklärte Maxwell Lung und zeigte auf das Bild, das den Löwenkopf zeigte, »ist der, dass es hier rund fünfhundert Meter tiefer geflogen ist als beim ersten Überflug. Was immer dort draußen ist, es scheint bewirken zu können, dass man es nicht mehr sieht, sobald man es in größerer Höhe überfliegt.«

»Ich weiß auch nicht«, seufzte Carl und sah sich um. Stein, alles Stein. Belangloser Stein. »Heute ist irgendwie nicht mein Tag, oder? Ich war wirklich überzeugt, dass wir hier etwas . . . ich weiß nicht, etwas *Unglaubliches* finden würden.«

Ariana stemmte die Hände in die Hüften und ließ ihren Blick umherschweifen. »Na ja. Unglaublich öde ist es hier jedenfalls. Dieses Grau überall geht einem mit der Zeit auf die Nerven.«

Sie standen am Rand des Tafelbergs. Es ging etwa fünfzig Meter weit hinab, und sicher hätte man den Abstieg bewerkstelligen können, wenn man gewollt hätte. Aber die Frage war, wofür. Schon von hier oben war zu erkennen, dass die »Augen« im Grunde nur größere Ausgaben des »Nasenlochs« waren – große, einigermaßen kreisrunde Löcher, gefüllt mit einer dunklen, glasartigen Masse, die aus der Ferne geheimnisvoll schimmerte.

»Ich weiß auch nicht, was wir machen sollen«, sagte Elinn tonlos.

»Wir könnten versuchen, etwas von dem Glaszeug mitzunehmen«, schlug Ronny vor. »Damit man im Labor untersuchen kann, woraus es besteht.«

»Ich rate einfach mal«, sagte Ariana. »Verunreinigtes Silizium.«

Carl tastete die Außentaschen seines Anzugs ab. »Ich fürchte, wir haben nichts dabei, mit dem man etwas davon abbekommt. Mit dem Messer werden wir nicht viel ausrichten.«

»Aber wir können doch nicht einfach so wieder zurückfliegen«, rief Elinn aus. »Hier *muss* irgendetwas sein. Ich weiß es. Das ist ein wichtiger Ort der Marsianer. Ganz bestimmt.«

»Doch, ich denke, wir sollten tatsächlich zurückfliegen«, sagte Carl und sah auf die Uhr. »Dann wären wir gerade noch vor Sonnenuntergang zurück. Und falls hier Marsianer sein sollten, verstecken sie sich jedenfalls so gut, dass wir nichts davon merken.«

»Mir hängt der Magen auch, ehrlich gesagt, in den Kniekehlen«, fügte Ariana hinzu. Sie klopfte sich seitlich gegen den Helm, dort, wo der Applikator für Konzentratnahrung angebracht war. »Von diesem Konzentratzeug werde ich einfach nicht satt.«

In diesem Augenblick hörten sie es. Ein fernes Fauchen, leise, aber unüberhörbar. Und vor allem unverkennbar. Sie hoben alarmiert die Köpfe, suchten den nördlichen Himmel ab und entdeckten es: einen kleinen schwarzen Punkt, der auf einem hellen, irisierenden Lichtfleck ritt und rasch näher kam. Eine der Flugmaschinen. Man hatte sie gefunden.

»Wie ich schon sagte«, kommentierte Carl düster. »Heute ist irgendwie nicht mein Tag.«

# 26 Der Boden bebt

Das Flugboot senkte sich mit donnernden Düsen herab und landete in der Mitte des Tafelbergs. Es war eine Wohltat, als die Triebwerke abgeschaltet wurden. Niemand war sonderlich überrascht, als sich die äußere Schleuse öffnete und Pigrato unverkennbar mit seinem schlurfenden, hüpfenden Erdlingsgang ausstieg. Und niemand bezweifelte, dass er nicht besonders guter Laune sein würde. Sie blieben einfach stehen, wo sie waren.

»Was geht hier vor?«, erscholl Pigratos Stimme endlich in ihren Helmen. Nein, er war wirklich nicht besonders guter Laune. »Was tut ihr hier?« Er hielt inne, wandte sich dem Marsflugzeug zu, betrachtete es. »Und was um alles in der Welt ist *das?*«

Das war wenigstens eine Frage, auf die man etwas Vernünftiges antworten konnte. »Das ist das Marsflugzeug der asiatischen Station«, erklärte Carl und bemühte sich, weder aufmüpfig noch frech zu klingen. »Mister Yin hat es uns geliehen.«

»So, Mister Yin hat es euch geliehen. Ich glaube, den muss ich mir mal zur Brust nehmen, diesen Mister Yin. Wie er dazu kommt, vier halbwüchsigen Gören ein *Flugzeug* zu leihen?!«

Das war jetzt wieder so eine Äußerung, auf die man nicht recht etwas erwidern konnte, also schwieg Carl.

Pigrato kam näher, zeigte mit dem ausgestreckten Finger auf sie. »Die Recyclinggeräte. Woher habt ihr die? Und wie seid ihr aus der Siedlung hinausgekommen? Ich hatte verboten, dass jemand gestern oder heute die Siedlung verlässt, das wisst ihr genau.«

»Mir hat das keiner gesagt«, erwiderte Ariana, und sie gab sich keinerlei Mühe, Pigrato nicht zu verärgern. Sie klang rotzfrech. »Im Übrigen wird man sich ja wohl seine Heimat ein bisschen anschauen dürfen, wenn man demnächst deportiert werden soll.«

»Deportiert . . .?!« Pigrato stockte hörbar der Atem. Sein drohender Zeigefinger schwenkte in ihre Richtung. »Ich warne dich. Treib es nicht zu weit. Das hier wird sowieso ein Nachspiel haben, aber auch da gibt es Abstufungen, und ich würde dir raten, nicht auszuprobieren, wie die schlimmeren Varianten davon aussehen werden.«

Ariana beugte sich angriffslustig nach vorn. »Ach ja? Was wollen Sie denn mit uns machen? Uns erschießen? Uns auspeitschen? Oder was, hmm?«

»Als Erstes nehme ich eure Raumanzüge unter Verschluss . . .«

»Na toll. Die Recyclinggeräte waren auch unter Verschluss, und Sie sehen ja, was Ihnen das genützt hat.«

»Schluss jetzt!« Pigratos Stimme war kurz vor dem Überschnappen. »Ihr steigt ohne ein weiteres Widerwort in das Flugboot und Schluss, aus, amen. Farukh! Kommen Sie, helfen Sie mir.«

Die massige Gestalt des Marokkaners tauchte gleich darauf in der Schleuse auf. Im Raumanzug sah er aus wie ein Bär.

»Sie haben was vergessen«, sagte Ariana bissig.

»Was?«

»Die Antarktis.«

Pigratos Augen schienen aufzuquellen. »Ich warne dich, reiz mich nicht.«

»Ähm«, meldete sich Carl, »was wird denn aus dem Flugzeug, wenn wir mit Ihnen zurückfliegen?«

»Das ist doch mir egal!«, brüllte Pigrato. »Soll euer famoser Mister Yin zusehen, wie er es zurückbekommt!«

Na gut. So mussten sie wenigstens nicht als Erste ausprobieren, ob das Marsflugzeug auch ohne Katapult starten konnte. Sie würden in einer halben Stunde daheim in der Siedlung sein, anstatt sich weitere fünf Stunden in der engen Kanzel zusammenkauern und anschließend noch drei Stunden mit dem Rover durch die Nacht fahren zu müssen. Und Yin Chi war ohnehin dabei, abzureisen. Also setzten sie sich in Bewegung, trotteten hinter dem vor Wut hüpfenden und schlurfenden Pigrato her zu der wartenden Flugmaschine.

Farukh trat beiseite, um ihnen den Zutritt zur Schleuse zu gewähren. Er blickte etwas betreten drein. Der Wutausbruch seines Chefs schien ihm selber peinlich zu sein.

Ronny stieg als Erster ein, und Ariana wollte ihm gerade folgen, als Elinn plötzlich sagte: »Seht doch nur!«

Sie hielten inne, schauten sich um, sahen in die Richtung, in die Elinn deutete. Bloß war da nichts.

*»Das Leuchten!«, e*rklärte Elinn mit verklärter Stimme. »So stark war es noch nie. Und seht nur – es ist überall. Überall um uns herum . . .«

»Was?«, schnappte Pigrato. »He, was soll das?«

Elinn wandte sich ab, ging langsam, mit ausgestreckten Händen, von der Flugmaschine weg. »Seht nur, wie es *leuchtet* ... Seht doch nur ...«

»Elinn«, sagte Carl besorgt. Das also war *das Leuchten*: eine Halluzination. »Elinn, wach auf. Da ist nichts. Wir sehen nichts, kein Leuchten.«

»Sie sind da. Sie sind überall um uns herum.« Elinn hielt inne, als sehe sie etwas Überraschendes. »Nein. Nicht sie selbst, aber etwas von ihnen. Etwas von ihnen ist hier ...«

»Wovon redet sie?«, wollte Farukh wissen. Er schien ernsthaft besorgt.

»He!«, brüllte Pigrato Elinn nach. »Du! Bleib sofort stehen. Komm sofort zurück, oder es setzt was.«

»Mister Pigrato«, versuchte Farukh den Statthalter zu beruhigen, »Sie sollten vielleicht ...«

»Danke, Mister Farukh, auf Ihre Ratschläge kann ich verzichten!« Pigrato versuchte, Elinn nachzurennen, kam dabei ins Stolpern und fiel beinahe hin, berappelte sich aber gerade noch und setzte Elinn dann nach, so schnell er konnte.

»Jetzt dreht er durch«, murmelte Ariana. Dank der Automatik hörten das nur die Umstehenden, und sogar Farukh nickte.

Pigrato erreichte Elinn, trat ihr in den Weg und machte eine drohende Geste Richtung Flugboot. »Mach, dass du ins Flugboot kommst!«

Doch Elinn ging einfach um ihn herum und wanderte weiter. Sie wirkte wie eine Schlafwandlerin.

»Das ist doch ...« Pigrato marschierte schlurfend hinter ihr her, packte sie an den Schultern und drehte sie zu sich her. »Was glaubst du eigentlich, wen du vor dir hast?«, herrschte er sie an.

»Hey«, machte Carl beunruhigt. »Das geht zu weit.«

»Allerdings«, nickte Ariana.

Elinn blieb stehen, sah zu dem Mann hoch, holte etwas aus der Tasche und hielt es empor. Das Artefakt. »Sehen Sie«, sagte sie sanft. »Damit haben die Marsianer uns hergeführt . . .«

»Das interessiert mich einen *Dreck!«, s*chrie Pigrato und schlug ihr das Artefakt aus der Hand, dass es in hohem Bogen davonflog.

»Nein!«, schrie Elinn auf. »Nicht!«

Es flog weit. In dem Schlag hatte Pigratos ganzer Zorn gelegen, und er war ohnehin nicht besonders gut darin, sich an die Marsschwerkraft anzupassen. Als Elinn schrie, hob er die Hand erneut.

»Hören Sie sofort auf, meine Schwester zu schlagen!«, brüllte Carl. Er rannte los, um sich auf den Statthalter zu stürzen.

Doch Ariana kam ihm zuvor. Mit einem unglaublichen Satz schnellte sie davon, über Carl hinweg, und kam nach zwei Sprüngen vor Pigrato auf. Noch ehe der verstand, wie ihm geschah, stieß sie einen Kampfschrei aus und trat ihn gegen die Brust, dass er meterweit davongeschleudert wurde.

Während er sich verdutzt wieder aufrappelte, ging sie in Kampfstellung. »Kommen Sie her, Sie blöder Erdling!«, schrie sie dabei. »Kommen Sie doch!«

Das Artefakt schlitterte immer noch über Staub und Stein, rutschte mit ermüdendem Schwung auf das ›Nasenloch‹ zu, glitt über den Rand des Loches und fiel auf die dunkle, rätselvolle Masse darin.

Das, zu dieser Auffassung kam man später, war es, was das nachfolgende Geschehen auslöste.

Der Boden bebte, unmerklich zuerst, dann immer stärker. Vor Schreck blieben sie alle stehen. Den Boden unter den eigenen Füßen schwanken zu spüren ist ein zutiefst Furcht erregendes Erlebnis. Keiner von ihnen hatte jemals ein Beben am eigenen Leib erlebt, aber jeder kannte jemanden, der jemanden kannte, der als Kind das große Beben von Kalifornien überlebt hatte. Jeder hatte schon einmal die entsprechenden Geschichten gehört, und so schauten sie sich angstvoll um in Erwartung von einstürzenden Felswänden oder urplötzlich aufklaffenden Bodenspalten. Aber nichts dergleichen geschah. Der Boden bebte einfach nur, und nach und nach wurde ihnen klar, dass es ein zu gleichmäßiges, ebenmäßiges Zittern war, als dass es natürlichen Ursprungs hätte sein können. Es war eher, als sei tief unter ihnen eine ungeheure Maschine angesprungen, die nun allmählich auf Touren kam.

»Was ist das?«, fragte jemand, doch seine Stimme kam vielfach verhallt bei den anderen an, so, als hätte sich das Funksignal unterwegs verlaufen.

Elinn schrie auf, hell und spitz. »Das *Leuchten!«*, gellte ihre Stimme. »Da!« Sie zeigte auf die seengroßen Öffnungen in der Ebene, die aus der Ferne wie die Augen eines Löwen ausgesehen hatten, und tatsächlich – sie begannen zu leuchten.

Das dunkle, glasartige Material darin erglühte von innen

heraus, als beginne es, zu schmelzen. Zuerst war es nur ein düsteres Glimmen, doch dann wurde das Licht blau, immer heller, entflammte schließlich zu einem intensiven blauweißen Strahlen, wie das Licht eines elektrischen Schweißgeräts. Sie mussten die Augen zusammenkneifen, so hell wurde es. Der Widerschein dieses Lichts brannte auf die Felswände des Ringwalls, doch es war ein kaltes, fremdartiges Licht, das nichts glich, was je ein Mensch auf dem Mars gesehen hatte.

Dann hörten sie den Ton.

Er schien von überall herzukommen, von den Felsen ringsum, aus dem Boden, vom Himmel herab. Und es musste ein unfassbar lauter Ton sein, denn sie hörten ihn in ihren Raumanzügen, laut, alles übertönend, geradezu schmerzhaft, und sie entkamen ihm nicht, auch nicht, indem sie die Funkgeräte abschalteten. Es war ein schriller, mehrstimmiger Ton, ein Nerven zerfetzendes metallisches Geräusch, ein Getöse wie ein Weltuntergang. Wenn man sich nur die Ohren hätte zuhalten können. Sie pressten die Hände von außen auf ihre Helme, als ob das etwas nützen würde – die hilflose Geste hilfloser Kreaturen.

Sie waren so beschäftigt mit dem kreischenden Ton, der ihnen durch und durch ging, dass sie sie beinahe nicht gesehen hätten.

Die Türme.

Aus den Löchern stiegen sie empor, ganz langsam, sich um ihre eigene Achse drehend dabei, als würden sie sich hochschrauben, obwohl man bei genauer Betrachtung festgestellt hätte, dass sie das nicht taten. Sie erhoben sich aus den Löchern, die einmal wie die Augen eines Löwengesichts ausgesehen hatte, und sie drehten sich dabei. Und sie leuchteten unirdisch. Als müssten sie das ganze Sonnensystem erhellen.

Die Menschen, die dies miterlebten, standen starr und absolut fassungslos. Einer von ihnen, Mohammed Abd El Farukh, sollte später sagen, er habe »vergessen, sich zu fürchten«, so habe ihn das Geschehen in Bann geschlagen. Sie standen einfach da, die Hände sinnlos auf die Helme gepresst, und starrten die beiden Türme an, die sich vor ihnen aus dem einstmals so grauen, leblosen Marsboden hoben, immer weiter und weiter, als wollten sie den Himmel berühren.

Und dann, mit einem Schlag, erlosch das Licht und verstummte der Ton.

Es war wie ein Erwachen aus einem bösen Traum. Sie sahen einander an, sahen an sich herab, vergewisserten sich, dass das Flugboot noch da stand und auch das Marsflugzeug. Alles war wieder wie vorher, das sanfte Licht des gelben Marsfirmaments, das öde Grau der Daedalia-Planum-Hochebene, der Fels unter ihren Füßen. Alles war wie vorher, nur dass da jetzt zwei Türme in die Höhe ragten, an die vierhundert Meter hoch jeder von ihnen und aus dunkelblauem, glasartigem Material, das geheimnisvoll glänzte. Alles war so still. Keiner sagte etwas, doch dann fiel ihnen ein, dass das daran liegen mochte, dass die Funkgeräte noch ausgeschaltet waren.

Sie schalteten sie ein, und das Erste, was sie hörten, war, dass Elinn lachte. Sie lachte, laut und triumphierend, und sie schien gar nicht mehr aufhören zu wollen.

# 27 Das größte Geheimnis des Sonnensystems

»Es handelt sich bei den Türmen eindeutig um Technologie außerirdischen, nicht menschlichen Ursprungs.« Senator Bjornstadt strahlte so wohlgefällig aus dem Schirm, als habe er sie höchstpersönlich entdeckt. »Die Daten, die uns vorliegen, lassen überhaupt keinen anderen Schluss zu. Und das, mein lieber Pigrato, ändert die Situation natürlich fundamental. Das Marsprojekt hat nun allerhöchste Priorität. Die Marssiedlung bleibt bestehen und wird ausgebaut. Wie wichtig das dem Präsidenten ist, sehen Sie vielleicht daran, dass die Kommission für Weltraumangelegenheiten in ein neues Gebäude umzieht, wesentlich größer, direkt neben dem Finanzministerium. Sozusagen in Rufweite des Präsidenten. Wir bekommen mehr Leute, ein größeres Budget, es ist sogar die Rede davon, ein Ministerium daraus zu machen.«

Pigrato nickte nur. Er konnte sich schon denken, wer dieser Minister sein würde.

Bjornstadt neigte sich leicht nach vorn, als habe er ihm etwas ungemein Vertrauliches mitzuteilen über die Distanz von siebzig Millionen Kilometern. »Ihnen ist klar, dass die Regierung überhaupt nicht anders handeln konnte, schon der

Asiaten wegen? Die bleiben jetzt natürlich auch auf dem Mars, und denen die Erforschung der Türme allein zu überlassen ist indiskutabel. Allein schon diese Tarnvorrichtung wäre verheerend in den falschen Händen. Wir können die Türme über die Satelliten immer noch nicht sehen – was nicht nur mir schlaflose Nächte bereitet, das können Sie mir glauben.«

Pigrato fragte sich, wozu der Senator eine Videokonferenz geschaltet hatte, da er offenbar nicht vorhatte, ihn überhaupt zu Wort kommen zu lassen. Eine Videomail hätte den Zweck, ihn an einem Monolog teilhaben zu lassen, genauso erfüllt.

»Wir haben gegenüber der Allianz den Vorteil, eine richtige Siedlung auf dem Mars zu besitzen, die sich zum großen Teil selbst versorgt. Während die Asiaten jede einzelne Brotkrume mühsam und teuer zum Mars transportieren müssen, können wir uns auf die wesentlichen Dinge konzentrieren. Ganz hervorragende Situation, nicht wahr?«

Meine Rückberufung zur Erde, dachte Pigrato. Was ist damit? Wann geht es nach Hause?

Der Senator schien Gedanken lesen zu können – man sagte ihm nach, dass er das tatsächlich konnte –, und in die Zukunft sehen konnte er außerdem – auch eine nützliche Fähigkeit für einen ehrgeizigen Politiker –, denn er sagte beziehungsweise hatte vor sechs Minuten in seinem Büro auf der Erde gesagt: »Nach diesen Ereignissen denkt selbstverständlich niemand mehr auch nur im Traum daran, Sie zur Erde zurückzuholen. Im Gegenteil, Tom, man sieht Sie im Grunde als den eigentlichen Entdecker der Türme. Niemand würde es wagen, Ihnen Ihren Posten streitig zu machen. Auf ausdrücklichen Wunsch des Präsidenten darf ich Ihnen deswegen hiermit mitteilen, dass Ihre Ernennung zum Statthalter um weitere sechs Jahre verlängert wird. Auch Ihre Bezüge werden wir angemessen erhöhen, aber das besprechen wir ein andermal. Jedenfalls, meinen herzlichen Glückwunsch.«

»Sechs Jahre?«, ächzte Pigrato fassungslos. Noch mal sechs Jahre auf diesem kalten, staubigen, trostlosen Planeten? Noch mal sechs Jahre unter diesen verrückten Siedlern? Das durfte einfach nicht wahr sein.

»Übermorgen startet die BUZZ ALDRIN zum Mars, mit einer ganzen Herde Wissenschaftler und ihren Spielzeugen an Bord«, fuhr der Senator gut gelaunt fort. Er musste es ja auch nicht in dieser ewigen staubigen Kälte aushalten. »Sicher haben Sie schon von der BUZZ ALDRIN gehört – eines der ersten Schiffe mit dem neuen Fusionsantrieb. Klein, aber sagenhaft schnell. Die BUZZ wird noch vor den beiden Transportern ankommen, stellen Sie sich vor.« Er schmunzelte ein wenig. »Was meinen Sie? Können Sie es einrichten, die Transportschiffe mit einer Ladung echt marsianischem Kaffba zurückzuschicken? Dann fliegen sie wenigstens nicht *ganz* leer. Und was man so hört, soll dieser Kaffba ja wirklich eine ganz einzigartige Spezialität sein . . .«

»Wisst ihr, was ich gehört habe?«, fragte Dr. DeJones augenzwinkernd. »Wer noch mit der BUZZ ALDRIN kommt? Das erratet ihr nie.«

Die Kinder sahen sich an. Die letzten Tage waren eine nicht endende Kette von Überraschungen gewesen. Nicht nur, dass sie die Türme entdeckt hatten. Nicht nur, dass sie nach ihrer Rückkehr gefeiert worden waren, nicht ausgeschimpft und bestraft, wie sie es erwartet hatten. Nicht nur, dass der Internationale Verband der Motorflieger Ronny die Ehrenmitgliedschaft angetragen hatte für seine Leistung, das Marsflugzeug so hervorragend geflogen zu haben. Nicht nur, dass die Regierung die Fortführung und den Ausbau der Marssiedlung beschlossen und verkündet hatte und sich danach auf der *Plaza* eine Art Dauerfest entwickelt hatte, das gar nicht mehr aufhören wollte. Nicht nur, dass nun so gut wie feststand, dass die Türme von außerirdischen, unbekannten Intelligenzen erbaut worden waren, Elinn seither die große Heldin war und ihre Artefakte unter den besten Mikroskopen quasi Atom für Atom untersucht wurden. Nun auch noch das.

»Drei Träger des zehnten *Dan?«*, riet Ariana.

»Nein«, erwiderte ihr Vater grinsend.

»Michael Visilakis?«, versuchte es Carl.

»Nein«, antwortete Dr. DeJones und runzelte die Stirn. »Wer ist denn das? Ach so, dieser Journalist.«

»Ein richtiger Pilot, um das Marsflugzeug zurückzufliegen?«, mutmaßte Ronny.

»Auch nein«, grinste der Arzt. »Ich wusste doch, dass ihr nicht draufkommt. Nie im Leben.«

Elinn dachte fürchterlich nach, sagte aber schließlich: »Keine Ahnung.«

»Nun sag schon«, rief Ariana und boxte ihren Vater ausgelassen gegen den Oberarm.

Der rieb sich die Stelle und verzog das Gesicht. »Pass auf. Ich kann mir keinen Knochenbruch selber schienen.«

»Wir erraten es nicht«, gab seine Tochter zu und schnitt

wilde Grimassen. »Du hast gewonnen. Und nun sag's endlich.«

Dr. DeJones winkte ihnen, die Köpfe zusammenzustecken. »Ihr dürft niemandem verraten, dass ihr es von mir wisst«, flüsterte er. »Ich habe einen Ruf zu verlieren, denkt daran. Aber diese Neuigkeit, dachte ich, ist es wert. Mit der BUZZ ALDRIN kommt . . .«

»Ja?«, hauchten die Marskinder erwartungsvoll.

»Pigratos Familie. Seine Frau«, grinste Dr. DeJones, »und sein Sohn.«

»Was?!«, schrien alle durcheinander. »Der hat einen *Sohn?!*«

Arianas Vater nickte grinsend. »Ich hab nicht rausbekommen, wie er heißt, aber er muss in eurem Alter sein.«

»Und der kommt hierher?«, fragte Carl noch mal, als sei er plötzlich schwer von Begriff.

»Und wir müssen uns womöglich mit dem abgeben?«, rief Ronny aus.

»Auweia«, sagte Ariana und verdrehte die Augen, »das kann was werden . . .«

Auf der Hochebene des Daedalia Planum, in einer Felsformation, die auf von Menschen erstellten Karten von nun an *der Löwenkopf* heißen würde, stehen seit dem Neujahrstag des Marsjahres 37 zwei rätselhafte Türme. Jeder von ihnen ist annähernd vierhundert Meter hoch, der Abstand zwischen ihnen beträgt knapp zwei Kilometer. Sie bestehen aus einem unbekannten Material, das aussieht wie dunkelblaues Glas, aber definitiv keines ist: Es widersteht allen Versuchen, ihm mittels Röntgenlaserspektroskopie Informationen über seine molekulare Zusammensetzung zu entlocken. Die Türme sind einfach glatte, makellose Zylinder, die sich, wie man erst später entdeckte, beständig langsam um ihre Hochachse drehen: Eine Umdrehung braucht vierhunderteIf Stunden. Wozu die Türme dienen, weiß man nicht. Warum sie aufgetaucht sind, als das Artefakt von Elinn Faggan die glatte Fläche in einem der Löcher auf dem Tafelberg berührte, weiß man auch nicht. Elinn hatte ihr Fundstück wieder an sich genommen, ehe sie am späten Nachmittag des Neujahrstages 37 in das Flugboot stieg, doch die Türme sind daraufhin nicht wieder im Boden versunken. Wer sie erbaut hat, ist absolut unbekannt – nur, dass es keine Menschen gewesen sind, scheint festzustehen. So stehen die beiden Türme am Löwenkopf auf der Daedalia Planum, unzugänglich, makellos, beeindruckend, und hüten ihr Geheimnis.

Es dauerte keine zehn Tage, bis das erste Raumschiff mit Wissenschaftlern und wissenschaftlichem Gerät an Bord den Erdorbit verließ. Weitere sollten ihm folgen. In den Jahren nach der Entdeckung der Türme kamen tausende von Menschen zum Mars, manche, um das Geheimnis der außerirdischen Hinterlassenschaft zu enträtseln, die meisten aber, um einfach ihr Glück zu suchen auf der neuen Welt, die mit einem Schlag zu so etwas wie einem Tor zur Zukunft geworden war.

Vielleicht wird man das Geheimnis der beiden Türme niemals lüften – doch allein, dass es existiert, verändert alles …

– Fortsetzung folgt –

## Andreas Eschbach

# Perfect Copy

## Die zweite Schöpfung

In Deutschland grassiert seit Wochen das Klon-Fieber: Ein kubanischer Wissenschaftler hat zugegeben, vor 16 Jahren zusammen mit einem deutschen Mediziner einen Menschen geklont zu haben. Nun sucht alle Welt nach dem Klon, der ungefähr in Wolfgangs Alter sein müsste. Und Wolfgangs Vater, Chefarzt einer Kurklinik, hat den Kubaner zur fraglichen Zeit gekannt. Als eine große Boulevardzeitung mit Wolfgangs Foto und der Schlagzeile „Ist er der deutsche Klon?“ auf der Titelseite erscheint, ist in dem idyllischen Kurstädtchen die Hölle los …

Arena

248 Seiten.
Arena Taschenbuch.
ISBN 978-3-401-50316-5
www.arena-verlag.de

# Andreas Eschbach

## Das Marsprojekt

978-3-401-05770-5

978-3-401-05867-2

978-3-401-06060-6

978-3-401-06061-3

Arena

Jeder Band:
Gebunden.
Mit transparentem Schutzumschlag.
www.arena-verlag.de

# Andreas Eschbach

Als Hörbuch bei Arena audio

Als Hörbuch bei Arena audio

## Black*Out

## Hide*Out

Was wäre, wenn das Wissen und die Gedanken eines Einzelnen für eine ganze Gruppe verfügbar wären? Jederzeit. Würden dann nicht Frieden und Einigkeit auf Erden herrschen? Wäre der Mensch endlich nicht mehr so entsetzlich allein? Oder könnte dadurch eine allgegenwärtige Supermacht entstehen, die zur schlimmsten Bedrohung der Welt wird?

Zwei Thriller der Extraklasse von Bestsellerautor Andreas Eschbach, der die Themen Vernetzung und Globalisierung auf eine ganz neue, atemberaubende Weise weiterdenkt und die Frage stellt, was Identität und Individualität für die Menschheit bedeuten.

Arena

464 Seiten. Gebunden.
ISBN 978-3-401-06062-0
www.eschbach-lesen.de

450 Seiten. Gebunden.
ISBN 978-3-401-06587-8
www.arena-verlag.de

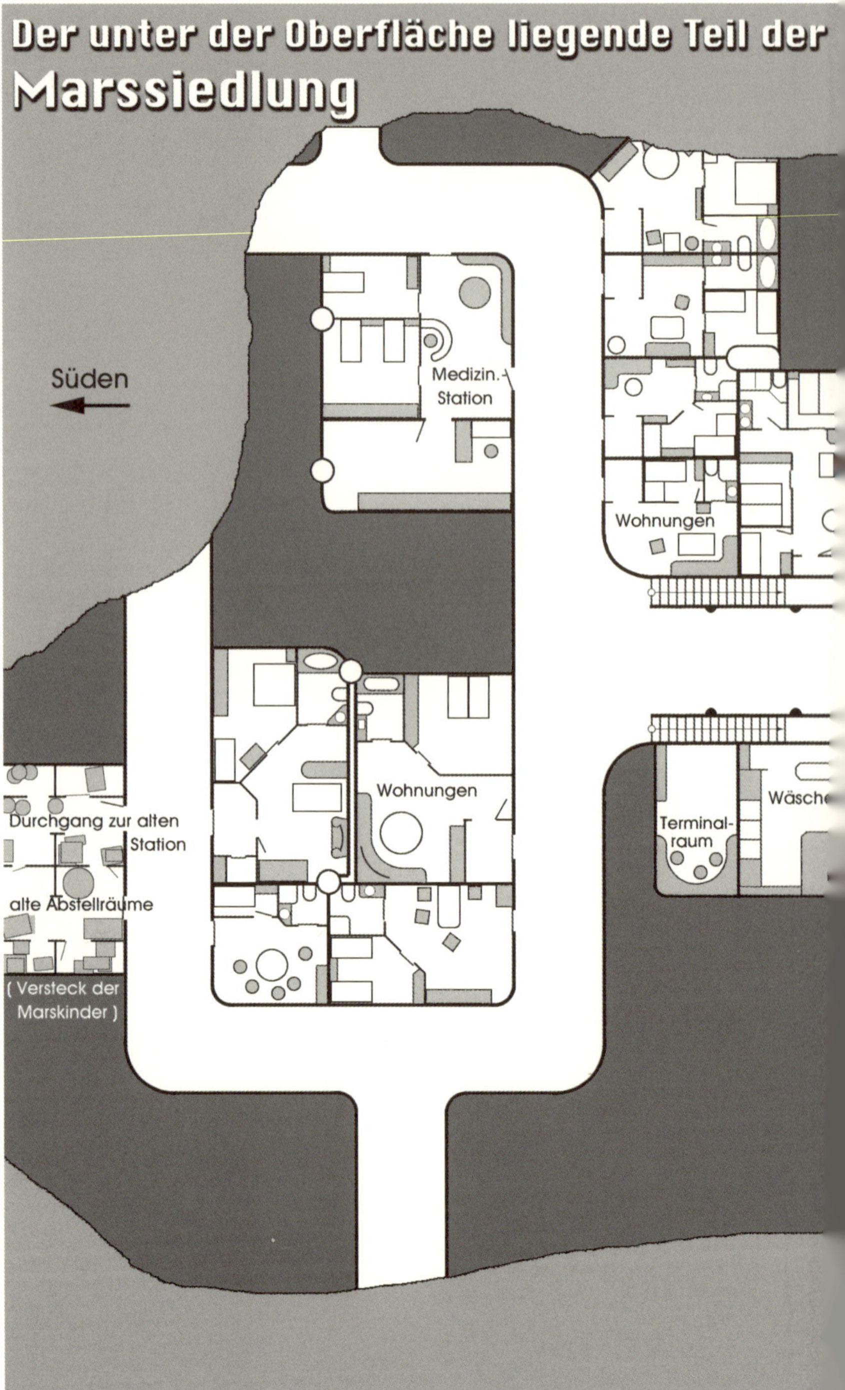
Der unter der Oberfläche liegende Teil der
Marssiedlung
Süden
Medizin.-
Station
Wohnungen
Wohnungen
Durchgang zur alten
Station
alte Abstellräume
( Versteck der
Marskinder )
Terminal-
raum
Wäsche